〔明〕金圣叹……选批

金圣叹

选批唐诗

苏州新闻出版集团
古吴轩出版社

图书在版编目（CIP）数据

金圣叹选批唐诗 ／（明）金圣叹选批. -- 苏州 ： 古吴轩出版社，2025. 3. -- ISBN 978-7-5546-2559-0

Ⅰ. Ⅰ207.227.42

中国国家版本馆CIP数据核字第2025BL8932号

责任编辑：胡敏韬
策　　划：牛宏岩
封面设计：言　成
版式设计：崔　旭

书　　名：金圣叹选批唐诗
选　　批：[明]金圣叹
出版发行：苏州新闻出版集团
　　　　　古吴轩出版社
　　　　　地址：苏州市八达街118号苏州新闻大厦30F
　　　　　电话：0512-65233679　　　邮编：215123
出 版 人：王乐飞
印　　刷：天宇万达印刷有限公司
开　　本：889mm×1194mm　　1/32
印　　张：15
字　　数：294千字
版　　次：2025年3月第1版
印　　次：2025年3月第1次印刷
书　　号：ISBN 978-7-5546-2559-0
定　　价：68.00元

如有印装质量问题，请与印刷厂联系。0318-5695320

金圣叹（1608—1661），明末清初文学批评家。初名采，又名喟，字若采；明亡后改名人瑞，字圣叹。吴县（今江苏苏州）人。明末诸生。为人狂放不羁，入清后，绝意仕进，以哭庙案被杀。少有才名，博通经史，旁涉小说词曲及释道诸典，亦工诗文，尤好衡文评书。将《离骚》《庄子》《史记》、杜甫诗集、《水浒传》与《西厢记》称为天下"六才子书"，并以批点后二书而著称，其批语颇多独到之见，尤其关于人物性格的阐释，促进了叙事文学理论的发展。有《沉吟楼诗选》《唱经堂才子书汇稿》等。今人辑有《金圣叹全集》。

除了对杜甫诗的选评有专门的集本外，金圣叹还选评了唐代诗人的七言律诗，约有六百首，被后人冠名为《贯华堂选批唐才子诗甲集》刊刻，这六百首诗作不同于市面上流行的《唐诗三百首》，可以说是金圣叹以其独到眼光精心挑选出来的"民间流行诗歌合集"。

金圣叹在赴死前作《绝命词》：

鼠肝虫臂久萧疏，只惜胸前几本书。虽喜唐诗略分解，庄骚马杜待何如？

可见其对于评唐诗这一工作的重视程度。"分解"，即金圣叹首创的"七律分解法"，将所选的唐人律诗分为前解、后解，进行细致、清晰的点评，分析字里行间隐藏的写作方法，着重揣摩七言律诗的谋篇布局、起承转合的形式，或切中要害，或借题发挥，挖掘诗人想要表达的真实情思，对于欣赏和研究唐诗有很大的参考价值。另外，金圣叹还为唐人撰写了人物小传，但有些资料残缺，现已根据所掌握的材料补充完全，以供读者参考。

本书精选了其中三百首，以清刻本（六册）为底本，参考浙江古籍出版社1985年版《金圣叹评点唐诗六百首》、光明日报出版社1997年版《金圣叹评点才子全集》，涵盖从初唐到五代时期的不同诗人的作品。希冀读者可以从金圣叹选评的作品中，认识更多不为人所熟知的诗人，感知不一样的唐诗风采，体悟唐诗金批的别样风味！

葭秋堂诗序

　　同学弟金人瑞顿首：弟年五十有三矣。自前冬一病百日，通身竟成颓唐。因而自念：人生世间，乃如弱草，春露秋霜，宁有多日，脱遂奄然终殁，将细草犹复稍留根荄，而人顾反无复存遗耶？用是不计荒鄙，意欲尽取狂臆所曾及者，辄将不复拣择，与天下之人一作倾倒。此岂有所觊觎于其间？夫亦不甘便就湮灭，因含泪而姑出于此也。弟自端午之日，收束残破数十余本，深入金墅太湖之滨三小女草屋中。对影兀兀，力疾先理唐人七律六百余章，付诸剞劂，行就竣矣。忽童子持尊书至，兼读《葭秋堂五言诗》，惊喜再拜，便欲挐舟入城，一叙离阔。方沥米作炊，而小女忽患疾蹶，其势甚剧，遂尔更见迟留。因遣使迎医，先拜手上致左右。夫足下论诗以盛唐为宗，本之以养气息力，归之于性情，旨哉是言！但我辈一开口而疑谤百兴，或云"立异"，或云"欺人"。即如弟《解疏》一书，实推原《三百篇》两句为一联，四句为一截之体，伧父动云"割裂"，真坐不读书耳。足下身体力行，将使盛唐统绪自今日废坠者，仍自今日兴起。名山之业，敢与足下分任焉！弟人瑞死罪死罪，顿首顿首。

贯华堂选批唐才子诗序

顺治十七年春二月八之日，儿子雍强欲予粗说唐诗七言律体。予不能辞，既受其请矣。至夏四月望之日，前后通计所说过诗可得满六百首。则又强欲予粗为之序，予又不能辞也，因复序之。

序曰：夫诗为德也大矣：造乎天地之初，贯乎终古之后，绵绵暖暖，不知纪极。虚空无性，自然动摇。动摇有端，音斯作焉。夫林以风夏而籁若笙竽，泉以石碍而淙如钟鼓。春阳照空而花英乱发，秋凉荡阶而虫股切声。无情犹尚弗能自已，岂以人而无诗也哉。离乎文字之先，缘于怊怅之际。性与情为挹注，往与今为送迎。送者既渺不可追，迎者又欻焉善逝。于是而情之所注无尽，性之受挹为不穷矣。

其为状也，既结体以会妙，又散音以流妍；初吐心以烁幽，转附物而起耀。其坚也洞乎金石，其轻也比于丝筸。其远也追乎鬼神，其近也应于风雨。斯皆元化之所未尝陶钧，江山之所不及相助者也。盖是眉睫动而早成于内，喉咯转而毕写于外。彼岂又欲借挥洒于笔林，求润泽于墨江者哉。苍帝未生，有绳无字。黄钟先鼓，展气应律。律之所应，讴吟遍野。于是丱角孺子，荷蓑笠而长谣；旧袖女儿，置懿筐而太息。太息之声，即是孔圣之所莫删；长谣之语，乃为卜氏之所伏读。固不待解绳而撰字，贯字以为文，夫然后托肺腑于音辞，树芳馨于文翰者也。

三百之目，传乎泗水。始《关》终《挞》，各分章句。章句之兴，所由久矣。章者，段也。赤白曰章，谓比色相宣，则成段也。斐然成章，亦言成段则可观揽也。为章于天，言其成段非散非叠也。句者，勾也，字相勾连，不得断也。又言连字之尽，则可勾而绝之也。夫花本依于萼跗，而花有韩韩之千重；晕特托于云河，而晕有熊熊之万状。由来妙舞回风，必有缀兆之位；清歌流尘，不失抗坠之节。此固凡物之恒致，而非学士之雕撰矣。先师崛兴，众称大匠，虽由独秀，实妙兼通。兼通者，先师之才；独秀者，先师之道。才非道，固无酝酿；道非才，亦难翱翔。此譬如大海必潜大龙，而亦不让鱼虾；大山必称大材，而亦旁罗莎藓者也。况其周流天涯，曾与万变徘转徊，迨于退老故乡，复遭四时侵逼。因而随物宛转，既各得其本情，加之纵心往还，遂转莹其玄照。由是而手提劈岳之笔，笔濡溢海之墨，墨临云净之简，简参天之书。而亦曾不出于静女夭夭之桃花，征人依依之杨柳，黄鸟嘤嘤之小响，草虫趯趯之细材者，此固其所也。

是故其篇有几章，章有几句，而止换一字，其余全同者，初吟则恐郁陶，更端始当条畅也。其篇有几章，而章无定句，句无定字，又全不同者，求伸固只一理，难伸遂仗多言，先欲置理以横断，既仍转言而得达也。又有几章全同，而一章独异者，或情文相缠，而遽吐飚焰，或弥缝久之，而终露廉锷也。又有章句全异，而末句必同者，众音繁会，而适期悦耳，膏香齐化，而意在甘口，口之所甘，耳之所悦，乃在于斯，则不自觉忽忽乎其屡称之也。凡此者，虽非出上圣元始之手，实已经上圣珪璋之心。正如离离夜灯，既托昭昭白日，则固锽锽洪钟，非复铮铮细响。况此又直九合十五诸侯，会星弁以对扬一人。匪特三顾七十二子，持丹漆以流通万世，则其命为学术之奥区，尊曰王人之鸿教，腾跃于《离骚》《乐府》之上，彪炳于大《易》《尚书》之间，堂堂乎独自成经，其谁谓不宜哉。自是而降，屈、宋变响，沿流相传，汉、魏不绝。汉自河、梁而外，实有枚叔、傅仲。魏当建安之初，并称王、徐、应、刘，其余又有嵇、阮清峻而遥深，左、陆枡文以雕采。

　　吾尝闲访乎翰墨之林，固亦窃骇于龙鸾之多也。然而王迹歇矣，风人不存，即有荣华，何关制作？惜乎停云妙笔，尚嗟其狂狷不及受裁也已。岂况玉树新声，乃欲与《风》《雅》居然接譽者也。天不丧文，聿挺大唐，祈斧乍息，人文随变。圣情则入乎风云，天鉴则比乎日月，帝心则周乎神变，王度则合乎规矩。于是乘去圣之未远，依名山之多才，酌六经之至中，制一代之妙格。选言则或五或七，开体则起承转收。选言或五或七者，少于五则忧其促，多于七则悲其曼也。开体起承转收者，先欲如威凤之树耀，继欲其如祥麟之无迹也。当其时也，上自殿廷，下行郡县，内连宫闾，外涉关河，以至山阿蕙帐之中，破院芋炉之侧，沧江蓬舟之上，怨女锦机之前，固无不波遭风而尽靡，山出云而成雨矣。

　　夫诗之为言诎也，谓言之所之也。诗之为物志也，谓心之所之也。心之所之必于无邪，此孔子之法也。心之所之必于无邪，而言之所之不必其皆无邪，此则郑卫不能全删，为孔子之戚也。今也一敬遵于孔子之法，又乘之以一日之权，而使心之所之必于无邪，言之所之亦必于无邪，然则唐之律诗，其真为三百之所未尝有也。夫圣者，天之所命以斟酌群言也。王者，天之所命以总一众动也。圣人之事，王者必不能代；王者之事，圣人必不敢尸。然而孔子之时世无王者，则孔子固于斟酌群言之暇，亦既总一众动矣。如哀周东迁，而奋作《春秋》是也。大唐之时，世无孔子，则大唐固于总一众动之便，亦遂斟酌群言矣，如惩隋浮艳，而特造律体是也。

故夫唐之律诗，非独一时之佳构也，是固千圣之绝唱也，吐言尽意之金科也，观文成化之玉牒也。其必欲至于八句也，甚欲其纲领之昭畅也；其不得过于八句也，预坊其芜秽之填厕也。其四句之前开也，情之自然成文，一二如献岁发春，而三四如孟夏滔滔也；其四句之后合也，文之终依于情，五六如凉秋转杓，而七八如玄冬肃肃也。故后之人如欲豫悦以舒气，此可以当歌矣；如欲怆快以疏悲，此可以当书矣；如欲婉曲以陈谏，此可以当讽矣；如欲揄扬以致美，此可以当颂矣；如欲辨雕以写物，此可以当赋矣；如欲折衷以谈道，此可以当经矣。何也？《三百》犹先为诗而后就删，唐律乃先就删而后为诗者也。大《易》学人金人瑞法名圣叹述撰。

目 录

〔清〕 张熊

《花卉册》（局部）

〔清〕 恽寿平
《瓯香馆写生册之菊花》

杜审言

字必简

襄州人

举进士，初为隰城尉。雅善五言诗，工书翰，有能名，尝谓人曰：吾之文章合，得屈、宋作衙官；吾之书迹，合得王羲之北面。其矜诞如此。累转洛阳丞，坐事贬授吉州司户参军。又与州僚不叶，免官。后则天召见，将加擢用，问曰：卿欢喜否？审言蹈舞谢恩。因令作欢喜诗，甚见嘉赏，拜著作佐郎。神龙初，坐事配流岭外。寻召授国子监主簿，加修文馆直学士。年六十余，将死，谓宋之问，武平一曰：我在，久压公等，今且死，但恨不得替人云。与李峤、崔融、苏味道为文章四友。集一卷。

春日京中有怀

今年游寓独游秦，愁思看春不当春。上林苑里花徒发，细柳营前叶漫新。

◎**前解** 当时初有律诗，人都未知云何。看他为头先出好手，盘空发起异样才思，浩浩落落，平开二解。前解曰：今年不当春，三四承之。便不别换笔，只一直写曰：花亦不当花，柳亦不当柳。盖二句十四字，并更不出"不当春"之三字也。于是遂为一代律诗前解之定式。呜呼！岂不伟哉！

公子南桥应尽兴，将军西第几留宾。寄语洛城风日道，明年春色倍还人。

○**后解** 明年倍还春，五六先之，亦更不远出笔，只就势起曰：南桥公子今虽尽兴，西第将军已自留宾，然我今不与，便都不算，一齐寄语都要重还。一直读之，分明只如一句说话。于是又遂为律诗后解之定式。斯真卓尔罩代之奇事也。○后来文孙工部，无数沉郁顿挫，乃更夫尝出此。索解人未遇，我谁与正之？

沈佺期

字云卿
相州内黄人也

　　进士举。长安中，累迁通事舍人，预修《三教珠英》。佺期善属文，尤长七言之作，与宋之问齐名。音律婉附，属对精密，约句准篇，如锦绣成文。学者宗之，号为"沈宋"。语曰：苏、李居前，沈、宋比肩。张燕公说尝谓佺期曰：沈三兄诗，须还他第一。再转考功员外郎，坐赃，配流驩州，神龙中，授起居郎，加修文馆直学士。后历中书舍人，太子詹事。开元初卒。有文集十卷。

遥同杜员外审言过岭

◎**题解**　同，亦和也，和者，和其诗也；同者，同其题也。如张说和蔡起居《偃松篇》，亦曰"遥同"。

天长地阔岭头分，去国离家见白云。洛浦风光何所似，崇山瘴疠不堪闻！

◎**前解**　一，天长地阔。用一"分"字，是正在岭上欲过未过时。二，去国离家。用一"云"字，便是已过岭下去也。看他写一过字，便写出如许分寸，而又毫不费手，真使后人何处复得临摹。四欲告诉过岭苦趣，三忽折笔，反先致问都下。后来唐家三百年诗人如山，但学得此一折笔者，便是雄视一世，鼎垂千年去也。先生开创之功，岂可诬哉。

南浮涨海人何处，北望衡阳雁几群。两地春风万余里，何时重谒圣明君？

○**后解**　人，即员外也。何处，言过岭以去，杳莫可问也。雁几群，遍指京华士大夫也。"两地"字，正接"南"字、"北"字。两地万余里，中间插"春风"字妙，便接出末句之何时。衡阳雁飞不到，而犹曰北望，则其去极南可知也。衡阳雁飞不到，而问其几群，则自望极北可知也。末句何时重谒，苦处却在七之"春风"二字，细细吟之。

红楼院

红楼疑见白毫光，寺逼宸居福盛唐。支遁爱山情漫切，
昙摩泛海路空长。

◎ **前解**　院名奇。一，因院名有红楼字，便随手亦写白光字相映
耀。此法不知起于何人，然唐固屡用之成妙矣。二，逼宸
居，急接福盛唐妙。拥护伽蓝，三字九鼎，他人乃当不
晓。三四，又反言以极叹逼宸居也。言必欲深山遥海，始
开道场，则佛云遍覆一切众生，独不欲与国王亲近，岂有
是哉。如此奇情奇笔，直是拔地插天，岂常手所得办。后
人岂肯将三四写作如此二句，不是无其笔力，亦是无其眼光。

经声夜息闻天语，炉气晨飘接御香。谁谓此中难可到，
自怜深院得回翔。

○ **后解**　闻天语，接御香，写上逼字十成。然先生用意，却正在经
声夜息，炉气晨飘。"夜"字"晨"字，特自表其深院回
翔，非他人所得比。看他七又明说此中难到，以播摆得
到，可会也。

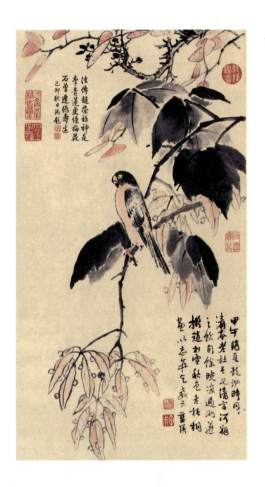

〔明〕蓝瑛

《秋色梧桐图》（局部）

宋之问

字延清
虢州宏农人

　　弱冠知名，尤善五言诗，当时无能出其右者。初征，令与杨炯分直内殿，预修《三教珠英》。尝扈从游宴，则天幸洛阳龙门，令从官赋诗。左史东方虬诗先成，以锦袍赐之。及之问诗成，则天称其词愈高，夺虬锦袍以赏之。中宗增置修文馆学士，之问与薛稷、杜审言等首膺其选，当时荣之。正月晦日，帝幸昆明池赋诗，群臣应制百余篇，帐殿前结彩楼，命上官昭容选一首为新翻御制曲。从臣悉集其下，须臾纸落如飞，各认其名而怀之。既退，惟沈、宋二诗不下。又移时，一纸飞坠，竞取而观，乃沈诗也，及闻其评曰：二诗工力悉敌，沈诗落句，词气已竭，宋犹健举，沈乃伏，不敢复争，僧皎然云：沈、宋为有唐律诗之龟鉴，情多兴远，语丽为多，真射雕手，使曹、刘降格为之，吾未知其孰胜。睿宗即位，以之问附张易之、武三思，配徙钦州，先天中，赐死于徙所，友人武平一纂集其诗，共十卷，传于代。

三阳宫石淙侍宴得幽字

离宫秘院胜瀛洲，别有仙人洞壑幽。岩边树色含风冷，石上泉声带雨秋。

◎**前解** 是日石淙即景，乃定不得不写树，定不得不写泉也。写树与泉，又定不得不写前石上也。写岩前石上，又定不得不写含风带雨也，写含风带雨，又定不得不写"冷"字"秋"字也，固也。只是于侍宴那得相应耶？因而于石淙上，先补出一层，言天子宫院自有胜于瀛洲者。却又再补出一层，言除天子正宫正院，其离宫秘院亦自有胜于瀛洲者。夫然后用"别有"字，折笔到石淙。呜呼！真异事也。

鸟向歌筵来度曲，云依帐殿结为楼。微臣昔忝方明御，今日还陪八骏游。

○**后解** 五六，若谓其写歌筵帐殿，便是下下俗子，即谓其写鸟写云，犹未是上上好手。须知前解是写石淙，此解乃写侍宴，盖七八写侍，五六写宴也。宴必度曲，必结楼。今鸟度曲，云结楼，则是不度曲，不结楼可知也。开宴而又不度曲，不结楼，则是天子亦能深领石淙幽趣也。然则五六正写天子，所谓上上好手，其妙如此，下下俗子不知道也。七八自言昔人具茨，七圣同迷，今日陪游，岂犹尘壒。表已亦能深领幽趣，以见与君合德也。

张说

字道济

洛阳人

永昌中，武后策贤良方正，糊名较覆，说所对第一，授太子校书郎，迁补阙，擢凤阁舍人，监修文馆学士。睿宗即位，擢中书侍郎，兼雍州长史。玄宗为太子，说与褚无量侍读，尤见亲礼，逾年，进同中书门下平章事，监修国史为中书令，封燕国公，坐与姚崇不睦，罢为相州刺史。苏颋见帝，为陈说忠謇有勋，不宜弃外，遂迁荆州长史。俄以右羽林将军，检校幽州都督，兼天兵军大使，修国史，敕赍薰，即军中论撰，召拜兵部侍郎，同中书门下三品，实封三百户，说又倡封禅议，受诏与诸儒草仪，多所裁正，帝召说，与礼官学士，置酒集仙殿，曰：朕今与贤者乐于此，当遂为集贤殿。乃下制，改丽正书院为集贤殿书院，而授说院学士，知院事，军国大务，帝辄访焉。卒，年六十四，赠太师，谥文贞。说没后，帝使就家录其文，诏配享玄宗庙廷，集三十卷。《天宝遗事》载：说母见一玉燕，自东南飞来，投入怀中，而有孕，生说，果为宰相，其至贵之祥也。

幽州新岁作

去岁荆南梅似雪，今年蓟北雪如梅。共嗟人事何常定，且喜年华去复来。

◎**前解** 一二，梅似雪，是梅；雪如梅，是雪。此写荆南蓟北地气不同也。又去岁荆南，是荆南，不是长安；今年蓟北，是蓟北，又不是长安。此写去岁今年人事不同也。三四，"共嗟"妙。只是一二之两上半句。"且喜"妙，只是一二之两下半句也。笔态扶疏磊落读之，疑其非复韵语。

边镇戍歌连夜动，京城燎火彻明开。遥遥西向长安日，愿上南山寿一杯。

○**后解** 五，写身在幽州，通夕不寐。因为心在京城，通夕不忘也。

湣湖山寺

空山寂历道心生，虚谷迢遥野鸟声。禅室从来尘外赏，香台岂是世中情？

◎ **前解** 不因寂历不生道心，然而寂历非道心也。不因迢遥不传鸟声，然而迢遥无鸟声也。庞居士曰："但愿空诸所有。"是"寂历道心生"义也。"慎勿实诸所无"，是"迢遥野鸟声"义也。三四，"从来"妙，"岂是"妙。僧问玄沙：清净本然，云何忽生山河大地？玄沙答僧：清净本然，云何忽生山河大地。僧问玄沙：是从来尘外赏义也？玄沙答僧：是岂是世中情义也。空山寂历，是人今坐处，虚谷迢遥，是鸟声来处，三四承之。犹言鸟声从来尘外赏，鸟声岂是世中情也。然则鸟声寂历道心生，又不待言也。

云间东岭千重出，树里南湖一片明。若使巢由同此意，不将萝薜易簪缨。

◎ **后解** 东岭千重，妙在一"出"字。"出"之为言，不劳瞻眺也。南湖一片，妙在一"明"字。"明"之为言，无烦窥觑也。此本写寺中现景，然实试思今日面前，除却千重东岭，一片南湖以外，真又有何物。巢由同此意，"意"字妙。所谓簪缨从来尘外赏，簪缨岂是世中情也。呜呼！微矣。

〔清〕 郎世宁
《仙萼长春图册之桃花》

张九龄

字子寿
韶州曲江人

七岁知属文，擢进士。始调校书郎，以道侔伊吕科登高第，为左拾遗，俄迁左补阙。时张说为宰相，亲重之，与通谱系。尝曰："后出词人之冠也。"说知集贤院，荐九龄可备顾问。说卒，天子思其言，召为秘书少监，集贤院学士，知院事，会赐渤海诏，而书命无足为者，乃召九龄为之。被诏趣成，迁工部侍郎，知制诰。又迁中书侍郎，以母丧解。是岁，夺哀拜中书侍郎，同中书门下平章事，固辞，不许。明年，迁中书令。卒，年六十八，赠荆州大都督，谥曰文献。初安禄山范阳偏校入奏，气骄蹇，九龄谓裴光廷曰："乱幽州者，此胡雏也。"及讨奚契丹败。张守珪执如京师，九龄请诛之，帝不许，后在蜀，思其忠，为泣下，且遣使祭于韶州，开元后，天下称曰"曲江公而不名"云，曲江既卒，明皇每用人，必曰："风度能若九龄乎？"有《曲江集》二十卷。

奉和圣制早发三乡山行

⌄
⌄

　　羽卫森森西向秦，山川历历在清晨。晴云稍卷寒岩树，
宿雨微销御路尘。

◎**前解**　看他写山川，只用"历历"二字；看他写山川历历，只用
　　　　"在清晨"三字。唐初人应制诗，从来人人骂其板重，又
　　　　岂悟其有如是之俊爽耶？三四，晴云稍卷，宿雨微销，此
　　　　只谓是写清晨异样好手，初并不觉山川历历，亦已向笔墨
　　　　不到之处，早自从中如画也。

　　圣德由来合天道，灵符即此应时巡。遗贤一一皆羁致，
犹欲高深访隐沦。

○**后解**　连上转笔，言所以晨光历历者，只为宿雨快晴也；所以宿
　　　　雨快晴者，只为圣德合天也；所以圣德合天者，只为群贤
　　　　尽起，无有遗滞也。然则圣德之合，已无容颂，而灵符之
　　　　应，实为可欣。既仰承帝命之如响，当益思帝之心之简
　　　　任。今日如此大山大川，定有伏龙伏凤，正不可不更加
　　　　意也。

李邕

字泰和

扬州江都人

父善，注《文选》，释事而忘意。书成以问邕，邕不敢对，善诘之，邕意欲有所更。善曰："试为我补益之。"邕附事见义，善以其不可夺，故两书并行。既冠，见特进李峤，自言"读书未遍，愿一见秘书"，峤曰："秘阁万卷，岂时日能习耶？"邕固请，乃假直秘书，未几辞去，峤惊，试问奥篇隐帙，了辨如响，峤叹曰："子且名家。"因与张廷珪共荐之，乃召拜左拾遗。御史中丞宋璟劾张昌宗等反状，武后不应，邕立阶下大言曰："璟所陈社稷大计，陛下当听。"后色解，即可璟奏，邕出，或让曰"子位卑，一忤旨，祸不测"，邕曰"不如是名亦不传"。历淄、滑二州刺史，上计京师。始，邕早有名，重义爱士，久斥外，不与士大夫接。既入朝，人间传其眉目环异，至阡陌聚观，后生望风内谒，门巷填隘，中人临问，索所为文章且进上，以迸娼不得留，出为汲郡海太守，李林甫素忌邕，复传以罪，诏刑部员外郎祁顺之，监察御史罗布爽，就郡杖杀之。时年七十，邕之文，于碑颂是所长。人奉金请其文，前后所受巨万计，邕虽诎不进，而文名天下，时称"李北海"，卢藏用尝谓："邕如干将莫邪，难与争锋，但虞伤缺耳。"后卒如言。杜甫知邕负谤死，作《八哀诗》，读者伤之，有集七十卷。

奉和初春幸太平公主南庄

∨
∨

传闻银汉支机石，复见金舆出紫微。织女桥边乌鹊起，仙人楼上凤凰飞。

◎**前解** 此为从幸公主山庄，故以乘槎犯汉为起。然因"传闻""复见"一落，手法即宽，便不检括，竟于结句，再用其语，此固是其通长。前后二解，欲作大开大阖。然读者则须细玩其前解仍是前解，后解仍是后解，并不因起结只用一语，遂混作中四句诗也。○前解只是写旧所不信，今乃惊见。三四，犹言织女桥边，乌鹊真起，仙人楼上，凤凰果飞。讽言车驾之下幸公主，洵为异闻也。

流风入座飘歌扇，瀑水当阶溅舞衣。今日还同犯牛斗，乘槎共泛海潮归。

○**后解** 歌扇舞衣，更无少讳。甚至直写出风飘水溅，见是日不论何色人等并得纵心寓目，故结句特下一"犯"字，再加一"同"字，讽言此系陛下闺门，未宜举朝尽随也。○前解，写车驾果幸山庄。后解，写群臣尽见公主。

贾至

字幼邻

曾之子

擢明经第，解褐单父尉。从玄宗幸蜀，拜起居舍人，知制诰，帝传位至当撰册，既进稿，帝曰："昔先帝诰命，乃父为之辞，今兹命册，又尔为之。两朝盛典，出卿家父子手，可谓继美矣。"至顿首，呜咽流涕，历中书舍人，迁尚书左丞，转礼部侍郎，待制集贤院，徙兵部，累封信都县伯，进京兆尹。以右散骑常侍卒，年五十五，赠礼部尚书，谥曰"文"。集十卷，苏弁编次，常仲孺为序。

早朝大明宫呈两省僚友

银烛朝天紫陌长，禁城春色晓苍苍。千条弱柳垂青琐，百啭流莺绕建章。

◎**前解**　通写早期大明宫。一，是朝。二，是早。三四，是大明宫。最华整。○须悟其发兴，本是因朝大明宫，忽然一念庆快，遂呈两省僚友，裁诗却是因呈两省僚友，要其各知庆快，故更补写早朝大明宫。盖举朝如此多官，而独有两省诸公，载其笔墨，侍从天子，高华清切，无能与比，此真不可知庆快者。只看其起句"银烛朝天紫陌长"之一句七字；"银烛"者言朝天既早，载烛而行；"紫陌长"者，言银烛众多，迤逦紫陌，极目远视，不见穷尽。正以极明早朝之官之多，何虑若干若干也。后解，便只从此一句七字中间，抽出"两省僚友"，言独有我辈，非其余银烛之比。○和诗三章，独有杜工部别换机杼，他如王之"万国衣冠"，岑之"玉阶千官"，皆是先生一样章法。

剑佩声随玉墀步，衣冠身惹御炉香。共沐恩波凤池里，朝朝染翰侍君王。

○**后解**　专写两省僚友。○看他五六，又自作轻轻顿挫。言两省之臣，如论剑佩，则虽同随玉墀之步；若辩衣冠，则实独染御炉之香。盖入直凤池，含毫待诏，人生自幼识字读书，真得如是一日亦足也。

王维

字摩诘
太原祁人

父处廉，终汾州司马，徙家于蒲，遂为何东人，维开元九年进士擢第，事母崔氏，以孝闻。与弟缙，俱有俊才，博学多艺，亦齐名，闺门友悌，多士推之，历右拾遗，监察御史，左补阙，库部郎中。居母丧，柴毁骨立，殆不胜哀。服阕，拜吏部郎中。天宝末，为给事中。禄山陷两都，玄宗出幸，维扈从不及，为贼所得，维服药取痢，伪称瘖病。禄山素怜之。遣人迎置洛阳，拘于普施寺，迫以伪署。禄山宴其徒于凝碧宫，其工皆梨园子弟、教坊工人，维闻之悲恻，潜为诗曰："万户伤心生野烟，百官何日再朝天？秋槐叶落空宫里，凝碧池头奏管弦。"贼平，陷贼官，三等定罪，维以《凝碧》诗，闻于行在，肃宗嘉之，会缙请削己刑部侍郎，以赎兄罪，特宥之。谪授太子中允，迁太子中庶子中书舍人，复拜给事中。转尚书右丞。维以诗名，盛于开元、天宝间，昆仲宦游两都，凡诸王驸马，豪右贵势之门，无不拂席迎之。宁王、薛王，待之如师友，维尤长五言诗。书画特臻其妙，笔踪措思，参干造化，非绘者之所及也，人有得奏乐图，不知其名，维视之，曰："霓裳第三叠第一拍也。"好事者集乐工按之，一无差，咸服其精思。维兄弟俱奉佛，居尝蔬食长斋，不衣文彩。得宋之问蓝田别墅，在辋口，其水周于舍下，别置竹洲花坞，与道友裴迪，浮舟往来，弹琴赋诗，啸咏终日，尝聚其诗，号《辋川集》，在京师，日饭数十名僧，以谈玄为乐。斋中无所有，惟茶铛药臼，经案绳床而已。退朝之后，焚香独坐，以禅诵为事。妻亡，不再娶，三十年孤居一室，屏绝尘累。乾元二年七月卒，临终之际，以缙在凤翔，忽索笔作别缙书，又与平生亲故，作别书数幅，多敦厉朋友奉佛修心之旨，舍笔而绝。代宗时，缙为相，帝好文，谓缙曰：“卿之伯氏，天宝中诗名冠代，朕尝于诸王座，闻其乐章。今有多少文集？卿可进来。”缙曰：“臣兄开元中诗百千余篇，天宝事后十不存一。比于中外亲故间，相与编缀，都得四百余篇。”翌日上之，帝优诏褒赏。凡十卷。○宁王宪贵盛，宠妓数十人，皆上色，宅左有饼妻，纤白明媚，王一见属意，因厚遗其夫，求之，宠爱逾等。岁余，因问曰：“汝复忆饼师否？”使见之。其妻注视，双泪垂颊，若不胜情。时王坐客十余人，皆当时文士，莫不凄异。王命赋诗，维先成云：“莫以今时宠，难忘旧日恩，看花满眼泪，不共楚王言。”坐客无敢继者。王乃归饼师，以终其志云。

酬郭给事

洞门高阁霭余晖，桃李阴阴柳絮飞。禁里疏钟官舍晚，省中啼鸟吏人稀。

◎**前解**　看他写余晖，却从"洞门高阁"字着手。此即"反景入深林，复照青苔上"文法。言余晖从洞门穿入，倒照高阁也。再加上"桃李"句，写余晖中一人闲坐，真是分明如画。再加禁钟省鸟，写此花阴柳絮中间闲坐之一人，方且与时俱逝，百事都捐，真又分明如画也。前解，先生自道比来况味，只得如此。读此一解，使人火气都尽。

晨摇玉珮趋金殿，夕奉天书拜琐闱。强欲从君无那老，将因卧病解朝衣。

○**后解**　始酬郭给事也。言摇玉佩，奉天书，与君同事，岂不夙愿？然晨趋夕拜，老不堪矣。诵之，使人油然感其温柔惇厚，不觉平时叫嚣之气皆失也。

早秋山中作

　　无才不敢累明时，思向东溪守故篱。岂厌尚平婚嫁早，却嫌陶令去官迟。

◎**前解**　"无才"非先生自谦，"明时"非先生虚颂，直是深信一时君臣合德，无绩不奏，身于其间，半手莫措。于是战战惧其或"累"，兢兢抱其"不敢"，因而眠思梦想，但得忽然一日乘秋风，归故篱，便是通身轻快，我量安乐者也。三四，因言人生多故，惟是婚宦两端。今幸儿女之事，亦已早毕，如何轩冕之涂犹未拔足。盖力疾求去之辞也。

　　草间蛩乡临秋急，山里蝉声薄暮悲。寂寞柴门人不到，空林独与白云期。

○**后解**　唐人每欲咨嗟迟暮，则必以岁已秋、日已暮为言。其法悉仿诸此。○岁已秋，日已暮，举一反三，殆是百年亦复垂垂将尽也。空林白云者，人但无心，便是同期，非定欲绝人远去也。

积雨辋川庄作

积雨空林烟火迟，蒸藜炊黍饷东菑。漠漠水田飞白鹭，阴阴夏木啭黄鹂。

◎ **前解**　此解即《豳风》"馌彼南亩"句中所有一片至情至理，特当时周公不曾说出，留教先生今日说出也。盖一家八口，人食一升，一年人三百六十升，八人共计食米二十八石八斗。除国税婚丧在外，此项全仰今日下田苦作之人之力，更无别出可知也。今使因积雨，致炊迟。因炊迟，致饷晚。因饷晚，致农饥。此即合家嗷嗷仰食之人，无不为之仓皇踯躅，身心无措者也。故三四承之，言如此水田无际，望之但见飞鹭，则应念我劳人胼胝，不知直向何处。如此夏木阴长，听来百啭黄鹂，则应念我劳人腹枵，不知已忍几时。奈何不过一藜一黍，至今犹然未得传送。一解四句，便只是精写得一"迟"字，如何细儒不知，乃漫谓之写景也。〇如何千年以来，说唐诗者，一味皆谓闲闲写景？夫使当时二南、十五国风、二雅、三颂亦曾无故写景，则谓唐亦写景可也。若《三百篇》并无此事，则唐固并无此事也。〇"漠漠"句，言作苦。"阴阴"句，言日长。作又苦，日又长，然后"积雨炊迟"一"迟"字，方是当家主翁淳厚心田中一段实地痛恻也。若必争之曰写景，则藜黍既迟，若饥正切，而主翁顾方看鹭听鹂，吾殊不知此为何等诗，又为何等人之所作也！近日颇复见人画此二句，不知此二句，只是"迟"字心地，夫心地则又安能着笔！

山中习静观朝槿，松下清斋折露葵。野老与人争席罢，海鸥何事更相疑。

○**后解** 　上解，是写居辋川心地，此解，是写居辋川威仪。○言颇彼有人，见我庄居，因遂疑我习静修斋。夫我亦何静之可习，何斋之可修乎！不过眼见槿花开落，因悟身并销，正逢葵叶初肥，不免采撷充膳，是则或有之耳。且夫人生世上，适然同处，以我视之，我固我也，彼固彼也，如以彼视之，彼亦我也，我特彼也。然则百年并促，三餐并艰，人各自营，谁能相让。今必疑我习静修斋，则岂欲令二三野老侧目待我，一如阳居所云：家公执席，妻子避灶，然后自愉快耶？亦大非本色道人已。

酌酒与裴迪

酌酒与君君自宽，人情翻覆似波澜。白首相知犹按剑，
朱门先达笑弹冠。

◎**前解**　一解，只妙于"酌酒与君"四字。犹言咄咄裴生，今日乃
得王先生与之酌酒，便足一生自豪，直不应又好唇舌，再问
他人情如何也。看他命题，便已直直只此五字，意即可知。
三四，正极写翻覆波澜也。三之磣毒，在"白首"二字，言
半生对床，不妨一刻便为敌国也。四之轻薄，在"先达"
二字，言一朝云霄，不认昨夜谁共灯火也。此自是千古至
今绝妙地狱变相，兹反觉吾王先生说之为饶舌也。

草色全经细雨湿，花枝欲动春风寒。世事浮云何足问，
不如高卧且加餐。

○**后解**　前解，写显相。后解，写密相也。显相，必是裴所已受，
故前解只作宽慰之语。密相，乃是裴所未悟，故后解更作
告诫之辞。五，"草色"七字，言我方不意，则彼先暗伤
也。六，"花枝"七字，言我乍欲行，则彼必重挤也。此
皆自古至今绝妙地狱变相也。

春日同裴迪过新昌里访吕逸人不遇

∨
∨

桃源面面绝风尘，柳市南头访隐沦。到门不敢题凡鸟，看竹何须问主人。

◎**前解** 二，"柳市南头"，即新昌里；"隐沦"，即吕逸人也。三，不敢题门，言逸人不在。四，"看竹"言已与裴不能以逸人不在而遂去也。俱易解。最奇最妙者，看先生于二三四句未写以前，忽然空中无因无依，随笔所荡，先荡出"桃源面面绝风尘"之七字。今世之人，不能看书心细如发，则直谓此不过写他新昌里耳。殊不知新昌里自有"柳市南头"四字承认，不应一写不已，又沓写至再也。某因大书揭壁，誓以十日坐卧其下，务期必得其旨。及至，瞥地看出却亦只是平常，然而其中实有两通妙理，终是忍俊不禁，不妨对众拈出也。其一，言我与裴，是日亦不必定访吕逸人。盖桃源面面，总非人间；南北东西，无非妙悟。如此则遇逸人亦不为欣，不遇逸人亦不为憾。便将逸人失晤，早已视如流云。下解，空玩庭柯，正复大惬来意也。其一，言逸人此时，虽不知其何在，然而桃源面面，既非人间，南北东西，总无异缘，则亦乌知其不为访人未值，正在旁皇，不访反逢，方当欢握。既是深浅只在山中，料应毛羽无非出色，便任纵心他往。于我有何异同也。试思先生如此高手，如此妙手，真乃上界仙灵，其吹气所至，皆化楼台，又岂下士笔墨之事所能奉拟哉！

城外青山如屋里，东家流水入西邻。闭户著书多岁月，种松皆老作龙鳞。

○**后解** 此写不遇逸人后一段徘徊闲畅神理也。五，仰眺其墙外。六，俯玩其阶下。七八，进窥其窗中，出抚其庭树，何必不遇逸人，亦何必定遇逸人。盖此日与裴，特地发兴远来，至是亦可谓大获我心而去矣。

和贾至舍人早朝大明宫呈两省僚友之作

绛帻鸡人报晓筹，尚衣方进翠云裘。九天阊阖开宫殿，万国衣冠拜冕旒。

◎**前解**　此全依贾舍人样，前解通写"早朝"，后解专写"两省"也。若其中间措手，又有不同者，贾乃于起一句便安"银烛朝天紫陌长"之七字，是预从"早"字先已用意，于是而三四写"朝"字，便无过只是闲笔；此却于第四句始安"万国衣冠拜冕旒"之七字，是直到"朝"字方乃用意，于是而一二写"早"字，亦无过只是闲笔。此则为两先生各自匠心也。

日色才临仙掌动，香烟欲傍衮龙浮。朝罢须裁五色诏，珮声归到凤池头。

○**后解**　五，日色才动，写朝光满殿，翻上"早"字。六，香烟欲浮，写双引驾退，翻上"朝"字。七八，急接"朝罢"二字，言此时千官尽散，而独有我辈，只归凤池也。

出塞作 时为监察御史

居延城外猎天骄，白草连天野火烧。暮云空碛时驱马，秋日平原好射雕。

◎ **前解** 首句曰"猎天骄"，则是三句皆写猎也。殊不知首句曰猎天骄，则是三句皆写天骄也。看他"白草连天"，便是野火连天，先已不可向迩。三四承之，写其驱马射雕，再加"暮"字"时"字，便可见闪忽无常；又加"秋"字"好"字，便可知弓马轻快，其骄至于如此。真为当事者北望之一大忧也。○看他起笔"居延城外"四字，三四"暮"字、"时"字、"秋"字、"好"字，却似一道紧急边报然。

护羌校尉朝乘障，破虏将军夜渡辽。玉靶角弓珠勒马，汉家将赐霍嫖姚。

○ **后解** 前解，写"天骄"是真正天骄；后解，写"边镇"是真正边镇。○言乘障者乘障，渡辽者渡辽，士气蓬蓬勃勃，一气便直取"玉靶""珠勒"等二句十四字，言人人无不自以为居然属我也。前解不写得如此，便不足以发我之怒，后解不写得如此，便不足以制彼之骄。

和太常韦主簿五郎温泉寓目

汉主离宫接露台，秦川一半夕阳开。青山尽是朱旗绕，碧涧翻从玉殿来。

◎**前解** 此前解，是写温泉，然吾详玩其四句次第，却是细细又写寓目。譬如作大幅界画者，其正经主笔，本自定于一幅之居中，而其初时起手，却必自最下一角，先作从旁小景，既而渐渐添成，便是远近正偏，无数形势，一齐俱备矣。○一，"汉主离宫"，即指今温泉，特以不敢斥言当时，故远借汉主也。"接露台"，言寓目者则应从秦。始露台祠边而起也。二，"秦川""夕阳"，言一路依渭水迤逦而去，其半道有矗起者，寓目者宜知此为骊山夕阳楼也。三四，方正写温泉，然三，犹通写合宫，朱旗，言盛陈仪卫也。四，方独写汤殿、碧涧，言阴泉灌输也。此为寓目时，自远而近，自边而中，最精最细之理路也。○某尝言：看好山水，眼中须有章法；述好山水，口中须有章法。如此一解四句，便是右丞满胸章法。其为画家鼻祖，岂无故而然乎！

新丰树里行人度，小苑城边猎骑回。闻道甘泉能献赋，悬知独有子云才。

○**后解** 写韦太常。五六者，所谓《甘泉赋》料也。前解一二，只是陪写温泉，后解五六，却是五郎赋料，然则诗中写景处。固自有定限矣。

送杨少府贬郴州

明到衡山与洞庭，若为秋月听猿声。愁看北渚三湘远，恶说南风五两轻。

◎ **前解** 此前解，手法最奇。看他一二，公然便向并未曾别之人，预先用勾魂摄魄之笔，深探人去，逆料其后来到衡山，到洞庭，必不能对秋月而听猿声者。于是三四，方更抽笔出来，重写愁看北渚，恶说南风，目今一段惜别光景。此皆是先生一生学佛，深入旋陀罗尼法门，故能有如此精深曲畅之文也。绕，候风扇也，以鸡羽为之，重五两，故楚人谓之"五两"。郭璞《江赋》曰："颖氛褪于清旭。觇五两之动静。"《淮南子》曰："若绕之候风也。"

青草瘴时过夏口，白头浪里出溢城。长沙不久留才子，贾谊何须吊屈平！

○ **后解** 此五六，只是急赶不久"留才子"之一句也。言今一路，且过夏口，经出溢城，不妨解维，放心便去，多恐未必前到郴州，而赐环之命且下也。

〔清〕 谢荪

《荷花图》

裴迪

唐诗人

关中人

迪初与王维、崔兴宗，俱居终南。天宝后，为蜀州刺史，与杜甫友善。

春日与王右丞过新昌里访吕逸人不遇

恨不逢君出荷蓑，青松白屋更无他。陶令五男曾不有，蒋生三经枉相过。

◎**前解** 裴君自是右丞门下学人，看他一诗前后二解，波澜虽复老成，然其不逮右丞，则已千里万里。此自是右丞众推天子，初非等闲可拟，固不关裴小巫气尽也。○一，"恨不逢君出荷蓑"，言恨不逢君，致君荷蓑而出，意谓脱若相逢，知君决不又出。盖深自赞叹，而逸人既为我所特访，则自不必与赞叹。此所谓高一格用笔法也。二，"青松白屋"下又加"更无他"三字，写此逸人天姿高寒，非复寻常住山之比。三四，再接五男"不有"、三径"枉过"者，又言是日彼已不成延款，我亦无由留语。盖如此不遇，乃为不遇之至。然实则三承二、四承一法也。

芙蓉曲沼春流满，薜荔成帏晚霭多。闻说桃源好迷客，不如高卧盼庭柯。

○**后解** 此言再访且恐并失其处，则不如便于芙蓉沼上，薜荔帏中，竟托高卧，以俟其归也。○试想是日已有右丞诗在上头，而先生又能尽脱右丞笔墨，别自标奇领异，真为右丞学人无忝也。

孟浩然

字浩然

襄州襄阳人

　　隐鹿门山，年四十，乃游京师。尝于太学赋诗，一座嗟伏，无敢抗，张九龄、王维雅称道之。维私邀入内署，俄而玄宗至，浩然匿床下，维以实对，帝喜曰："朕闻其人而未见也。"诏浩然出，帝问其诗，浩然再拜，自诵所为，至"不才明主弃"之句，帝曰："卿不求仕，而朕未尝弃卿，奈何诬我？"因放还，采访使韩朝宗约浩然偕至京师，欲荐诸朝，会友人至，剧饮欢甚。或曰："君与韩公有期。"浩然叱曰："业已饮，遑恤他。"卒不赴，朝宗怒，辞行，浩然不悔也。初王维过郢州，画浩然像于刺史亭，因曰"浩然亭"。咸通中，刺史郑诫，谓"贤者名不可斥"，更署曰"孟亭"。诗二百十首，王士源序次为三卷，今并为一。

除夜有怀

五更钟漏欲相催，四气推迁往复回。帐里残灯才去焰，炉中香气尽成灰。

◎**前解** 只起句七字写尽除夜。二，是再从大处写，七字中便有前三百六十日、后三百六十日也。三四，是再从细处写，十四字中，便直写到一焰续，一焰已灰，一焰又续，一焰又灰，如是焰焰续，焰焰成灰，此即是世尊《四阿含经》说"不能尽之无常"精义也。二，是放开眼界写。三四，是精着眼色写。不如此，便不是除夕诗也。

渐看春逼芙蓉枕，顿觉寒销竹叶杯。守岁家家应未卧，相思那得梦魂来。

○**后解** 上三四，是先生写自家除夕。此五六，是写他家除夕，即七之守岁未卧诸人也。渐看是新年忽亲，顿觉是旧年全失，盖家家意思即不过如是矣。先生自相思，彼何曾在意，以未卧故，或无梦来。怨而不怒，真忠厚之言也。

登安阳城楼

县城南面汉江流，江嶂开成南雍州。才子乘春来骋望，群公暇日坐销忧。

◎ **前解** 登城楼，临汉江，望南雍州，看他何等眼界，何等胸襟。因言普天下凡有此等眼界，此等胸襟者，必是才子；其无此等眼界，此等胸襟者，亦是群公。然则乘春骋望，固是其有眼界。有胸襟，而果暇日来坐；即亦不怕其无眼界、无胸襟也。看他"县城"下"南面"字，"汉江"下"流"字，"南雍州"上"江嶂开成"字，分明心手之间，欲代元代布置。

楼台晚映青山郭，罗绮晴娇绿水洲。向夕波摇明月动，更疑神女弄珠游。

○ **后解** 前解，只是虚叹其胜；此解，始实写其胜也。必又用到"神女弄珠"者，非为汉皋郑交甫一爱未割，正是极写好景，不能舍去，直须坐到月上也。

〔清〕 陈枚

《四季花鸟图屏》（局部）

王昌龄

字少伯

江宁人

　　第进士，补秘书郎。又中宏词，迁汜水尉，又贬龙标尉，为诗绪密而思清，时谓王江宁云。集五卷。○开元中诗人，王昌龄、高适、王之涣齐名。时风尘未偶，而游处略同。一日天寒微雪，三诗人共诣旗亭，贳酒小饮，忽有梨园伶官十数人，登楼会宴，三诗人因避席隈映，拥炉火以观焉，俄有妙伎四辈，寻续而至。奢华艳曳，都冶颇极。旋则奏乐，皆当时之名部也。昌龄等私相约曰：我辈各有诗名，无不自定其甲乙。今者可以密观诸伶所讴。若诗入歌词之多者，为优矣。俄而一伶拊节而唱，乃曰："寒雨连江夜入吴，平明送客楚山孤。洛阳亲友如相问，一片冰心在玉壶。"昌龄则引手画壁曰：一绝句。又一伶讴曰："开箧泪沾臆，见君前日书。夜台何寂莫，犹是子云居。"适则引手画壁曰：一绝句。寻又一伶讴曰："奉帚平明金殿开，强将团扇共徘徊。玉颜不及寒鸦色，犹带朝阳日影来。"昌龄又引手书壁曰：二绝句。之涣自以得名已久，谓诸人曰：此辈皆潦倒乐官，所唱皆巴人下里之词耳，岂阳春白雪之曲，俗物敢近哉。因指诸伎中最佳者：待此子所唱，如非我诗，是即终身不敢与子争衡矣。脱是我诗，子等当须列拜床下，奉我为师。因欢笑而俟之。须臾，次至双鬟发声，则曰："黄河远上白云间，一片孤城万仞山。羌笛何须怨杨柳，春风不度玉门关。"之涣即欹歈二子曰：田舍奴，我岂妄哉！因大谐笑，诸伶不喻其故，皆起诣曰：不知诸郎君何此欢噱？昌龄等因话其事，诸伶竞拜曰：俗人不识神仙，乞降清重，俯就筵席。三子从之，饮醉竟日。

万岁楼

江上巍巍万岁楼，不知经历几千秋。年年喜见山常在，日日悲看水独流。

◎**前解** 江上万岁楼，不知何人创造，复不知何人题名。尝试纵心思之，真是胜情奇举，设使不得如此好诗对副，真为辜古人不了也。盖统计是名万岁，分之只是千秋，再分之只是年年，再分之只是日日。其间山在水流，明抽暗换，乍悲还喜，似悟仍迷，吾亦总以一言概之曰：不知。此非愚故不知，任是绝世聪明，竟复谁能知此。四句诗，只是四七二十八字，便将一《大藏经》彻底掀翻，真奇事也。

猿狄何曾离暮岭，鸬鹚空自泛寒洲。谁堪登望云烟里，向晚茫茫发旅愁。

○**后解** "何曾离"，妙。"空自泛"，妙，伟哉，大化！绵绵莫莫，欲去者孰容之去？欲住者孰容之住？万岁以上，有猿狄鸬鹚；万岁以下，亦有猿狄鸬鹚。夫以如是浩浩楼头，而乃有人登望发愁。试问：此一点愁，为力几何，而堪对彼万岁云烟哉！我尝诵先生《礼塔》诗曰："真无御化来，妙有乘化归。如彼双塔内，孰能知是非。"便是一幅旋陀罗尼，在在处处，我当供养以诸香花而散其处也。○总持法师曰：一句"万岁"，二句"千秋"，三句"年年"，四句"日日"，此用去丈取尺，去尺取寸法也。又曰：见山在，是粗行人，故着"年年"字；见水流，是细行人，故着"日日"字。此用世尊与诸比丘说无常义法也。又曰：猿狻巧，巧既无所施其巧；鹪鹩专，专又无所用其专。此用大火聚四面凑手不得法也。

〔明〕 沈周
《花鸟册其四》

九日登高

青山远近带皇州，霁景重阳上北楼。雨歇亭皋仙菊润，霜飞天苑御梨秋。

◎**前解** 九日登高诗，从来都用眼泪磨墨。此独尽废苦调，别发夏声。看他起便遍指青山，言远远近近，尽带皇州，则知无一处登高，无不乃心王室者也。三四，菊必写仙菊，梨必写御梨，全然皆非常套。

茱萸插鬓花宜寿，翡翠横钗舞作愁。漫说陶潜篱下醉，何曾得见此风流。

○**后解** 五六，即末之"此风流"三字也。言今日所以上客纪年，寿花簪鬓，侍姬呈态，翠羽流钗，得有如此风流者，实是上荷圣人之至治，下极同人之欢赏，不似昔人生既不辰，适丁艰步，性又耿介，常至离群也。

〔五代〕 黄居寀
《杏花鹦鹉图》（局部）

高适

字达夫
渤海人

少落魄，不治生事，客梁、宋间，宋州刺史张九皋奇之，举有道科中第，调封丘尉，不得志，去客河西，遇节度使哥舒翰，表为左骁卫兵曹参军，掌书记，禄山乱，召翰讨贼，即拜左拾遗，转监察御史，佐翰守潼关。翰败，天子西幸，适走间道，及帝于河池。俄迁侍御史，擢谏议大夫，除扬州大都督府长史，淮南节度使。李辅国短毁之，下除太子少詹事。未几，蜀乱，出为蜀、彭二州刺史。天子罢崔光远，以适代为西川节度使。后召为刑部侍郎，左散骑常侍，封渤海县侯。永泰元年卒，赠礼部尚书，谥曰"忠"。适年五十，始为诗，即工，以气质自高。每一篇已，好事者辄传布。集一卷。

夜别韦司士得城字

高馆张灯酒复清，夜钟残月雁归声。只言啼鸟堪求侣，
无那春风欲送行。

◎**前解** 一之七字，字字快意语也。二之七字，字字败意语也。字
字快意，故三承以"只言"二字云云也。字字败意，故四
承以"无那"二字云云也。此是唐人四句分承法，于前解
每用之。○看先生用意，乃在"啼鸟堪求侣"五字。想此
韦司士，必是一绝妙可爱之人，时与先生方订初欢，我于
"到处有逢迎"句识之。

黄河曲里沙为岸，白马津边柳同城。莫怨他乡暂离别，
知君到处有逢迎。

○**后解** 五六，极写离别，然而韦莫怨也。此行虽不免别，然而只
是暂时。我则正忧如君其人，到处有合，后欢既极，前期
顿忘，将使暂别且成久别耳。然则我于异日，或当怨君，
君于今日，又何必怨？真为超距之笔也。

重阳

节物惊心两鬓华，东篱空绕未开花。百年将半仕三已，五亩就荒天一涯。

◎ **前解** 二之东篱花绕，此即一之惊心节物也。何故节物惊心？可惜青青好鬓，比来遽成二毛，今日又见此花，便是岁行复尽故也。三四承之。看他只是年老、宦拙、家贫、路远四语，却巧用"百"字、"三"字、"五"字、"一"字四数目字练成峭语。读之使人通身森森然。写花用"未开"二字妙，言我已垂垂欲老，彼方得得初开，两边对映，便成异彩。

岂有白衣来剥啄，一从乌帽自欹斜。真成独坐空搔首，门柳萧萧噪暮鸦。

○ **后解** 写尽人情世态。言我既年老、宦拙、家贫、路远，则自然更无一人问及也。"岂有"者，我心自揣何而有。"一从"者，人心都道与我无干也。因结之云：往常顺口，便说独坐，必如今日，方是真成独坐矣。"门柳""暮鸦"，极写虽尽此一日，终无一人来也。

送李少府贬峡中王少府贬长沙

嗟君此别意何如，驻马衔杯问谪居。巫峡啼猿数行泪，衡阳归雁几封书。

◎ **前解**　《庄子·人间世》篇：仲尼之语叶公曰：臣之于君，义也。无适而非君也，无所逃于天地之间，故事君者，不择地而安之，忠之盛也。奚暇至于悦生而恶死？夫子其行矣。今先生正用此段至论成妙诗也。妙绝在"嗟君此别意何如"之一句。"嗟"，嗟其"意"也，非嗟其"别"也。如言君于此别，得无怨与？若诚有之，此非我所敢闻，君其试明语我。怨与不怨，为定"何如"如此，方是孝子忠臣，一片起敬起爱，不敢疾怨纯粹心地。乃下仍不免一问"谪居"者，既明人臣事君安之若命之义，然则君命巫峡，臣便听猿下泪，君命衡阳，臣便看雁寄书，犹言君命巫峡便巫峡，君命衡阳便衡阳也。

青枫江上秋天远，白帝城边古木疏。圣代即今多雨露，暂时分手莫踌躇。

○ **后解**　若君不明此谊，而必谓"青枫"，"白帝"，天远木疏，流离道涂，悲苦万状者，则君固未解吾君爱眷群臣之盛心，今日只是暂时分手也。呜呼！如此诗，于《三百篇》，又何让焉！

崔颢

汴州人

登进士第

累官司勋员外郎，天宝十三载卒。诗一卷。○颢少年为诗，属意浮艳，多陷轻薄。晚岁，忽变常体，风骨凛然。鲍照、江淹，须有惭色。

黄鹤楼

昔人已乘黄鹤去，此地空余黄鹤楼。黄鹤一去不复返，白云千载空悠悠。

◎**前解** 此即千载喧传所云《黄鹤楼》诗也。有本乃作"昔人已乘白云去"，大谬。不知此诗正以浩浩大笔，连写三"黄鹤"字为奇耳。且使昔人若乘白云，则此楼何故乃名黄鹤？此亦理之最浅显者。至于四之忽陪白云，正妙于有意无意，有谓无谓。若起手未写黄鹤，先已写一白云，则是黄鹤、白云，两两对峙。黄鹤固是楼名，白云出于何典耶？且白云既是昔人乘去，而至今尚见悠悠，世则岂有千载白云耶？不足当一噱已。○作诗不多，乃能令太白公阁笔，此真笔墨林中大丈夫也。颇见龌龊细儒，终身拥鼻，呦呦苦吟，到得盖棺之日，人与收拾部署，亦得数百千万余言，然而曾不得不一乡里小儿暂时寓目，此为大可悲悼也。○通解细寻，他何曾是作诗？直是直上直下，放眼恣看。看见道理，却是如此，于是立起身，提笔濡墨，前向楼头白粉壁上，恣意大书一行。既已书毕，亦便自看，并不解其好之与否，单只觉得修已不须修，补已不须补，添已不可添，减已不可减，于是满心满意，即便留却去休。固实不料后来有人看见，已更不能跳出其笼罩也。且后人之不能跳出，亦只是修补添减俱用不着，于是便复袖手而去，非谓其有字法句法章法，俱被占尽，遂更不能争夺也。○太白公评比诗，亦只说是"眼前有景道不得，崔颢题诗在上头"。夫以黄鹤楼前，江矶峻险，夏口高危，瞰

051

临沔、汉，应接要冲，其为景状，何止尽于崔诗所云晴川芳草、日暮烟波而已。然而太白公乃更不肯又道，竟遂颓首相让而去，此非为景已道尽，更无可道；原来景正不可得尽，却是已更道不得也，盖太白公实为崔所题者乃是律诗一篇，今日如欲更题，我务必要亦作律诗。然而公又自思律之为律，从来必是未题诗，先命意；已命意，忙审格；已审格，忙又争发笔。至于景之为景，不过命意、审格、发笔以后，备员在旁，静听使用而已。今我如欲命意，则崔命意既已毕矣；如欲审格，则崔审格既已定矣；再如欲争发笔，则崔发笔既已空前空后，不顾他人矣。我纵满眼好景，可撰数十百联，徒自呕尽心血，端向何处入手？所以不觉倒身着地，从实吐露曰："有景道不得。"有景道不得者，犹言眼前可惜无数好景，已是一字更入不得律诗来也。嗟乎！太白公如此虚心服善，只为自己深晓律诗甘苦。若后世群公，即那管何人题过，不怕不立地又题八句矣。○一解看他妙于只得一句写楼，其外三句皆是写昔人。三句皆是写昔人，然则一心所想，只是想昔人双眼所望，只是望昔人，其实曾更无闲无心管到此楼，闲眼抹到此楼也。试想他满胸是何等心期，通身是何等气概，几曾又有是非得失、荣辱兴丧等事，可以污其笔端。一是写昔人，三是想昔人，四是望昔人，并不曾将楼挂到眉睫上。凡古人有一言、一行、一句、一字，足以独步一时，占蹯千载者，须要信其莫不皆从读书养气中来。即如此一解诗，须要信其的的读书。如一二便是他读得《庄子·天道》篇，轮扁告桓公：古人之不可传者死矣。君之所读，乃古人之糟粕已夫。他便随手改削，用得恰好。三四便是他读得《史记·荆轲列传》易水一歌："风萧萧兮易水寒，壮士一去兮不复还。"他便随手倒转，又用得恰好也。至于以人人共读之书，而独是他偏有本事对景便用，又连自家亦竟不知，此则的的要信其是养气之力不诬也。后人又有欲捶碎黄鹤楼者，若知此诗，曾不略写到楼，便是空劳捶碎。信乎自来皆是以讹传讹，不足供一笑也。

晴川历历汉阳树，芳草凄凄鹦鹉洲。日暮乡关何处是，烟波江上使人愁。

○**后解** 前解自写昔人，后解自写今人，并不曾写到楼。○此解，又妙于更不牵连上文，只一意凭高望远，别吐自家怀抱，任凭后来读者自作如何会通，真为大家规摹也。○五六，只是翻跌"乡关何处是"五字。言此处处历历是树，此处凄凄是洲，独有目断乡关，却是不知何处。他只于句上横安得"日暮"二字，便令前解四句二十八字，字字一齐摇动入来，此为绝奇之笔也。

行经华阴

岩峣太华俯咸京，天外三峰削不成。武帝祠前云欲散，仙人掌上雨初晴。

◎ **前解** 写"岩峣太华"，看他忽横如杠大笔，架出"俯咸京"之三字。咸京者，即下解路旁千千万万名利之客，所谓钻头不入，拔足不出，半生奔波、一世沉没之处。其处本不易俯，而今判之曰俯，则其为太华之岩峣，亦略可得而仿佛也。天外三峰句，正画"俯"字。言三峰到天，天已被到，而峰犹不极，故曰天外。"削不成"之为言，此非人工所及。盖欲言其削成，则必何等大人，手持何器，身立何处，而后乃今始当措手。此三字与上"俯咸京"三字，皆是先生脱尽金粉章句，别舒元化手眼，真为盖代大文，绝非经生恒睹也。至于三四，只是承上三峰，自言是日正值云散而晴，故得了了见之。如此三四一联，乃只为了了得见三峰之故。唐人奈何有中四句诗哉。

河山北枕秦关险，驿路西连汉畤平。借问路旁名利客，无如此处学长生。

○ **后解** 此五六运笔，真如象王转身，威德殊好。盖欲切诫路旁之不须复至咸京，而因指点太华之北枕西连，则有秦关汉畤。当时两朝何等富贵，而今眼见尽归乌有，则固不如天外三峰之永永常存也。如此五六一联，又只为指点路旁之故。唐人律体，真是大开大阖。

〔清〕 郎世宁
《仙萼长春图册之荷花慈姑》

岑参

南阳人

文本裔孙

天宝三载进士，累官补阙起居郎。出为嘉州刺史，杜鸿渐表置幕府，为职方郎中兼侍御史，罢，终于蜀。参博览史籍，尤工缀文，属辞清尚，用心良苦，其有所得，往往超拔孤秀，度越常情。每篇绝笔，人竞传讽。至德中，裴垍荐其识度清远，议论雅正，佳名早立，时辈所仰，可以备献替之官云。集十卷。

西掖省即事

西掖重云开曙晖，北山疏雨点朝衣。千门柳色连青琐，三殿花香入紫微。

◎ **前解**　一解四句，看其庠序鱼雅，备极早朝盛容。读之，何人不庆得君行道，端在此日？○一，写假寐待旦，如画也。三四，写鞠躬入门，摄齐升殿，如画也。却不谓后解忽然作如彼出落。

平明端笏陪鹓列，薄暮垂鞭信马归。官拙自悲头白尽，不如岩下掩荆扉。

○ **后解**　看他转笔斗写"平明"二字。夫早朝至于平明，若有所敷陈，则已跪而敷陈矣；有所谘访，则已顾而谘访矣。今皆无有也，森森然序立班末，无非奉陪焉耳。奉陪既久，日已薄暮，无非归寓焉耳。加"端笏"字，写尽"陪"字之寸长莫展。加"垂鞭"字，写尽"归"字之满面惭惶。结云：自悲头白尽，情知只在平明端笏、薄暮垂鞭中间白尽也。哀哉先生，一至是与？

奉送杜相公发益州

相国临戎别帝京，拥旄持节远横行。朝登剑阁云随马，夜渡巴江雨洗兵。

◎ **前解** 为相国纪程，则由别帝京，而登剑阁，而渡巴江也。为相国志遇，则帝既命之拥旄持节，天必又遣云为随马，雨为洗兵也。为相国写目无全敌，则下"远"字也。为相国写不遑启处，则下"朝""夜"字也。然我又细分题中"送"字与"发"字，"送"字实，"发"字虚。盖送当正送，发尚未发。然则"别帝京"，实写也；"登剑阁""渡巴江"，虚写也。"拥旄持节"，实写也；"云随马""雨洗兵"，虚写也。"远"字，实写也；"朝""夜"字，虚写也。为全唐送别诸诗之定式已。

山花万朵迎征盖，川柳千条拂去旌。暂别蜀城应计日，须知明主待持衡。

○ **后解** 前解为相国纪程，此解为相国纪时，虽暗用出将入相为结，使相公平添身分，然用意却只在一"暂"字，正反《诗》云"昔我往矣，杨柳依依。今我来思，雨雪霏霏"句，成佳作矣。

暮春虢州东亭送李司马归扶风别庐

柳軃莺娇花复殷，红亭绿酒送君还。到来函谷愁中月，归去磻溪梦里山。

◎**前解** 柳軃花殷中，忽然横插"莺娇"，一奇；下再硬接"红亭绿酒"，二奇；二句十四字，先闲写去十一字，只余三字写得"送君还"，三奇。然而皆不具论，我正细读其"送君还"之三字，恰似今日幸甚，包还故物也者。看他三四写此司马，来便是愁，不是他人来而不得意始愁；梦久已去，不是今日直至送之归始去，便知此三字真是写出此司马通体轻快。此为名家之名笔，大家之大笔也。

帘前春色应须惜，世上浮名好是闲。西望乡关魂欲断，对君衫袖泪痕班。

○**后解** 五六，是司马当时高见。先生言：此亦是我久到之高见也。因转笔作此结。

和贾至舍人早朝大明宫呈两省僚友之作

∨

鸡鸣紫陌曙光寒，莺啭皇州春色阑。金阙晓钟开万户，
玉阶仙仗拥千官。

◎**前解** 此亦人依贾舍人样，前解通写早朝，后解专写两省也。若
其争奇竞胜，又各有不同者：看他欲写千官入朝，却将
一、二反先为千官未入朝时。夫千官未入朝时，则只须
"鸡鸣"七字，便写"早"字无不已尽。而今又更别添
"莺啭"七字者，意言如此风日韶丽，谁不诗情满抱？然
而下朝以后各供乃职，王事蹇蹇，竟成不暇，便早为结句
"独有"字、"皆难"字，反衬出异样妙色。此又为右丞
之所未到也。

花迎剑佩星初落，柳拂旌旗露未干。独有凤凰池上客，
阳春一曲和皆难。

○**后解** 五六，不惟星落露干，只就看见花柳，便是朝散解严之役
也。此时合殿千官，无不纷纷并散，而独有凤池诸客，共
以和曲为难，呜呼！因读书，得作官；既作官，仍读书。
言和曲虽难，然此难岂复他官之所有哉！

和祠部王员外雪后早朝即事

︾

︾

长安雪后似春归，积素凝华连曙辉。色借玉珂迷晓骑，光添银烛晃朝衣。

◎**前解** 从来雪后最不似春归，而此言长安雪后独似春归者，长安有早朝盛事。如下三四之所极写，雪得早朝而借色，早朝又得雪而添光：色既因光而剑佩愈华，光又映色而素姿转耀。于是更无别语可以赏叹，因便快拟之曰"似春归"也。"积素"七字者，细写"雪后""后"字。字言始雪则积素，雪甚则凝华，至于雪后，已连曙辉也。前解，写雪后早朝。

西山落月临天仗，北阙晴云捧禁闱。闻道仙郎歌白雪，由来此曲和人稀。

○**后解** 写即事属和。言正当落月晴云，雪方新霁。天仗禁闱。朝犹未终，而仙郎丽才，已成高唱。因而便巧借"白雪"和"稀"字，以盛赞之也。

李颀

东川人

居河南颍阳

开元十三年，贾季邻榜进士。调新乡尉。诗一卷。

题璿公山池

远公遁迹庐山岑，开山幽居只树林。片石孤云窥色相，清池白月照禅心。

◎**前解** 此借远公当璿公也。一，是从世间遁入山中。二，是从山中开出精舍。三，"色相"句，著"片石孤云"妙。石亦不常，云亦不断，若问色相，色相如是。四，"禅心"句，着"清池白月"妙。月亦不一，池亦不异，若问禅心，禅心如是。诚能是，则遁迹可，开山又可；设不然，则遁迹不应又开山；开山便是不遁迹也。三写山。四写池。

指挥如意天花落，坐卧闲房春草深。此外俗尘都不染，惟余玄度得相寻。

○**后解** "指挥如意"，写璿公动相也。"坐卧闲房"，写璿公静相也。七句"此"字，正指满房落花，绕床深草。言璿公面前，只许尔许，其外更无杂色人，闯得一个人来，所以深表己之为一色人也。

寄綦毋三

新加大邑绶仍黄，近与单车向洛阳。顾盼一过丞相府，风流三接令公香。

◎ **前解**
题是"寄綦毋三"，诗却为綦毋三讽切朝堂，此一最奇章法也。看他一句"仍"字，二句"与"字，孰"仍"之，孰"与"之乎？若谓未承顾盼，则既已一过丞相府矣；若谓未著风流，则凡经三接令公香矣。如此人者，只疑让席相推，乃更单车外遣，真使旁人亦不胜愍惜者也。

南山粳稻花侵县，西岭云霞色满堂。共道进贤蒙上赏，看君几岁作台郎。

◎ **后解**
此又续写其洛阳新绩，以叹三之诚贤也。五，见其巡行阡陌。重者，国本。六，见其鼓吹文章。进者，国华。以如此人，顾曾不得辱一台郎，而久令之单车在外。"共道"妙妙。"几岁"妙妙。当时谁为丞相？谁为令公？有贤不进，而上赏虚叨，又何以自解哉！又何以自解哉！

〔清〕 任熊

《姚燮诗意图之新种梨花满扇湖》（局部）

祖咏

洛阳人

开元十三年进士

张说引为驾部员外，有司试《终南山望余雪》诗，咏赋云："终南阴岭秀，积雪浮云端。林表明霁色，城中增暮寒。"四句，即纳于有司。或诘之，咏曰：意尽也。集一卷。

望蓟门

　　燕台一望客心惊，笙鼓喧喧汉将营。万里寒光生积雪，三边曙色动危旌。

◎**前解**　二三四句，只写得一"惊"字，三是直下望，四是直上望。须知此直下直上所望，单单望一汉将，犹言大丈夫当如此矣。

　　沙场烽火侵胡月，海畔云山拥蓟城。少小虽非投笔吏，论功还欲请长缨。

○**后解**　五六，写慨然欲赴其处，真乃身虽未行，神已先往也。八之"还"字，全为七之"少小"字，更自按捺不得也。○此诗已是异样神彩，乃读末句，又见特添"少小"二字，便觉神彩再加十倍。

綦毋潜

字孝通

虔州南康人

开元中，由宜寿尉，入集贤院待制。迁右拾遗，终著作郎，诗一卷。

经陆补阙隐居

> ⌄
> ⌄

　　不敢要君征亦起，致君全得似唐虞。谠言昨叹离天听，新像今闻入县图。

◎**前解**　读二三四句，陆可称真补阙矣。乃起手又必追写其被征之初者，盖为题是经陆隐居。隐居，是陆未授补阙时所居，则陆之舍此而终去，正在起为补阙之日也。陆之为补阙也，如二三四句所云，则可称无忝矣。独是不敢要君一征竟起，遗此故居，终竟不返，以是为极痛也。不然，便似题是"哭陆补阙"。

　　琴锁坏窗风自响，鹤归乔木隐难呼。学书弟子何人在？点检犹存谏草无。

○**后解**　五六，非写琴鹤，乃是借琴鹤以兴下"谏草"。言琴可亡，鹤可去，遗稿决不可失。然亦是切隐居以写补阙，故妙。

崔曙

宋州人
早年孤贱

开元二十六年，登进士第。《纪事》云。"试明堂火珠，诗云：正位开重屋，中天同火珠。夜来双月满。曙后一星孤。天净光难灭，云生望欲无。还将圣明代，宝国在京师。"曙以是诗得名。明年卒，惟一女，名星星，始悟其谶也。

九日登仙台呈刘明府容

汉文皇帝有高台，此日登临曙色开。三晋云山皆北向，二陵风雨自东来。

◎**前解**　登高台，乃斗然发唱，却是汉文皇帝。嗟乎！高台固自岿然，汉文皇帝即奚在乎？急接"此日"二字，虽出题中"九日"，然其意思，实有无数慷慨，特是蕴藉遂不觉也。"曙色开"妙。一是高台久受湮没，气象忽得一开；一是登高台人久抱抑郁，情思忽得一畅。如三四之"云山""风雨"，昔为汉文皇帝眼中好景，今为某甲眼中好景是也。

关门令尹谁能识，河上仙翁去不回。且欲近寻彭泽宰，陶然共醉菊花杯。

◎**后解**　五六，承上转笔。自言此段慷慨意思，真是索解人殊未易也。"谁能识"，言无人识得。"去不回"，言识得人又不在也。特请关门尹与河上翁者，为题中"仙台"之"仙"字刷色也。唐人凡撰五六，俱为顿出七八。如言既是索解未易，则且与刘明府共醉。而又称之曰"彭泽宰"者，为"九日"二字刷色也。此诗前解，九日登台；后解，寄呈明府。

张谓

| 字正言
| 河南人

天宝二年进士，乾元中，以尚书郎出使夏口。沔州牧杜公觞于江城南湖，谓命李白标之，白目为郎官湖。

南园家宴

南园春色正相宜，大妇同行小妇随。竹里登楼人不见，花间觅路鸟先知。

◎**前解** 唐人诗，直是羽翼圣经，助流风化，不止作韵语而已。如此诗，一，表天时和应；二，表闺门肃雍；三四，又言此为人家内行，不必外人之所与闻，便将天地一段太和元气，欲发而为礼乐文章者，已无不酝酿于此。呜呼！此岂后代小生之所得而措手乎！往读《三妇艳》大妇小妇一向风流扫地，何意遽成大雅。

樱桃解结垂檐子，杨柳能低入户枝。山简醉来歌一曲，参差笑杀郢中儿。

○**后解** 解结子妙，能低枝又妙。自来妻妾，愁其不解结子，乃才解结子，又可恨是不能低枝。今既解结子，又能低枝，此真佛经所称"女宝"，而《易》曰："无攸遂，在中馈。"《诗》曰："黾勉同心，莫不静好。"《礼》曰："婉勉听从。"皆是此物此志也。诚有妻妾如此，而丈夫犹不饮酒歌曲，夫岂人情？○读此诗，使人深思内助之重。

西亭子言怀

数丛芳草在堂阴，几处闲花映竹林。攀树玄猿呼郡吏，傍溪白鸟应家禽。

◎**前解** 前解写境，后解写人。笔疏墨明，谁当不晓？乃我独有神解于此诗者。看他前解，为堂阴，为芳草，为数丛，为竹林，为闲花，为几处；为树，为猿，为溪，为鸟，全是一人指指点点，申申夭夭于其间。但细读"在"字、"映"字、"攀"字、"呼"字、"傍"字、"应"字便自见。所谓尽是此人闲心妙手，并非西亭有此印板景致也。然则前解正是写人。

青山看景知高下，流水闻声识浅深。官属不令拘礼数，时时缓步一相寻。

○**后解** 看他写到看景知山，闻声识水。二三属吏，尽捐町畦，则不知山水之为我，我之为山水；自之为他，他之为自；一之为多，多之为一。所谓休乎天钧，嗒焉尽丧，是先生之杜德机也。然则后解乃写人无其人。

〔清〕 陈枚

《四季花鸟图屏之一》（局部）

张志和

字子同

婺州金华人

　　始名龟龄。十六擢明经，以策干肃宗，特见赏重，命待诏翰林，授左金吾卫录事参军，因赐名，后坐事贬南浦尉，会赦还，以亲丧不复仕。居江湖，自称"烟波钓徒"。颜真卿为湖州刺史，志和来谒，真卿以舟敝漏，请更之。志和曰："愿为浮家泛宅，往来苕霅间。"善图山水，酒酣后，舐笔辄成。尝撰渔歌，著《玄真子集》，亦以自号。

渔父

八月九月芦花飞，南溪老人垂钓归。秋山入帘翠滴滴，
野艇倚槛云依依。

◎前解　两岸先衬芦花，中分溪水一道；秋山远远送翠，老人闲闲
　　　　看云。四句诗，便是一幅秋溪罢钓图，先写之为前解也。
　　　　○看他闲，看他高，看他忘机械，看他识时务。

却把渔竿寻小径，闲梳鹤发对斜晖。翻嫌四皓曾多事，
出为储王定是非。

◎后解　上解渔父在船，此解渔父上崖也。"把渔竿"，言所持甚
　　　　狭。"寻小径"，言所安甚陋。"梳鹤发"，言所存甚短。
　　　　"对斜晖"，言所与甚暂。既有如此五六二句，便自然必
　　　　笑四皓无疑耳。

李白

字太白
兴圣皇帝九世孙

白生时，母梦长庚星，因以命之。十岁通诗书，及长，隐岷山。州举有道，不应。苏颋为益州长史，见白异之，曰："是子天才奇特，少益以学，可比相如。"然喜纵横术，击剑为任侠，轻财重施。客任城，与孔巢父、韩准、裴政、张叔明、陶沔居徂徕山，日沉饮，号"竹溪六逸"。天宝初，南入会稽，与吴筠善。筠被召，故白亦至长安，往见贺知章，知章见其文，叹曰："子谪仙人也！"言于玄宗，召见金銮殿论当世事，奏颂一篇。帝赐食，亲为调羹。有诏供奉翰林，白犹与饮徒醉于市。帝坐沉香亭子，意有所感，欲得白乐章，召入而白已醉。左右以水颒面，稍解，援笔立就《清平乐》词三章，婉丽清切。帝爱其才，数宴见，白尝侍帝，醉，使高力士脱靴，力士素愧恨之，摘其诗以激杨贵妃，帝欲官白，妃辄阻之。白与知章、李适之、汝阳王琎、崔宗之、苏晋、张旭、焦遂，为酒八仙人，恳求还山，帝赐金放还。安禄山反，明皇幸蜀，永王璘节度东南，白时卧庐山，迫致之。璘败，坐系浔阳狱。崔涣、宋若思验治白，以为罪薄，释白囚，使谋其军。乾元元年，终以璘事流夜郎，以赦得释，过当涂卒。集二十卷。

登金陵凤凰台

凤凰台上凤凰游，凤去台空江自流。吴宫花草埋幽径，晋代衣冠成古丘。

◎ **前解**　人传此是拟《黄鹤楼》诗，设使果然，便是出手早低一格。盖崔第一句是去，第二句是空，去如阿閦佛国。空如妙喜无措也。今先生岂欲避其形迹，乃将"去""空"缩入一句。既是两句缩入一句，势必句上别添闲句，因而起云"凤凰台上凤凰游"，此于诗家赋、比、兴三者，竟属何体哉。唐人一解四句，四七二十八字，分明便是二十八座星宿，座座自有缘故，中间断无无缘故之一座者也。今我于此诗一解三句之上，求其所以必写凤游之缘故而不得也。然则先生当日，定宜割爱，竟让崔家独步，胡为亦如后世细琐文人，必欲沾沾不舍，而甘出于此哉。○"江自流"亦只换云悠悠一笔也。妙则妙于"吴宫""晋代"二句，立地一哭一笑。何谓立地一哭一笑？言我欲寻觅吴宫，乃惟有花草埋径，此岂不欲失声一哭？然吾闻伐吴，晋也，因而寻觅晋代，则亦既衣冠成丘，此岂不欲破涕一笑？此二句，只是承上凤去台空，极写人世沧桑。然而先生妙眼妙手，于写吴后偏又写晋，此是其胸中实实看破得失成败，是非赞骂，一总只如电拂。我恶乎知甲子与之必贤于甲子亡，我恶乎知收瓜豆人之必便宜于种瓜豆人哉。此便是《仁王经》中最尊胜偈。固非止如杜樊川、许丹阳之仅仅一声叹息而已。

三山半落青天外，二水中分白鹭洲。总为浮云能蔽日，长安不见使人愁。

○**后解**　前解写凤凰台，此解写台上人也。"三山半落""二水中分"之为言，竭尽目力，劳劳远望，然而终亦只见金陵，不见长安也。看先生前后二解文，直各自顿挫，并不牵合顾盼，此为大家风轨。

送贺监归四明

久辞荣禄遂初衣，曾向长生说息机。真诀自从茅氏得，恩波宜许洞庭归。

◎**前解**　送贺监归四明，固必须书朝廷诏许，然使笔尖稍不用意，便写作贺监乍请，而朝廷即许，此岂复见吾君眷礼贤臣至意，即贺监此行亦复成何荣宠。看先生起手，先纵妙笔，补出一段文字言辞荣遂初，其志已久，请乞君前，既非一日。下始缓缓然以"应许"二字承之，言今日却是更不可不放归也。呜呼！先生诗，夫岂四七二十八字而已哉！长生，殿名，先生用入此，正合笑白乐天用入《长恨歌》"夜半无人时"也。

瑶台含雾星辰满，仙峤浮云岛屿微。借问欲栖珠树鹤，何年却向帝城飞？

○**后解**　上解写许归，此解写归后君臣交眷也。五六，言云雾微茫，君之眷臣，无日无之。七八，言鹤路千年，臣如眷君，何日再至。盖一片惓惓恻恻，实备哀乐之至正矣。

题东溪公隐居

∨
∨

　　杜陵贤人清且廉，东溪卜筑岁将淹。宅近青山同谢朓，门垂碧柳似陶潜。

◎**前解**　又有律诗，取第一句，分作前后解，如此"清""廉"二字即是也。○前解，写东溪公清，要看其"岁将淹"三字。夫人之于世间，诚非一眼亲见朝衣涂炭，即未有不数数然者也。今东溪公人，诚不知其行年几何，然其卜筑如彼，即知立志如此，殆于决意不肯复来也。三四，正书东溪卜筑，"岁"，余年也；"淹"，待死也。言特卜筑以待死于其中也。

　　好鸟迎春歌后院，飞花送酒舞前筵。客到但知留一醉，盘中只有水晶盐。

○**后解**　写东溪公廉。廉，训棱角峭厉也。言东溪虽弃世，世不弃东溪。然则此时又当作何处置？曰：今日诸公，奈何复涸我为？若有到者，我但与之一醉而已。客才到也，但知只一法也，一醉毋多言也。五六，鸟当歌、花当舞者，借之以为进酒之先容也。末句，又表公本赤贫，谁爱杯杓？只图来人不得开口。写其棱角峭厉，至于如此也。前解清以持己，后解廉以待人。

082

鹦鹉洲

鹦鹉来过吴江水，江上洲传鹦鹉名。鹦鹉西飞陇山去，芳洲之树何青青。

◎**前解** 此必又拟《黄鹤》，然"去"字乃至直落到第三句，所谓一蟹不知一蟹矣。赖是"芳洲"之七字，忽然大振，不然，几是救饥伧父之长歌起笔。先生英雄欺人，每不自惜有此也。○"芳洲之树何青青"，只得七个字，一何使人心杳目迷，更不审其尽也！

烟开兰叶香风起，岸夹桃花锦浪生。迁客此时徒极目，长洲孤月向谁明？

○**后解** 五六，兰叶风起，桃花浪生，正即此时极目之"此时"二字也。看他"风"字、"浪"字，言我欲夺舟扬帆，呼风破浪，直上长安，刻不可待，而我知浮云蔽空，明月不照，则终无可奈之何也。不敢斥言圣主，故问长洲孤月。

寄崔侍御

宛溪霜夜听猿愁，去国长如不系舟。独怜一雁飞南海，却羡双溪解北流。

◎**前解**　"侍御"，即崔宗之也，时与先生同在金陵。而先生是日，又以他行出宿宛溪，因作此诗寄之。言使我比来曾以金陵为家，即今夜且宜以宛溪为客，乃我固无日无刻而不心于王室也者。然则今夜之在宛溪，固犹前夜之在金陵，此身殊未尝辩居停之果何在也。三四，承之以一雁南飞，喻身；双溪北流，喻心也。

高人屡解陈蕃榻，过客难登谢朓楼。此处别离同落叶，朝朝分散敬亭秋。

○**后解**　上解，写身在宛溪，心不在宛溪；此解，写心既不在宛溪，即身亦未尝在宛溪也。言承宛溪之人，家家下榻想留；而我宛溪之客，处处过门不入。"朝朝分散"之为言，此中逢迎甚多，而曾未尝少作留连也。

〔明〕 吕纪

《秋鹭芙蓉图》

杜甫

字子美

尝自称少陵野老

祖籍襄阳（今属湖北），自其曾祖时迁居巩县（今河南巩义西南）。杜审言之孙。自幼好学，知识渊博，颇有政治抱负。开元后期，举进士不第，漫游各地。天宝三载在洛阳与李白相识。后寓居长安（今陕西西安）将近十年，生活艰困，对社会状况有较深的认识。靠献赋始得官。安禄山叛军陷长安，曾被困城中半年，后逃至凤翔，谒见肃宗，官左拾遗。长安收复后，随肃宗还京，寻出为华州司功参军。不久弃官往秦州、同谷。又移家成都，筑草堂于浣花溪上，世称浣花草堂。一度在剑南节度使严武幕中任参谋，武表为检校工部员外郎，故世称杜工部。晚年携家出蜀，病死湘江途中。一说死于耒阳。

赠李白

⌄
⌄

◎**题解** 题本赠人，而诗全写自己胸臆者，盖古者赠人之法：富者以财，君子以言，皆实出所有以裨益人。若后人信手横涂，而题曰"赠某人"，实是用错"赠"字也。○十二句诗，凡十句自说，则二句说李侯者，不欲以东都丑语唐突李侯也。看他用意忠厚，如此类甚多。○唐人诗，多以四句为一解。故虽律诗，亦必作二解。若长篇，则或至作数十解。夫人未有解数不识而尚能为诗者也。如此篇第一解，曲尽东都丑态；第二解，姑作解释；第三解，决劝其行。分作三解，文字便有起有转，有承有结。从此虽多至万言，无不如线贯花，一串固佳，逐朵又妙。自非然者，便更无处用其手法也。

二年客东都，所历厌机巧。野人对腥膻，蔬食常不饱。

○**诗解** "厌"，足也，熟也。则此一字，供招已尽，犹言被东都教坏了也，于二年中学坏了也。三四急承上文，写出厌足机巧人丑态来。未来东都时，蔬食一饱，颓然自乐；乃今二年，腥膻满鼻，饫闻足见，先之蔬食，不能复饱。写尽野人到京师不安分，不自得，无限苦事。

岂无青精饭，使我颜色好。苦乏大药资，山林迹如扫。

○**诗解**　看他凭空用"岂无"二字，忽作一转。"青精饭"，只是
脱身归山寻常蔬食耳，非真用陶隐居法也。七八二句，说
出二年以前来东都本意。则因一"资"字，误尽志气人，
使贫士无力学道者，放声一哭。夫所谓"大药资"，岂须
多金哉！屋足盖头，田足糊口，韭毛竹笋足可留客，粗纸
中笔足用抄书，则山林老死，人亦不来，我亦不出，诚大
乐事也。只为缺此，勉来东都，冀得如许，便疾引去。又
岂料一投若海，更难拔脚，鹿鹿二年，了无成办。天下滔
滔，谁不胸中抱此隐痛哉！

李侯金闺彦，脱身事幽讨。亦有梁宋游，方期拾瑶草。

○**诗解**　"脱身"二字，情见乎词。盖其前之苦，其后之乐，皆不
言可知矣。结妙！既已贺其脱身，随又自求脱身，以见东
都脱身之难，以勉李侯不可再来，真是朋友规劝良式。
○李侯诗，每好用神仙字，先生亦即以神仙字成诗。

望岳

◎**题解**　"岳"字已难着语，"望"字何处下笔？试想先生当日有
　　　　题无诗时，何等经营惨澹。○此诗每二句作一解读。

　　岱宗夫如何？

○**诗解**　一字未落，却已使读者胸中眼中隐隐隆隆具有"岳"字
　　　　"望"字。盖此题非此三字亦起不得，而此三字非此题
　　　　亦用不着也。○"夫如何"，犹云"一部十七史从何处说
　　　　起？"。一题当前，心手茫然，更落笔不得，恰成绝妙落
　　　　笔。此起二语，皆神助之句。

　　齐鲁青未了。

○**诗解**　凡历二国，尚不尽其青。写"岳"奇绝，写"望"又奇
　　　　绝。○五字何曾一字是"岳"？何曾一字是"望"？而五
　　　　字天造地设，恰是"望岳"二字。

　　造化钟神秀，阴阳割昏晓。

○**诗解**　二句写"岳"。"岳"是造化间气所特钟；先生望"岳"
　　　　直算到未有"岳"以前，想见其胸中咄咄。"割昏晓"
　　　　者，犹《史记》云"日月所相隐辟为光明"也。一句写其
　　　　从地发来，一句写其到天始尽，则十字为"岳"遂尽。

荡胸生层云，决眦入归鸟。

○诗解 二句写"望"。一句写"望"之阔，一句写"望"之远，
则十字写"望"亦遂尽。○从来大境界，非大胸襟未易领
略，读此四句益信。

会当凌绝顶，一览众山小。

○诗解 翻"望"字为"凌"字，已奇；乃至翻"岳"字为"众
山"字，益奇也。如此作结，真是有力如虎。○而庵说
曰："钟神秀"者，"神"言变化不测，"秀"言苞含万
有。山之后曰"阴"，日光之所不到，故"昏"。山之前
曰"阳"，日光之所到，故"晓"。望岳，则见岳之生
云，层层浮出来，望者胸为之荡。望之既久，则见归鸟。
眼力过用，欲闭合不得，若眦为裂者然。眦，眼两眶红肉
也。《子虚赋》云："弓不虚发，中必决眦。""入"字如
何解？日暮而归鸟入望，其飞必疾；望者正凝神不动，与
岳相忘，但见有物一直而去，若箭之离弦者然。又，鸟望
山投宿，若箭之上垛者然。此总形容"望"之出神处，说
"决眦"字、"入"字确极。

登兖州城楼

◎**题解** 此诗全是忧时之言。若不托之登楼，则未免涉于讥讪，故特装此题，以见立言之有体也。○杜诗题，有以诗补题者，如《游龙门奉先寺》是也；有以题补诗者，如《宇文晁尚书之孙崔或司业之甥尚书之子重泛郑监前湖》是也；有诗全非题者，如《江上值水如海势聊短述》是也；有题全非诗者，此等是也。其法甚多，当随说之，兹未能悉数。

东郡趋庭日，南楼纵目初。浮云连海岱，平野入青徐。

○**诗解** 是时先生尊人，为兖州司马，故有"趋庭"字。"初"字一哭，犹言是日始知天下事至于如此。三四因写上下纵目所见。兖州与青、徐二州接界，为河、济入海之冲。岱山在其境内，乃濒海一大都会也。今则纵目在上，一片都是浮云，浮云不知从何处来，至于连海连岱，弥漫无有已时，则其昏昧甚矣。纵目在下，一派都是平野。平野已属不堪之极。至于入青入徐，遥遥几千百里，则其荒芜甚矣。如此朝廷，成何朝廷！如此百姓，成何百姓！一处纵目如此，想处处纵目皆然，岂不岌岌乎殆哉！因转下秦汉云云。○祸福起伏不定，故曰"浮云"。野望全无麦禾，故曰"平野"。

091

孤嶂秦碑在，荒城鲁殿余。从来多古意，临眺独踌躇。

○**诗解**　若问秦，则孤嶂之上，仅有峄山碑尚在；若问汉，则荒城之中，仅有灵光殿尚存。峄山碑、灵光殿，旧属鲁境，皆古名迹也，故下以"古意"二字合之。夫秦不失德，则今日犹秦；汉不失德，则今日犹汉。乃今秦汉何在，遂至有唐，则岂非"浮云""平野"之故哉！因言我从来读史至如是事，未尝不临文嗟悼，惜当时之无人，不谓今日遂至目睹其事，盖忧惧无出之至也。"从来"二字，与上"初"字应成一篇章法，妙绝。"独"字，悲愤之极，言今日临眺踌躇，止我楼头一人耳！彼上下梦梦，殊未及知也。

〔明〕周之冕
《四时花鸟图》（局部）

城西陂泛舟

◎ **题解** 此题是先生咏城西陂中所泛之舟，非先生泛舟游城西陂也。通首诗全咏陂中泛舟，咏诗人却在陂岸上。

　　青蛾皓齿在楼船，楼笛短箫悲远天。

◎ **诗解** 只二起句，一喝一证，笔势灵幻非常。要看他用一"在"字之妙，言此陂中楼船，一例纯是珠帘翠幄，岸上睹之，窈窕重密，谁人知其中何所有。然我定知多载青蛾皓齿在中。何以验之？我目虽不睹，耳实亲闻。此悲动远天，皆横笛短箫之声，以是知其必流连荒亡之徒也。○"悲远天"，亦是岸上听船中箫笛语。若身在其中，便徒有聒耳，不复得此三字。

　　春风自信牙樯动，迟日徐看锦缆牵。

◎ **诗解** 青蛾皓齿，横笛短箫，中间则必拥一主人矣。是主人如何人耶？夫声色之中，则岂复有人者乎？因用十四字，活画他出来。言是主人也，彼乌知人力之艰难。春风面面皆顺，即荡荡万斛之舟，于中流自然而动耳。"自信"，"信"字妙。彼执以为如是，何人敢复争之？既而自欲顾视日影，方乃舒头外望，而后乃今徐徐却看船行，又有锦缆牵之。异哉，异哉！因而告报一船，以为创见。看他写来，便活是"何不食肉糜""为官乎，为私乎"一样妙人。一解。

鱼吹细浪摇歌扇，燕蹴飞花落舞筵。不有小舟能荡桨，百壶那送酒如泉？

○**诗解** 后解痛与针砭一下，不嫌唐突。歌扇舞筵，已极靡丽；又有水映歌扇，花缀舞筵，分外靡丽。水映花缀，已是雨重靡丽；又有鱼吹摇影，燕蹴飞红，天下事锦上起锦，花上增花，真有何限。此时舟中主人乐而忘死，便谓鱼燕真大解事，千秋万岁与君同之，而岂知舟中奇乐，乃全赖小舟来往送酒如泉。不然，李延年、黄旛绰为丰年之玉诚有余，彼则岂真荒年之谷哉。读之使人务本重农之心，直刺出来。

哀王孙

长安城头头白乌，夜飞延秋门上呼。又向人家啄大屋，屋底达官走避胡。

○诗解　一解，便写尽无数事。如玄宗从延秋门出，满城达官悉已避去，方失落下王孙，入他人手。正未审几行始得到，轻轻插入"延秋门"三字，言玄宗从此去也。其事既在必书，然实书在玄宗名下，又失讳尊之体，只因写妖乌夜呼，便见用笔回避有法。且令出门时，分外怕人，气色都见。○"大屋""达官"，字法。平时居大屋，作达官，此夜妖乌空啄大屋，屋下达官，去已久矣，写尽朝中大臣伎俩。嗟乎，何代无贤！○匹夫犹有托子之谊。身食其禄而祸至先去，失落下其王孙，即何以自解？○看他只四句一解中间，便有如许阳秋。

金鞭断折九马死，骨肉不待同驰驱。腰下宝玦青珊瑚，可怜王孙泣路隅。

○诗解　不知者谓"金鞭"二句是写玄宗，"宝玦"二句是写王孙。殊不知此一解，是先生以异样妙笔，曲曲剔出"王孙"二字来。言是日路隅忽见泣者，卒然惊曰：是真皇帝

骨肉也！本应同驱前后，不待竟去，遂至遗失于此。或问
何故不待竟去？嗟乎，金鞭一断，九马尽败，宗庙社稷，
已不复顾，安暇复保妻孥哉！问：皇帝不待，是诚有之，
然今日路隔泣者何限，何用知此必是王孙？嘻，不见腰下
宝玦乃是青珊瑚所装耶！是岂他家所宜有？一解四句，凡
用无数曲法，曲出王孙来。

问之不肯道姓名，但道困苦乞为奴。已经百日窜荆棘，
身上无有完肌肤。

○诗解　上解从青珊瑚上已断知其为王孙，此解四句却愿意拗出
去，岂不奇绝杀人。○我自从青珊瑚上断知其为王孙，及
至问之，却并不肯吐出"王孙"字来；不但如是，及至口
中吐出话来，却并不是王孙声口。因而察其脚色，又为久
窜荆棘，通身破碎，亦全不似王孙千金娇养身躯。上解用
无数曲法，曲出"王孙"字，此解用接连几拗全拗落。
○若云此只是叙当时实事，即岂复成语。刘会孟每恨杜
诗粗俗，都为此等处不解其用手柔弓燥法耳。

高帝子孙尽隆准，龙种自与常人殊。豺狼在邑龙在野，
王孙善保千金躯。

○诗解　上解故意拗去，然后用此解重复收来。先生于"王孙"二
字，凡用三解十二句写成。若使他人作此，只如路傍一小
儿，额上贴作"王孙"字。○先从宝玦，断知其为王孙，
然犹疑是偶尔。此又从隆准断知其的的王孙，是真尚帝龙
种也。何其与常人殊也！今日豺狼得志，龙偶在野，不足惜
也。然豺狼终是豺狼，龙终是龙。此今日乞奴之躯，乃他日
千金之躯，王孙大须善保之也。只因"善保"二字，渡出

下半篇来。○此解三句定"王孙"二字，一句渡过下。

不敢长语临交衢，且为王孙立斯须。

○**诗解** 半解却写得棱层之甚。为是不敢语，为是欲与语。上句充斥可畏，下句惠爱恻然。

昨夜春风吹血腥，东来橐柁满旧都。朔方健儿好身手，昔何勇锐今何愚。

○**诗解** 不敢长语，单向王孙私说二事，每一事作一解。○此一解说贼无大志也。倡乱健儿，久闻好手，乘势席卷，猝亦难制。今却有绝好消息，昨夜风吹血腥，却是橐驼东来，驮载所劫珍宝。志既在此，勇锐尽矣，此一快闻也。

窃闻太子已传位，盛德北服南单于。花门劓面请雪耻，

○**诗解** 此一解，说肃宗即位灵武，回纥举兵助顺，又一快闻也。○一解四句，今却只写三句，且停一句在后，而另自横插两句入来，作千叮万嘱已，然后将第四句说出来足此解。世间那有如此裁诗法，使千年之下，亦那有如此看诗法哉。思之不胜万世子云之痛。

慎勿出口他人狙。

○**诗解** 横插此一句。"狙"，巧诈也。我与王孙说，王孙勿说也。

哀哉王孙慎勿疏，

○**诗解** 再横插一句。○接连横插两句，总为"不敢长语"解。尚少二句，亦并补之。○此"慎勿"，即上"慎勿"也。只加"哀哉王孙"四字，便比上句分外有持手跌脚之苦。

五陵佳气无时无。

○**诗解** 接"花门劈面请雪耻"句下，言唐德未衰，其气已验，承上两快闻，吐此一快语，以结上。王孙善保之案，却用两番叮嘱方说出来。快语不敢快说，是喜是苦？

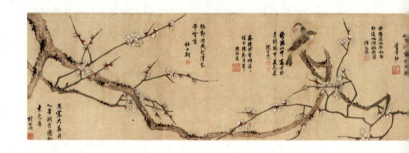

〔明〕陈继儒
《梅花双禽卷》（局部）

春宿左省

∨
∨

◎**题解**　此诗之妙，妙于将题劈头写尽，却出己意，得大宽转。

花隐掖垣暮，啾啾栖鸟过。星临万户动，月傍九霄多。

○**诗解**　只起二句，已尽题矣。何也？掖垣者，左省也，"暮"，
　　　　则应宿之候也。却于"暮"字上，加"花隐"二字，补
　　　　"春"字也。"啾啾栖鸟过"，言万物无不以时而宿也。
　　　　如此十字，春宿左省已完矣。下六句，何也？是则老杜一
　　　　腔忠君爱国之心，而非诸家之所知也。三，"星临万户"
　　　　者，于左省而念及其民也。四，"月傍九霄多"者，于左
　　　　省而念及其君也。二句足上"暮"字意。

不寝听金钥，因风想玉珂。明朝有封事，数问夜如何。

○**诗解**　五，"不寝听金钥"，则宿而思其君有辟门之难也。六，
　　　　"因风想玉珂"，则宿而思其臣有献替之忠也。结二句，
　　　　始收到自己宿左省者。数问如何，则自明夙夜匪懈，未尝
　　　　卧也。后之读此诗者，若欲知老杜"封事"为何语，则不
　　　　出下念百姓、上念君父、上者纳言、下者效忠四语而已。
　　　　嗟乎，岂咕哗小儒所及知哉！

狂夫

〜
〜

○诗解　味此诗，有何人浊人清，人醉人醒，看先生何等胸次。

万里桥西一草堂，百花潭水即沧浪。风含翠筱娟娟静，
雨浥红蕖冉冉香。忍饿看花，我友张存贞亦尔矣。

○诗解　胸中忍饿，有何意兴，尚云"娟娟冉冉"，不尔，便是忍
饿不得人，即作得下一解诗，亦是乞儿骂人，徒自取恶。
○风含翠筱而云"娟娟静"，言其得雨而娟娟也。雨浥红
蕖而云"冉冉香"，言其得风而冉冉也。立言之妙如此。

厚禄故人书断绝，恒饥稚子色凄凉。欲填沟壑惟疏放，
自笑狂夫老更狂。

○诗解　犹言"欲填沟壑"矣，还只是"疏放"。此谓其狂不可及也。

悲秋

◎题解　一句秋，二句悲；三句秋，四句悲；五句秋，六句悲；七句秋，八句悲。

凉风动万里，群盗尚纵横。家远传书日，秋来为客情。

○诗解　首句"凉风动"三字是秋，妙在"万里"二字生出悲来。二句"群盗纵横"是悲，妙在"尚"字挽出秋来。三句虚幻之极，凭空说，即今家中定当寄书来，则非秋而何？然秋在此，而悲在家中矣。四句只平平对过，然亦以"为客情"三字赋"悲"字，而"秋来"二字又结挽定"秋"字。故不辨其秋生于悲，悲生于秋也。

愁窥高鸟过，老逐众人行。始欲投三峡，何由见两京。

○诗解　五句，鸟至秋而高飞，写"秋"字极高简，然文势与六句相抱成章，言鸟能高飞而过，朝出暮还，人何为而不如鸟乎。盖垂白之老，犹逐众人，不言悲而悲可知也。"愁窥""老逐"，对得参差变动，可法。七句，正指秋日欲投峡也。八句总结"悲"字，忧朝廷也。故读此诗者谓其悲秋，则不知老杜；谓其悲无家，亦岂知老杜者乎！

曲江二首

〈〉

◎**题解**　前一首，着意在花，带出"酒"字；后一首，着意在酒，
　　　　带出"花"字。

　　一片花飞减却春，风飘万点正愁人。且看欲尽花经眼，
莫厌伤多酒入唇。

○**诗解**　本为万点齐飘，故作此诗，却以曲笔倒追至一片初时说
　　　　起。终思老人眼中，物候惊心，节节寸寸，全与少年相
　　　　异，真为可悲可痛！○看他接连三句飞花，第一句是初
　　　　飞，第二句是乱飞，第三句是飞将尽。裁诗从未有如此奇
　　　　事。○"欲尽花""伤多酒"，以三字插放句腰，其法亦
　　　　异。酒是"伤多酒入唇"最难，本最可厌，而先生叮嘱
　　　　"莫厌"者，为花是"欲尽花"。看他下"经眼"二字，
　　　　便将眼前一片一片不算是花，直是老人千金一刻中之一点
　　　　一点血泪也！

　　江上小堂巢翡翠，苑边高冢卧麒麟。细推物理须行乐，
何用浮名绊此身。

○**诗解**　小堂翡翠，不过小鸟，而今日现存，即金碧可喜；高冢麒
　　　　麟，虽是大官，而今日不在，即黄土沉冥。"巢"字妙，
　　　　写出加一倍生意；"卧"字妙，写出透一步荒凉。"江上"
　　　　者，又于生趣旁边写得逝波不停，便宜及时寻乐；"苑

边"者，又于死人傍写出后人行乐，便悟更不能强起追陪也。如此二句十四字中间，凡寓无数悲痛感悟。因结之云：物理既一定如此，细推又深悟其然；然则浮名之与行乐，我将何去何从，孰得孰失也哉！

朝回日日典春衣，每日江头尽醉归。酒债寻常行处有，人生七十古来稀。

○诗解 承前一首，遂力疾行乐也。八句，通首是痛饮诗，却劈头强安"朝回"二字，妙。便是"浮名绊身"四字，一气说下语，而后首"懒朝"二字，亦全伏于此矣。"酒债"说是"寻常"，妙甚。顺知穷人酒债，最不寻常。一日醉，一日债；一日无债，一日不醉。然则"日日典春衣"，一年那有三百六十春衣？"每日尽醉归"，三百六十日又那可一日不醉而归？如是而又毕竟以酒债为"寻常"者。细思人望七十大不寻常，然则酒债乃真是寻常，看惊心骇魄之论也。"日日""每日"，接口成文。

穿花蛱蝶深深见，点水蜻蜓款款飞。传语风光共流转，暂时相赏莫相违。

○诗解 "蛱蝶"句，写出残春；"蜻蜓"句，写出初夏。言蛱蝶穿花，深深尚见，可见余春未尽；蜻蜓点水，略求款款，莫令初夏便来。老人岂有多时，不过暂尔相赏，何苦流转太速，风光如此毒害耶！无聊无赖，望空传语，不知传语与谁，惟有思之欲涕。"共"字妙，犹言我尽尔亦尽。

空囊

◎题解 君子亦有囊。君子囊，亦欲其不空；君子囊空，亦且感愤成诗乎！须知《空囊》一篇，是先生自写"不改"之乐，非写不堪之忧也。吾党守志之士共辨之。

翠柏苦犹食，明霞高可餐。世人共卤莽，吾道属艰难。

○诗解 衣食二者，无一日可以暂废。乃小人偏于此卤莽，君子偏于此艰难。"卤莽""艰难"，字法妙绝。乱就下曰"卤"，乱就上曰"莽"，不能前进曰"艰"，不能后却曰"难"：四个字便活画出两样人、两样身份来。上"翠柏"二句，便是正写艰难，影写卤莽也。必是翠柏，则虽苦犹食；必是明霞，则虽高犹餐。然则所食所餐，盖已甚寡。此非君子不畏饥寒以杀身，而无奈以礼处身，以义处心。吾守吾道，至死无二。不能学当时小儿甘者即食，卑者亦餐，卤莽觅活，腼颜人世也。一解。

不爨井晨冻，无衣床夜寒。囊空恐羞涩，留得一钱看。

○诗解 前一解是先生自写骨力，后一解是先生自写襟怀。看他"不爨"下又加井冻，则不惟无食，兼无汤饮；"无衣"下又加床寒，则不惟无衣，兼无袄被。夫人至于通晨彻夜，饥寒备极如此，他人已不知有几遂许悒侘傺，先生却有闲胸襟，自戏自谑。题是"空囊"，诗偏以不空作结，便似一文钱能使壮士颜色遂不至于大坏也者。昔有渔人夫妇，大雪夜并卧船尾，不胜寒苦，因以网自覆。既而寒逾甚，其夫试以指从网中外探，雪已深三四寸，便叹谓其妇：今夜极寒，不知无被人又如何过得也！先生囊中一钱，正与此语同，的的妙撰。○"翠柏""明霞"，空中妙文；冻井、寒床，实地苦事。"卤莽""艰难"实地苦事；囊留一钱，空中妙文矣。

蜀相

∨
∨

◎**题解**　前解咏祠堂，后解咏丞相。

丞相祠堂何处寻？锦官城外柏森森。映阶碧草自春色，隔叶黄鹂空好音。

○**诗解**　城外有丞相祠堂；然至城外而寻祠堂，是无心于丞相者也。先寻祠堂，后至城外，妙。是有一丞相于胸中，而至其地寻其庙，则在锦官城外森森柏树之中也。三四，碧草春色，黄鹂好音，入一"自"字、"空"字，便凄清之极。二语是但见祠堂而无丞相也。黄鸟所以求友，君子旷百世相感，有尚友古人之情，而无如古人终不可见，如"隔叶"也。

三顾频烦天下计，两朝开济老臣心。出师未捷身先死，长使英雄泪满襟。

○**诗解**　后解承三四来。丞相不可见于今日矣。然当时若非三顾草庐，丞相并不可得见于昔日也。天下妙计，在混一，不在偏安。丞相受眷于先，并邓忠于后；虽不能混一天下，成开济之功，然老臣之计、老臣之心，则如是也。死而后已者，老臣所自矢于我；捷而后死者，老臣必仰望于天。天不可必，老臣之志则可必。第七句"未"字、"先"字妙，竟似后曾恢复而老臣未及身见之者，体其心而为言也。当日有未了之事，在今日长留一未了之计、未了之心。嗟乎，后世英雄有其计与心，而不获见诸事者，可胜道哉！在昔日为英雄之计、英雄之心，在今日皆成英雄之泪矣！

〔明〕郁乔枝
《花鸟扇面》

江村

⌄
⌄

◎**题解** 只用《论语》"贤者避世"句，反覆成篇。二解八句，清
空一气，有如说话耳。

清江一曲抱村流，故曰"江村"也。用训诂体为诗，非写景也。
看他下句承出江村，可知。**长夏江村事事幽。**"事事"言长夏服食起居
等事，非指三、四、五、六句。从来人不解诗耳。**自去自来梁上燕，
相亲相近水中鸥。**

○**诗解** 题曰《江村》，诗曰"江村"者，非江边一村也。乃清江
一曲，四围转抱，既不设桥，又不置艇，长夏于中，事事
幽绝，所谓避世之乐，乐真不啻者也。问：江村如是，即
令人如何去来？答：我有何人去来？自去自来，止有梁上
之燕耳。问：若无去来，然则与何人亲近？答：我与何人
亲近？相亲相近，独此水中之鸥耳。二句乃以梁燕、水
鸥，写江村更无去来亲近，非以自来自去、相亲相近，写
梁燕、水鸥村更无去来亲近，非以自来自去、相亲相近，
写梁燕、水鸥也。从来人不解诗，因误读耳。

**老妻画纸为棋局，稚子敲针作钓钩。多病所需惟药物，
微躯此外更何求？**

○**诗解** 今人所以不能与世长辞者，止为检校一身，有求实多，于
是濡足没首，长此苦海耳。我则自计微躯，仰资于世，盖

已少矣，胡为皇皇，尚不痛割！"老妻"二句，正极写世法嶮巇，不可一朝居也。言莫亲于老妻，而此疆彼界，抗不相下；莫幼于稚子，而拗直作曲，诡诈万端。然则江海抱村，长夏不出，胥疏畏涂，便如天上，安得复与少作去来亲近，受其无央毒害也！〇中四句，从来便作长夏幽事，言老妻弈棋，稚子钓鱼。文人无事，徜徉其间，真大快活。殊不知可以日日弈棋钓鱼，不可日日画纸敲针。试取通篇一气吟之便见。两解八句，只是前解之第一句尽之耳。然则纸本白净无彼我，针本径直无回曲，而必画之敲之，作为棋局、钓钩，乃恨事，非幽事。而从来人闷闷，全不通篇一气吟，遂误读之也。〇瞿斋云：先生以夔龙、伊吕自待者，起手便着"事事幽"三字，真乃声声泪、点点血矣，何必读终篇而见其不堪耶！

归来

◎**题解** 此"归来"题最难解。是从客中又有所出，而是日仍归到客中，非竟从客中归家了也。又"归"下着"来"字者，昨在客中必有甚不得已，如渊明饥驱之事；及至到彼，了无所济，"归"下又着"来"字，便见甚悔昨者之去。盖虚往实归，谓之"归"，空往空来谓之"归来"，亦非截二句之二字也。

客里有所适，归来七字一串知路难。开门野鼠走，散帙壁鱼干。

○**诗解** 客里难，故有所适，不料所适难上又难。于是归来而吟。而后客里之难，遂更无救路也。更开门别适乎？抑闭门散帙乎？开门别适，则见野鼠乱走，彼亦不审何往，我亦不审何往；若闭门散帙，则见壁鱼干朽，彼先枵腹已死，我将稿顶继之。于此于彼，何去何从，其难真不可再说也。

洗杓开新酝，低头拭小盘。无耻哉，刘会孟！何见而定"著小冠"胜乎？此句既定是冠，则上句既已开酝，何复有"谁给"之语哉。凭谁给曲蘗，细酌老江干。

○**诗解** 后解苦煞人羞煞人事，却写作一片幻景，反见好笑杀人。想此行原因乞酒，归来春梦未断，只谓新酝已在。于是洗杓开埕，便将浅斟低酌。一句五字，全写梦眼迷离，鬼物着人光景。乃陡然定睛注视新酲何在，是谁所给，因而满肚苦不足道，反是满面羞不可当。于是低头文过。念盘与杓是一例器皿，闲居无事，洗杓拭盘，便作清课。谁谓洗杓乃欲开酲耶？然则我拭盘是亦欲开酲耶？道树云：洗杓时，洗杓是开酲；拭盘时，洗杓是洗杓是也。虽然，口腹之事关于性情，终不可忍也。上二句文过是文过，下二句不觉已溜然脱之于口。呜呼，真绝世妙笔矣！

客夜

◎题解 写客却写夜，写客夜，却写下半夜，奇撰可思。

客睡何曾着，秋天不肯明。入帘残月影，高枕远江声。

○诗解　一解。句句是下半夜，然而已写通夜矣。○"客睡"句是一更、二更以至三更；"秋天"句自三更、四更以至五更。盖睡不着还望睡着，天不明直望天明矣。"何曾"，"曾"字妙，若有人冤其曾着者；"不肯"，"肯"字妙，便似天有心与客作冤，然"残月"句妙于"入帘"字，看其渐渐移来；"远江"句妙于"高枕"字，写出忽忽听去。"残月"句明照此身在客，"远江"句暗送此心到家也。四句中并无一"苦"字，而其苦无限。

计拙无衣食，途穷仗友生。老妻书数纸，应悉未归情。

○诗解　一解。言我为客在外，岂是此间乐不思蜀，虽非吾土而洵美，故尔久恋梁园耶？人老计拙，资生大难，略仗朋友以自存活耳。因于千里外望空低呼老妻一声，而遥告之：我此苦趣以前数书曲折每尽，身虽未归，汝固应悉也。"老妻"二字，顺略住，不然不复成语。○久客不归，最无以自解于老妻，故此诗全为老妻而发。然亦只是意思中忽忽欲向老妻诉明，不必真寄与老妻读也。但得还家，此等语要知全不向老妻提起。○诗是最苦诗，评亦是最苦评。

楠树为风雨所拔叹

◎题解 按史,永泰元年三月辛丑,大风拔木。此诗岂纪实耶?又是年四月,严郑公薨。读起曰草堂,结曰草堂,知为郑公,不为楠树也。

倚江楠树草堂前_{句法},故老相传二百年。诛茅卜居总为此,五月仿佛闻寒蝉。

○诗解 四句写楠树,却又写江,又写堂,又写故老,又写五月,又写根本久,又写荫庇大,笔态离奇拉杂,真非弱手所办。然犹不足奇,奇莫奇于第三句横插"诛茅卜居总为此"七字,便见"倚江""倚"字,"草堂前""前"字,"故老相传""相传"字,"仿佛寒蝉""仿佛"字,悉在先生心头眼底千筹百度,凡未诛茅已前,既卜居已后,一片倚仗,无数周虑,尽提出来。道树云:此四句专写草堂,不写楠树,虽通篇亦专写草堂,不写楠树。真知言也。

东南飘风动地至,江翻石走流云气。干排雷雨犹力争,根断泉源岂天意。

○诗解 二句写风雨,二句写楠树,"干排"等十四字,字字惊心荡魄,乃中间一"犹"字,便哭杀诸葛忠武侯也。试思雷雨何等对头,排雷雨何等孤愤;楠树不与雷雨敌,然则力是何等力;楠树又不为雷雨降,然则争是何等争。乃正在鞠躬尽

113

瘁，死犹不已之际，天地间事，往往有不可说者。干自力争于外，根已早断于内，高叫皇天后土：是遵何德者哉！

　　沧波老树性所爱，浦上童童一青盖。野客频留惧雪霜，行人不过听竽籁。

○**诗解**　上解欲哭，即直当哭杀矣，不如重起反覆吟叹之。陪一"沧波"妙，笔墨便阔。"浦"，江浦也。"浦上"七字，即重写"沧波老树"，而"性所爱"便不写自见也。"惧雪霜"，庇其盛德；"听竽籁"，仰其风流。想先生倾倒于严至矣。

　　虎倒龙颠委荆棘，泪痕血点垂胸臆。我有新诗何处吟，草堂自此无颜色。

○**诗解**　前第二解写正拔，此写已拔也。血泪垂胸，即下何处吟诗二句也。《论语》云："因不失其亲，亦可宗也。"看通篇结构，草堂起，草堂结，知为草堂不为楠树，先生于是乎思去草堂矣。

旅夜书怀

◎题解　通篇是黑夜舟面上作，非偃卧篷底语也。先生可谓耿耿不寐，怀此一人矣。

细草微风岸，危樯独夜舟。_{写岸写樯。若卧篷底，不复知之。}
星垂_奇平野阔，月涌_奇大江流。

○诗解　"独夜"者，舟上一夜之先生也。舟中若干人，烂熳睡久
　　　　矣。星何故垂？以平野阔故，遥望如垂也。月何故涌？以
　　　　大江流故，不定如涌也。夫平野阔则苍生何限，大江流则
　　　　岁不我与。此二事，正自日日婴于怀抱，庶几独今夜暗
　　　　中，无所触目，暂得一置耳。乃以又星垂月涌，警骇瞻
　　　　瞩，还算出来，则何时始得不入于心哉！○看他眼中但
　　　　见星垂月涌，不见平野大江；心头但为平野大江，不为
　　　　星垂月涌。千锤万炼，成此奇句，使人读之，咄咄呼怪
　　　　事矣！

名岂文章著，官应老病休。<sub>"应"，殆应也，非宜应也。是愁
语。非歇语。</sub>飘飘何所似？天地一沙鸥。

○诗解　丈夫一生学问，岂以文章著名？语势初欲自壮，忽接云：
　　　　但老病如此，官殆休矣。看他一起一跌，自歌自哭，备
　　　　极情文悱恻之致。夫天地大矣，一沙鸥何所当于其间？
　　　　乃言一沙鸥，而必带言"天地"者，天地自不以沙鸥为

意，沙鸥自无日不以天地为意，然则非咏天地带有沙鸥，乃咏沙鸥而定不得不带有天地也。小同大异，可与知者道耳。

〔清〕 郎世宁
《仙萼长春图册之芍药》（局部）

子规

◎题解　看他前解一、二、三句，都不是子规，至第四句，方轻
点；后解五、六、七句，又都不是子规，至第八句，方轻
写。一首诗便只如两句而已，我从未睹如是妙笔。

峡里云安县，江楼翼瓦齐。两边山木合，终日子规啼。

○诗解　于峡里有云安县，于云安县前有江，于江上有楼，于楼两
边有翼瓦，于翼瓦外有山木围合。凡用若干字，写成三
句诗，而若掩其第四句，即反覆测之，必不能知其为子
规也。及乎四句一气全读，则不知何故，又觉"峡里"
字非峡里，"云安县"非云安县，"江楼"字非江楼，"山
木"字亦非山木，四句诗但见全是一片子规声，至今哀哀
在耳。故某常与道树晨夕闲坐，细论此诗。若谓是咏物，
既全不是咏物，然欲谓是写怀，又无一字是写怀。总之先
生妙手空空，如化工之忽然成物，在作者尚不知其何以至
此，岂复后人之所可得而寻觅也。○道树云：一、二、三
句，"峡里"字、"云安县"字、"江楼"字、"翼瓦"字、
"山木"字，一得"子规啼"字，便觉字字响，乃子规响
中实实坐一先生，故再得"终日"字，便又觉若干字字字
愁也。

眇眇春风见，萧萧夜色悽。客愁那听此，故作傍人低。

○**诗解**　五六句十字，全写客中愁境。言日则泪眼眇眇，对此春风，自亦不解见何所见；暮则旅魂萧萧，依于夜色，自亦不解凄何所凄。看他日日暮暮，徜徜恍恍，唧唧恻恻，所谓以此思愁，客愁可知也。此时即无子规，已是无奈之至，乃无端小鸟，偏来恼人。"故"字、"傍"字、"低"字妙，不知为是子规真有是事，抑并无是事，然据愁客耳边，则已真有其事也。○道树云"那听此"妙，便如仰诉子规，求其曲谅；"故傍人"妙，便如明知客愁，越来相聒。写小鸟动成情理，先生每每如此。

八阵图

◎题解 此诗要认得第三句，则吞吴之失，不辨已明。

功盖三分国，名成八阵图。江流石不转，遗恨失吞吴。

○诗解 孔明未出草庐，三分之局已定。由后日观之，孔明一生除
了三分，亦更无可为先主效力者。故功成一统，孔明之才
之心；而功盖三分，则孔明之时命也。八阵图，垒石作八
行，在鱼腹浦平沙上。一天，二地，三风，四云，五飞
龙，六翔鸟，七虎翼，八蛇蟠：为八阵，设此隐以制东吴
寇蜀之路。盖东和孙权，北拒曹魏，乃孔明三分胜算；幸
而吞吴灭魏，亦或不可知之事。而不谓关羽奋一朝之勇，
失之于先；先主又逞一击之忿，失之于后。不能亲吴，则
亦岂能拒魏哉。徒使阵图之立，后人叹为奇才，而无益于
一时胜败之数也。先生于鱼腹浦，目击阵图，因叹之曰：
如此大江奔流而下，乃至十围巨木，百丈枯槎，纵横各失
其故，而八阵图至今屹然不动。此虽赞阵图，实喻当日三
分之势，有若横流，而孔明以一身为之长城，亦如阵图之
石之屹然不动也。其至今"遗恨"者，不亲吴而欲吞吴，
究反为吴所败，其失孰甚焉！失阵图之意而空存阵图之
名，非孔明之遗恨而何？

孤雁

◎题解　此先生自写照也。○余尝谓唐人妙诗，从无写景之句。盖自三百篇来，虽草木鸟兽毕收，而并无一句写景，故曰"诗言志"。志者，心之所之也。"诗"字，从"言"从"寺"。先生集中，都是忠孝切实之言：往往有所寄托而愈见其切实，如《孤雁》诸篇是也。庄生书，通涂解向幻忽惝恍一边，殊不知其开口说鲲说鹏，便是一片切实道理。"北溟有鱼，其名曰鲲"，喻言大德敦化。"化而为鸟，其名曰鹏"，喻言小德川流也。鲲从"昆"，言一法一法，同体共气。鹏从"朋"，言此法彼法，其位全疏。鱼为阴，鸟为阳。鱼在海中，其头数不可见，然而其中必有如喜怒哀乐之未发也。鸟之在空可见，而飞去则不见。小过有飞鸟之象焉，如喜怒哀乐之发也。鹏言"背"不言大者，既系小德，不得言大；然从大德化来，其所由来者大，故云"背"，"背"即北溟也。北人呼北方为"背方"是也。物相见为离，北不可见而南可见。《法华》龙女成佛，必于南方，故曰"徙于南溟"。如此说来，有一字不切实否？因读先生咏物诗，附见于此。

孤雁不饮啄，飞鸣声念群。谁怜一片影，相失万重云。

○诗解　"不饮啄"，写得孤雁有品骨。"飞鸣""饮啄"四字，本皆雁事，一分便成两妙句。三四正写"相失"，却硬下"谁怜"二字作孤雁心事，真是奇笔。如此对仗，且非唐人数能，何况后来！

望尽似犹见，哀多如更闻。野鸦无意绪，鸣噪自纷纷。

○**诗解** 后解，爱慕孤雁，憎恶野鸦。看他下"无意绪"三字，写尽丑态。彼徒知我辈纷纷为群，即岂念孤雁之孤也哉。"自"字，"纷纷"字，皆所谓无意绪也。○孤雁已去，犹云似见如闻；野鸦当面，却如满眼钉刺：后半首之妙如此。野鸦可恨，不在"纷纷"，正在"自"字，看他目中全无孤雁。

〔清〕 于非闇

《荷塘蜻蜓翠鸟图》

秋兴八首（其一）

〉

〉

◎题解　此诗八首凡十六解。才真是才，法真是法，哭真是哭，笑真是笑。道他是连，却每首断；道他是断，却每首连。倒置一首不得，增减一首不得固已。然总以第一首为提纲。盖先生尔时所处，实实是夔府西阁之秋。因秋而起兴，下七篇话头，一一从此生出，如裘之有领，如花之有蒂，如十万师之号令出于中权也。此岂律家之能事已耶！○尝读《庄子》内篇七，以三字标题，及观题字之次第，必以《逍遥游》为首。何以故？"游"是圣人极则字，"逍"有逍之义，"遥"有遥之义，于游而极。《鲁论》"游于艺"是也。余尝为之说曰：人不尽心竭力一番，做不成圣人，故有"志""据"字。人不镜花水月一样，赶不及天地，故有"依""游"字。若《齐物论》至《应帝王》，皆从极则字！渐次说下来，与首篇不同。如齐而后物，物而后论。至于论，则是非可否，纷然不齐矣。《应帝王》之"应"，即《法华》"三十二应""应"字，如先师"老安少怀"是也。帝之谛当，王之归往，抑末矣。故曰皇有气而无理，帝有理而无情，王有情而无事。其事则齐桓、晋文，此之谓糟粕而已。举此二篇，可概余四。况《南华》见道之书，极重"南""北"字。首篇从"北溟"说到南，次则直提"南"字，其义了然，岂得混首篇于下六篇耶。大抵圣贤立言有体，起有起法，承有承法，转合有转合之法。大篇如是，小篇亦复如是，非如后世涂抹小生，视为偶然而已。吾不信天下事，有此偶然又偶然也。○分明八首诗，直可作一首诗读。盖其前一首结句，与后

123

一首起句相通。后来董解元《西厢记》，善用此法。○矍斋云：唱经批《秋兴》诗，止存五首，中多脱落处，酌取而庵说补之。而庵，唱经畏友也。

◎别批 "兴"之为言兴也。美女当春而思浓，志士对秋而情至。凡山川林峦，风烟云露，草色花香，目之所睇，耳之所闻，何者不与寸心相为蕴结，其勃然触发有自然矣。乃先生以忠挚之怀，当飘零之日，复以流寓之身，经此摇落之时，其为兴也，真兴尽之至，心灰意灭，更无纤毫之兴，而有此八首者也。后人拟作者，或至汗牛充栋，亦尝试于先生制题之妙一寻绎乎？○题是"秋兴"，诗却是无兴。作诗者满肚皮无兴，而又偏要作《秋兴》。故不特诗是的的妙诗，而题亦是的的妙题；不特题是的的妙题，而先生的的妙人也。○从来诗是几首，多一首不得，少一首不得。如此诗是八首，则七首不得，九首亦不得。某既言之屡矣，而或未能深信。试看此诗第一首，纯是写秋，第八首纯是写兴，便知其八首是一首也。

玉露凋伤枫树林，巫山巫峡气萧森。江间波浪兼天涌，塞上风云接地阴。

○诗解 前解从秋显出境来，后解从境转出人来，此所谓"秋兴"也。○"露凋伤""气萧森"六字，写秋意满纸。秋者，揫也，言天地之气，正当揫敛之时也。故怨女怀春，志士悲秋，皆因气之感而然。时先生流寓夔州西阁。夔州，旧楚地，最多枫树。巫山在夔州，有十二峰。巫峡为三峡之一。白帝城在夔城之东，公孙述于此僭号者。先生虽心在京华，而身寓夔州，故即景起兴，不及他处。后来无数笔墨，一起一伏，若断若连，从夔州望京华，以至京华之同学，京华之衰盛，如曲江，如昆明池，如昆吾、御宿、渼陂，凡为京华所有者，感兴非一，总不出尔日夔府之秋。故下七首诗，实以此首为提纲也。"江间"承"巫峡"，"塞上"承"巫山"。"波浪兼天涌"者，自下而上一片秋也；"风云接地阴"者，自上而下一片秋也。

◎别批

露也，而曰"玉露"；树林也，而曰"枫树林"；止一凋伤之境，而白便写得白之至，红便写得红之至，此秋之所以有兴也。却接手下一"巫山巫峡"字，便觉萧森之气索然都尽，而"波浪""风云"二句，则紧承"巫山巫峡"来。若谓玉树斯零，枫林叶映，虽志士之所增悲，亦幽人之所寄抱。奈何流滞巫山巫峡，而举目江间，但涌兼天之波浪，凝眸塞上，惟阴接地之风云，真为可痛可悲，使人心尽气绝。此一解总贯八首，直接"佳人拾翠"末一句，而叹息"白头吟望苦低垂"也。

丛菊两开他日泪，孤舟一系故园心。寒衣处处催刀尺，白帝城高急暮砧。

○**诗解**　先生寓夔，已两次见菊，故曰"丛菊两开"。"泪"，言他日，不言今日者，目前倒也相忘，他日痛定思痛，则此丛菊亦堪下泪也。此身莫定，不系在一处，故曰"孤舟一系"；身虽系此而心不系此者，"故园"刻刻在念，有日兵戈休息，去此孤舟，始得遂心也。呜呼，岂易言哉！因用"丛菊""故园"，转到"寒衣"上去，意谓我今客中，百事且暂放下，时方高秋，江山早寒，身上那可无衣；听此砧声，百端交集，我独何为系，于此也。盖老年作客之人，衣食最为苦事。无食则橡栗尚可充饥，无衣则草叶岂能御寒？"催刀尺""催"字，"急暮砧""急"字，甚是不堪；乃从先生见闻中写出二字来，更觉不堪也。

咏诸葛孔明

∨
∨

诸葛大名垂宇宙，宗臣遗像肃清高。三分割据纡筹策，万古云霄一羽毛。

◎**前解** 史迁疑子房以为魁梧奇伟，而状貌乃如妇人好女一语，正与此一二语相似。向闻其名，但震其大，今睹其像，又叹其清高。"清高"从"遗像"写出，加一"肃"字，又有气定神闲，不动声色之意。三分割据，英才辈出，持筹挟策，比肩皆是，如孔明者，万古一人。三是泛指众人，四是独指诸葛也。鸿渐于逵，其羽可用为仪。凤翱翔于千仞兮，揽德辉而下之。"羽毛"状其"清"，"云霄"状其"高"也。

伯仲之间见伊吕，指挥若定失萧曹。运移汉祚终难复，志决身歼军务劳。

○**后解** "万古"，罕有其匹矣。古人中可与伯仲者，其伊、吕乎？若萧、曹辈，不足数耳。然耕莘钓渭，与伊、吕同其清高，而荡秦灭楚，不得与萧、曹同其功烈，何耶？此由汉祚之已改，非军务之或疏也。运虽移而志则决。"身"，即所云"鞠躬"；"劳"，即所云"尽瘁"；"歼"，即所云"死而后已"；"终难复"，即所云"成败利钝，非臣逆睹"也。"终"字妙，包得前后拜表，六出祁山，无数心力在内。前解，慕其大名不朽；后解，惜其功不成。慕是十分慕，惜亦是十分惜。

正月三日归溪上有作简院内诸公

◎**题解**　题先言"正月三日"，是从王之辞；后入溪上，是纪实之辞。玩诗末句，乃是放假得归之辞。

野外堂依竹，篱边水向城。蚁浮仍腊味，鸥泛已春声。

○**诗解**　首二句写溪上，三四句写正月三日。题先书"正月三日"，而后书"归溪上"者，时在正月三日而得归溪上也。诗先写"溪上"，而后写"正月三日"者，久有溪上，而归之日适值正月三日也。首句"依竹"妙。先有堂，而后植竹，则是竹依堂耳，今反云"依竹"，若重竹而轻堂也者。次句"向城"妙。以实论之，止有篱向城，城向篱耳，水则何背、何向之有？今忽云"向城"，则宛然身在篱下也。故善观诗者，又必分首句为"溪上"，次句为"归"。盖首句中尚无人，至次句中始有人耳。三句"仍腊"妙，见入春尚浅，是写"三日"二字。四句"已春"妙，见已入春矣，是写"正月"。○"仍腊味""已春声"，是正月三日不深不浅之间。"蚁浮"是酒；"鸥泛"者，当是茶熟耳。

药许邻人剉，书从稚子擎。白头趋幕府，深觉负平生。

○**诗解**　五六句，正写"归"字。"许邻人""从稚子"，是非前日院中未归时关防机密之苦。结写简院内诸公。玩结句，知公此归，乃是新春放假，非遂挂冠长往也。○"堂依竹"，先见堂而次见堂后之竹，是初归溪上眼中景；"水向城"，先见水而次见城，是既归溪上眼中景也，其中有一转身。

〔宋〕马远
《倚云仙杏图》

阁夜

∨
∨

◎ **题解**　"阁"，即是夔州西阁。"阁夜"者，于西阁中度夜也。通篇悲愤之极，悲在夜，愤在阁。

　　岁暮阴阳催短景，天涯霜雪霁寒宵。五更鼓角声悲壮，三峡星河影动摇。

○ **诗解**　一解写夜，言岁暮景短，忽忽已夜。是夜雪霁，寒宵湛然。二句专为欲起下二句，写出一肚皮刘越石、祖士稚心事来。言虽复短景入夜，然自一更以至五更，更更鼓角之声刺耳锥心，如何可睡？既不能睡，即不免走出中庭，瞻望天象。而是夜正值雪霁，满天星河湛然。汉东方朔言星辰动摇，民劳之应。今其象如此，苍生奈何！笔势又沉郁，又精悍。反覆吟之，使人增长意气百倍。○心在此处，则以别处为天涯；心在别处，则以此处为天涯：此第二句用"天涯"二字之法也。人断断用不出，于是断断看不出也。

　　野哭千家闻战伐，夷歌几处起渔樵。卧龙跃马终黄土，人事音书漫寂寥。

○ **诗解**　一解写阁。上解写夜如此，则岂可久于阁中也哉，而竟无计得去，安得不愤愤？○百姓新闻合战，遍处无法野哭；先生不离西阁，闲听渔樵唱歌。时事危急，急至于此；人事迟误，迟至于此。因思卧龙、跃马，终成黄土；盖世英雄，会有死日。今不及时赴事，转盼没世无称，天乎天乎，痛哉痛哉！我今在西阁之中，不惟人事不来，且至音书悉断，使一旦遂死，真成万年极痛矣！从来"终黄土"语，都作放手叹世用，此翻作血热头养用，大奇。○"卧龙"，是诸葛亮，"跃马"，是公孙述，左思《蜀都赋》"公孙跃马而称帝"是也。所得入此诗者，《图经》：郭外有孔明庙，城上有白帝祠。正是西阁诗料也。

〔宋〕 惠崇
《秋渚文禽图》

昼梦

◎ **题解**　特特犯《论语》"昼寝"字，先生岂不可雕之木，不可朽之墙哉？世既已昏昏然，我何得不昏昏然？言念及此，唾壶欲缺矣。

　　二月饶睡昏昏然，不独夜短昼分眠。桃花气暖眼自醉，春渚日落梦相牵。

○ **诗解**　一句正出题，二句料简之，三四句释也。"不独"二字，一直注到"眼自醉""梦相牵"，此是何等笔力，亦是何等章法。言眼自醉耳，非我欲睡也；梦相牵耳，非我欲睡也。"桃花气暖""春渚日落"，非写春暄恼人，乃倒映下"荆棘""豺虎"字。世人皆醉，我何独醒；世人皆梦，我何不梦。只是眷恋君国之意，耿耿胸中，有不能睡者耳。遂接下半首。

　　故乡门巷荆棘底，中原君臣豺虎边。安得务农息战斗，普天无吏横索钱。

○ **诗解**　私则故乡荆棘，公必中原豺虎，农务不修，横征日甚，写世界昏昏极矣。独是横吏索钱，乃正在故乡荆棘、中原豺虎之日，其为横也，比盗贼更剧！先生于醉梦中不觉身毛直竖，此所以眼针之必拔也。

见萤火

◎**题解**　题是"见萤火"，诗却从"见"字写出。后解云"沧江白
发愁看汝"，写其见，正写其愁也。

巫山秋夜萤火飞，疏帘巧入坐人衣。忽惊屋里琴书冷，
复乱檐前星宿稀。

○**诗解**　全诗作"见"字。"巫山"，见萤火飞之处，"秋夜"，见
萤火飞之时。"疏帘巧入"者，山中秋夜早凉，人便不能
露坐，故坐疏帘之内，萤火也飞进屋里来，点人衣上而不
去。"坐"者，言其不去。以疏帘而萤能穿入，是其"巧"
也。"屋里琴书冷"用"忽惊"字，妙。天热，萤在空野处
飞，今见其入屋，必且惊曰：天又冷起来了。"檐前星宿
稀"而曰"乱"者，萤火即飞出屋，亦不离檐之上下。秋
夜星疏，檐前可数，萤火飞来飞去，是乱星宿也。

却绕井栏添个个，偶经花蕊弄晖晖。沧江白发愁看汝，
来岁如今归不归？

○**诗解**　井是露井，井上有栏，萤火只在井边飞绕。初然一个，继
而又一个，复又一个，"添"字摹神。花蕊必在露地，萤
畏冷，不飞去，或偶飞到花蕊上，光照花蕊，见他一亮一
亮，若相接，若不相接，不似夏天亮得通彻也。"弄"字
摹神。"沧江白发"，字法对映，正写"愁"字，言汝方

秋冷无光，我正年衰发白，汝之行径与我行径相似，所以愁见汝也。汝生于巫山，今秋如是，明岁亦然，我却是借寓，虽归心日迫，而归期杳然。今岁已无论矣，来岁如今，不知我行踪何处。我若归，不得见汝；若不归，仍要见汝。我今日正愁见汝，然我亦安得归不见汝哉？

〔明〕周之冕
《四时花鸟图》（局部）

风雨看舟前落花戏为新句

◎**题解** 只三解，写尽无端失足，终不自振，可笑可悯。○花岂可不开，但风雨岂开花之日？自不爱惜，一败莫救。然后读《论语》"邦无道，卷而怀之"句，不觉流泪。呜呼！不既晚乎？

江上人家桃李枝，春寒细雨出疏篱。影遭碧水潜勾引，风妒红花却倒吹。

○**诗解** 桃李枝，谁禁不出疏篱？然三春百日，何妨少待。又寒又雨，世界如此，卿乘千里马欲先安之耶？"潜勾引"，岂不内度诸心，外度诸事，百便千便，万无一失。"却倒吹"妙，岂料一入此中，全不由我，千差万跌，总无一是。嗟乎，嗟乎！才被勾引，便受倒吹，中间何曾瞬息如意？我自轻出疏篱，于彼风雨又何尤焉？

吹花困懒傍舟楫，水光风力俱相怯。赤憎轻薄遮人怀，珍重分明不来接。

○**诗解** 一跌后更不自振，全望有人舒手相援，乃人见其前后踪迹如此，亦便分明置之不理。前解写落花，落花要哭；此解写舟中看落花者，落花一发要哭。真尽情尽事之笔也。○落花困懒，却借舟中人眼光看出来。水光风力俱怯，妙。怯风力，还为怕淹倒吹；怯水光，乃并怕他勾引矣。

135

"轻薄"字，正与"珍重"字对。"赤憎""遮人"，分明不接，犹可耐也；笑我陷自轻薄，彼因特作珍重，胡可耐也！然滔滔世情，大都如此。自出疏篱，于彼何尤？

湿久飞迟半欲高，萦沙惹草细于毛。蜜蜂蝴蝶生情性，偷眼蜻蜓避百劳。

○**诗解**　第一解写无端失足，第二解写更无人援，此解写是人遂不知所终也。○湿既久，飞极迟，然而心犹不肯遽死，因更为下"半欲高"三字。写失路人痴心妄想，真有此事。然此去随处沙草，竟如一毛，奄然不复见卿重来矣。于是蜂蝶小虫，以此为鉴，偷眼蜻蜓珍重不出。然而我为前车覆则久矣，夫人亦何乐以身为他人前车者哉！

闻官军收河南河北

◎**题解**　一传闻如此，可见先生此心，无日不在朝廷。

剑外忽传收蓟北，初闻涕泪满衣裳。却看妻子愁何在？漫卷诗书喜欲狂。

○**诗解**　剑外，剑阁之外。"收蓟北"者，代宗广德元年，史朝义自杀，其将李怀仙以幽州降，田承嗣以魏博降是也。先生在剑外，刻刻思归洛阳，为因祸乱未息，朝中绝无动静，反放下念头过日子，谓不知在何年、何月、何日、何时得听好消息。今一传到耳，且不问事之虚实，不觉大喜遍身。喜极反泪，此亦人心之常，勿作文章跌顿法会去了也。"愁何在"妙，平日我虽不在妻子面前愁，妻子却偏要在我面前愁，一切攒眉泪眼之状，甚是难看。今日涕泪沾湿中，却看妻子颜面，已绝不类平时。然则你们底愁竟丢向那里去耶？"漫卷诗书"妙，身在剑外，惟以诗书消遣过日，心却不在诗书上。今已闻此捷音，极其得意，要这诗书何用？见摊在案头者，趁手一总卷去，不管他是诗是书，一类非一类也。写初闻光景如画，为一解。

白日放歌须纵酒，青春作伴好还乡。即从巴峡穿巫峡，便下襄阳向洛阳。

○**诗解** 临老得见太平，即一日亦是快乐。我从不善歌，当为曼声长歌，纵饮不得酒，当为长夜泥饮，皆所以洗涤向来之郁勃也。"好还乡""好"字，见此时不归，更待何时？趁此春天，一齐归去。此二句说归。合二句见说着归时，妻子皆飞得起要归，一似不待束装即上路为快者。"即"是即刻，"便"是便易。巴峡在重庆，巫峡在夔府。"穿"字，见甚轻松，有空即过去也。巫峡顺流而下，遂至襄阳。此是一水之地，故用"下"字。洛阳已是陆路，故用"向"字。此写闻过即欲还乡。神理如见，为一解。此等诗，字字化境，在杜律中为最上乘也。○妙批。

〔清〕 阙岚

《梧桐白头图》（局部）

刘长卿

字文房

以检校祠部员外郎，为转运使判官，知淮西鄂岳转运留后，鄂岳观察使。吴仲孺诬奏，贬潘州南巴尉，终随州刺史。〇皇甫湜云："诗未有刘长卿一句，已呼宋玉为老兵矣；语未有骆宾王一字，已骂宋玉为罪人矣。"其名重如此，权德舆尝谓之为"五言长城"。诗九卷，杂文一卷。

赠别严士元

春风倚棹阖闾城，水国春寒阴复晴。细雨湿衣看不见，闲花落地听无声。

出手最苦是先写"春风"二字，犹言春风也，而倚棹于此耶？下便紧接"春寒"二字，犹言然则人自春风，我自春寒，其阴其晴，身自受之，又向何处相告诉也。三四，承阴晴极写，言浸润之谮，乃在人所不意，则流落之苦，已在人所不恤。盖自叙吴仲孺之诬也。

日斜江上孤帆影，草绿湖南万里情。东道若逢相识问，青袍今已误儒生。

"日斜江上"，言日月逝矣。"草绿湖南"，言岁不我与。"孤帆影""万里情"，言青袍误人，今日遂至于此也。因而更嘱东道，遍诉相识，其辞绝似负冤，临命告诫后人也者。哀哉！

登余干古城

孤城上与白云齐，万里萧条楚水西。官舍已空秋草没，女墙犹在夜乌啼。

◎ **前解**　一写古城之高，三四承二写古城之萧条。然看其一中有"上与"二字，即知早已写到登古城者。二中有"万里"与"楚水西"五字，即知早已写到登古城之人。其胸中有两行热泪，一时且欲直迸出来也。

平沙渺渺迷人远，落日亭亭向客低。飞鸟不知陵谷变，朝来暮去弋阳溪。

○ **后解**　上解只写古城城上，此解又写城上四望也。"平沙渺渺"，写城上人欲去何处。"落日亭亭"，写城上人欲待何日，然则只好心绝气绝，于此弋阳溪上耳！而其如陵谷之又更变何，我能为无知之飞鸟也哉。

将赴岭外留题萧寺远公院

竹房遥闭上方幽，苔径苍苍访昔游。内史旧山空日暮，南朝古木向人秋。

◎ **前解** 相其二句方云"苔径苍苍"，则一句之"竹房高闭"乃是意中追画旧游，故下一"遥"字也。细思满胸先晓竹房高闭，而一路犹寻苔径苍苍，此真访旧妙绝神理。然非有此曲折之笔，固决写不出来也。三四，内史旧山、南朝古木，皆是旧游之所已见。"空日暮""向人秋"，则尚极写"访"字，殊未到上方叩竹房也。

天香月色同僧室，叶落猿啼傍客舟。此去播迁明主意，白云何事欲相留？

○ **后解** 上解写特访，下解写谢留也。五，天香月色。六，叶落猿啼。双举二境，不判苦乐，以听客之自择。此院僧留之之辞也。七八，先生更引莫逃大义，毅然谢之。呜呼！后之为迁客者，胡可不敬读此诗乎哉！

使次安陆寄友人

新年草色远凄凄，久客将归问路溪。暮雨不知郧口处，春风只到穆陵西。

◎**前解** "草色凄凄"，自是新年景物，今随手却先下一"远"字，便知此是归客问路之眼色也。三四，言适遭泥雨，未抵郧口；即日风光，滞在穆陵。此正洋写一之"远"字，言去家尚隔如许道里，而二之"问路溪"字，亦已尽于是也。

孤地尽日空花落，三户无人自鸟啼。君在江南相忆否，门前五柳几枝低？

○**后解** 前解写次安陆，此解写寄友人。○五六，孤城花落，三户鸟啼，非再写安陆荒凉也，先生正言：我当此况，那不忆君？特不审君亦忆我否耳。盖言君虽忆我，然乌乎知我之花落鸟啼，亦犹我今忆君，而不知君之门前五柳也。

送耿拾遗归上都

若为天畔独归秦，对水看山欲暮春。穷海别离无限路，隔河征战几归人？

◎ **前解** "若为"之为言如何也，犹言反覆展转思之，而终恐无有其事也。何也？秦在天畔，一未易事也；以天畔之秦，而欲一人独归，又一未易事也。反覆展转思之，除非以春又欲暮，以是为汲汲乎。正甚言此归之决定无有其事也。三，"穷海""无限路"，再写一之"天畔"字。四，"隔河""几归人"，再写一之"独归"字。皆以反覆展转"若为"之二字也。"欲暮春"，上加"对水看山"，又妙，言但据山红水绿，则似欲暮春耳，其余人事，固皆不然。

长安万里传双泪，建德千峰寄一身。想到邮亭愁驻马，不堪西望见风尘。

○ **后解** 上解既极陈独归之难，此解又自明不归之故，所以多方沮劝之也。言我日夕眼泪满面，何曾一刻忘归？然欲性命苟且得全，则现见不归在此，犹俗言"尔若得归，则我已先归"也。结言"想到"者，言我今反覆沮君，而君决意不听，则意必有中途驻马之一日，始信今日之言之不谬耳。看他八句诗中，凡用无限意思，却又笔笔能到。

送陆澧仓曹西上

长安此去欲何依，先达谁当荐陆机？日下凤翔双阙迥，雪中人去二陵稀。

◎**前解** 言长安诚多先达，此亦何待君说，但我第一要问者"何依"，第二要问者"谁当"。何依者，言君欲何人荐；谁当者，言谁人必荐君也。只须两问，早令西上之人，心口一时讪然更复不知所措，妙妙。三四，反覆再晓譬之，言日下凤翔，设使得荐，诚然快事，但雪中人去，万一不荐，为之奈何。"双阙迥"，又带言其地甚远。"二陵稀"，又微言去者甚少也。

舟从故里难移棹，家在寒塘独掩扉。临水自伤流落久，赠君空有泪沾衣。

○**后解** 上解讽陆不必西上，此解述已不复西上也。言已昔在长安，流落乃不可说，然则，今之得归故里，寄在寒塘，其为幸甚，岂可胜道，而肯于他人之去，乃独欣欣相送耶？"难移棹"，言有棹亦不移也。"独掩扉"，言无扉亦必掩也。五六二句，只是极写"流落久"之一"久"字也。

江州重别薛六柳八二员外

生涯岂料承优诏，世事空知学醉歌。江上月明胡雁过，淮南木落楚山多。

◎前解 一二言余生不望昭雪，一味只有潦倒。三四言然过雁终惊北客，极目惟见楚山，以兴下解二字之见存也。此亦三承一，四承二法也。一言不望优诏。故三承之云：任凭月明雁过也。二言只学醉歌，故四承之云：已安木落山多也。

寄身且喜沧洲近，顾影无如白发何。今日龙钟人共弃，愧君犹遣慎风波。

○后解 五六，转笔，只写得"龙钟""共弃"之四字。五，言身近沧洲，则既晓然共弃。六，言无如白发，则又甚矣。龙钟此固人人之所更不垂盼也者，而何幸乃承二子，犹以风波相勖哉。"慎风波"，尽预戒其得承优诏之后也。细读便悟其发笔之有故。

过贾谊故居

三年谪宦此离居，万古惟留楚客悲。秋草独寻人去后，寒林空见日斜时。

◎**前解** 一解，看他逐句侧卸而下，又是一样章法。一是久谪似贾谊；二是伤心感贾谊；三是乘秋寻贾谊；四是空林无贾谊。"人去后"，轻轻缩却数百年，"日斜时"，茫茫据此一顷刻也。

汉文有道恩犹薄，湘水无情吊岂知。寂寂江山摇落处，怜君何事到天涯？

○**后解** 五六，言汉文尚尔，何况楚怀者。言自古谗诣蔽明，固不必皆王听之不聪也。"怜君何事"者，先生正欲自诉"到天涯"之故也。

北归入至德界，偶逢邻家李光宰

生涯亲见已蹉跎，旧路依然此重过。近北始知黄叶落，向南空指白云多。

◎ **前解** 一期人寿谓之"生涯"，"已蹉跎"言不觉不知遂已尽去，今日方始斗地亲见，早是急救不及也。旧路依然者，昔日从此来，今日从此去；昔来何所求而来，今去何所得而去。于是趁笔一与分南分北，言今日自此而北，一路尽是衰败；昔日自此而南，一场总是虚空也。

炎州日日人将老，寒渚年年水自波。华发相逢俱若是，故园秋草复如何？

○ **后解** 五写焦热者自焦热，六写冷淡者自冷淡，为失声一哭也。写焦热用"日日"者，非此促字，不显焦热也；写冷淡用"年年"者，非此慢字，不显冷淡也。七，华发略断"相逢俱若是"一气五字为句，言人生世间，除幼小时略不动心耳，殆于华发之年，大抵无人不悟。因遂问李子：今亦复华发人矣，昨者从故园来，复见秋草何似，而犹欲匆匆南去耶？

钱起

字仲文
吴兴人

天宝十载进士。历校书郎，终尚书郎，太清宫使。与郎士元齐名，时语曰："前有沈、宋，后有钱、郎。"起初从乡荐，居江湖客舍，闻吟于庭中曰："曲终人不见，江上数峰青。"视之无所见也。明年，崔伟试《湘灵鼓瑟》诗，起即用为落句，人以为鬼谣。诗一卷。

幽居暮春书怀

ᵛ
ᵛ

　　自笑鄙夫多野性，贫居数亩半临湍。溪云杂雨来茅屋，山鸟将雏到药栏。

◎**前解**　此解，寓笔绝似工部。自称"鄙夫"妙，自供"多野性"妙，复"自笑"妙。鄙夫空空，一切不知，人世风波，到彼尽息。如是即不必更入风波中，亦不必定出我风波外，此"贫居数亩半临湍"义也。三四画之。云杂雨来，何等震荡，鸟将雏到，何等宴宁，乃雨收云散，既不惊心，觳破鸟飞，亦无德色。幽居书怀，怀尽于此，一片冰壶，遍寄洛阳矣。

　　仙篆满床闲不厌，阴符在箧老羞看。更怜童子宜春服，花里寻师上杏坛。

○**后解**　五，言世上官阶久让他人。六，言胸中奇计，并悔昔日。七八，言既是有机尽忘，便与无机为友。"童子"句十四字，真一字一珠矣。

夜宿灵台寺寄郎士元

西日横山含碧空，东方吐月满禅宫。朝瞻双顶青冥上，夜宿诸天色界中。

◎ **前解** 一，写不得不上灵台也。二，忽写上到灵台，亲见灵台之为灵台，乃有如许，于是遍身欢喜。且不写今夜来宿，且抽笔先写今朝望见。四句诗，便是四样身分，譬如云英卷舒，光彩不定，真妙笔也。

石潭倒映莲花水，塔院空闻松柏风。万里故人能尚尔，知君视听我心同。

○ **后解** 五，自写亭。亭之姿，彻底清寒。六，自写矫矫之节，至死不变。七，"尚尔"，"尔"字，正指此两句"万里故人"，钱自称。能之为言，不敢不勉，非自矜也，《古诗》："相去万余里。"故人能尚尔。八，即以自勉者勉君胄。唐人交道，其厚如此。石潭，故解曰彻底。塔院，故解曰至死。

〔明〕 陈洪绶

《花鸟精品册之一》

包何

字幼嗣

润州延陵人

融子也，与弟佶齐名，世称"二包"。大历起居舍人。集一卷。

和程员外春日东郊即事

郎官休浣怜迟日，野老欢娱为有年。几处折花惊蝶梦，
数家留叶待蚕眠。

◎**前解**　一，写郎官。二，却无端陪写一野老。三，几处折花承郎
官。四，"数家留叶"却无端亦承他野老。此为何等章法
耶？不知郎官到休沐时，必须异于野老几希，然后始成其
为休沐？又此休沐之郎官，必须欢娱实遍野老，然后始成
其为郎官？然则写野老，正是出像写郎官，先生用意，固
加人一等也。

藤垂宛地紫珠履，泉长侵阶浸绿钱。直待开关朝谒去，
莺声不散柳含烟。

○**后解**　五六，忽写藤紫泉浸，一似攀辕卧辙，不听郎官便去者，
将东郊无情景物，特地写出一片至情，此又奇情妙笔也。
七八，又言便使郎官假满终去，然东郊莺柳只是眷恋不
已。作诗有何定态？《庄子》云：手触，肩倚，足履，膝
踦，官自止，神自行。技之至此，盖真有之也矣。

秦系

字公绪

越州会稽人

天宝末，避乱剡溪。北都留守薛兼训为右卫率府仓曹参军，不就，客泉州南安，有九日山，大松百余章，俗传东晋时所植。系结庐其上，穴石为研，注《老子》，弥年不出。刺史薛播数往见之，岁时致羊酒。而系未尝至城门。姜公辅之谪，见系辄穷日不能去，筑室与相近，忘流落之苦。公辅卒，妻子在远，系为葬山下，张建封闻系之不可致，请就加校书郎。与刘长卿善，以诗相赠答。权德舆曰："长卿自以为五言长城，系用偏师攻之。"虽老益壮，年八十余卒，南安人思之，为立祠于亭，号其山为"高士峰"云。

献薛仆射

◎**题注** 系家于剡山，向盈一纪。大历五年，人以文闻邺守薛公，
无何，奏系为右卫率府仓曹参军。意所不欲，自献斯文。

　　由来那敢议轻肥，散发行吟自采薇。遁客未能忘野兴，
辟书翻遣脱荷衣。

◎**前解** 读之，一何闾闾然闵子汶上之音也！前解开口先将自与世
间说得萧然两不相碍，言人自轻肥，我自淡泊，各本其
性，各从其能；人固不能强我轻肥，我亦何曾责人淡泊。
便自使人一段景慕，无数猜疑，早已尽情销释。下文承
之，却并不言此行决不可浼，只轻轻然说个"未能忘"。
翻遣脱一似自己欲去，亦可得去，只是仆射欲已，不妨亦
已。既是辟书为一时偶然之举，即遁客亦可作一时偶然之
辞。看他绝和平，绝耿介，半棱又不错，气质又不乖，真
为天地间第一等人，作此第一等诗也。

家中匹妇空相笑，池上群鸥尽欲飞。更乞大贤容小隐，益看愚谷有光辉。

○**后解**　后解言便去亦无大妨碍，我亦只为无奈匹妇何，无奈群鸥何故也。夫以大贤缠帛，贲于小隐丘园，此是何等光辉，岂为世间恒有？但既承知我而爱，何妨有加无已，今日倘得相容，光辉斯为益著。看他高人下笔，不惜公然竟写出"光辉"二字，便知真正冰雪胸襟，了无下土尘滓。彼嵇叔夜《答山巨源书》纯是一段名士恶习，至今犹不烧之，何为也！

〔清〕 郎世宁
《仙萼长春图册之紫白丁香》

李嘉祐

字从一
赵州人

天宝七载进士，为秘书正字，袁、台二州刺史。善为诗，绮靡婉丽，有齐、梁之风。时以比吴均，何逊云。

题游仙阁息公庙

⌄
⌄

仙冠轻举竟何之，薜荔缘阶竹映祠。甲子不知风御日，朝昏唯见雨来时。

◎ **前解** 有时写仙是慕仙，有时写仙是不信有仙。此诗后解却似慕仙，前解又似不信有仙。然而皆非也。《老子》云："我有大患，为我有身。及我无身，我有何患？"人生在此世间，实是身为大累。譬如飞蛾入网，并非网有相加，但使无身飞来，十面是网何害？今此诗正是被逐无计，大恶此身，是日偶登仙阁，一时恰触愁心，于是不觉低头至地，极致叹慕也。"轻举"字妙，逐客累坠，此不如也。"竟"字妙，逐客牵制，此又不如也。"何之"字妙，逐客防讥，此又不如也。下二句与三四句，一总皆写欲寻其身，杳无有身，为逐客浩叹。

霓旌翠盖终难遇，流水青山空所思。逐客自怜双鬓改，焚香多负白云期。

○ **后解** 前解既写无身之乐，后解再写逐客之苦也。五，"终难遇"妙，身为逐客，则与之升沉永判也。六，"空所思"妙，身为逐客，则真是题目先差也。七八，双鬓已改，而白云未期，我实为之，于人何尤？横插"焚香"字妙，只是珠玉在前，惶恐无地，并非与仙有期。

自苏台至望亭驿人家尽空春物
增思怅然有作因寄从弟纾
∨
∨

南浦菰蒲覆白蘋，东吴黎庶逐黄巾。野棠开遍空流水，江燕初归不见人。

◎**前解**　前解写自苏台至望亭驿，人家尽空。一，写一带皆空江。三，写一带皆空岸。四，写一带皆空屋。若其所以尽空之故，则竟横插于第二句。此是唐人诗律精熟，故有此能。细玩诗语，皆是舟中寓目，如首句云云。

远树依依如送客，平田渺渺独伤春。那堪回首长洲苑，烽火年年报虏尘。

○**后解**　树送客者，言无人送客也。夫客无人送可也。若无人送客，必不可也。何也？无人送客，则方无人耕田也。看他"依依"字，虚写送客之树；"渺渺"字，实写无耕之田，妙妙。目今正值春时，此将可奈之何哉！七八，言此由苏台至于望亭一带，岂昔所称长洲苑者非耶？而何以至此！则岂非边烽不绝，故人人思乱乎！后解写春物增思，怅然有作也。

送朱中舍游江东

孤城郭外送王孙，越水吴山共尔论。野寺山边斜有径，渔家竹里半开门。

◎**前解** 送人，更不叙是人情亲，一口只说江东兵火之后，破坏已极者，此是身先从江东归，亲眼实睹其事，时时欲向朝堂伸诉，而不觉借题发之也。○前解言江东非有所谓黄壤千里，沃野弥望，四塞之国，用武之场者也；不过南人好佛，则多野寺，鱼鳖杂处，则有渔家，越水吴山，如是而已矣。

青枫独映摇前浦，白鹭闲飞过远村。便是西陵征战处，不看秋草自伤魂！

○**后解** 言何意亦遭征战，至于渺无烟火。极望前浦，可指者仅一青枫耳。寂寂远村，任飞者无数白鹭耳。此即前日羽书所传被兵之西陵，而今遂至于伤心惨目，不可复道者也。

韩翃

字君平

南阳人

侯希逸镇淄青，翃为从事，罢府闲居十年，李勉镇夷门，辟为幕属，时已迟暮，不得意，多家居，一日，夜将半，客叩门急，贺曰："员外除驾部郎中知制诏。"翃愕然曰："误矣！"客曰：邸报：制诰阙人。中书两进名，不从，又请之，曰与韩翃，时有同姓名者为江淮刺史，又具二人同进。御批曰："春城无处不飞花，寒食东风御柳斜。日暮汉宫传蜡烛，青烟散入五侯家。"又批曰："与此韩翃。"客曰："此员外诗耶？"翃曰："是也。"升平公主宅即席，李端擅场；送王相之幽镇，翃擅场。世传翃有宠姬柳氏，翃从辟淄青，置之都下。数岁，寄诗曰："章台柳，颜色青青今在否？纵使长条似旧垂，也应攀折他人手。"柳答曰："杨柳枝，芳菲节，可恨年年赠离别。一叶随风忽报秋，从使君来岂堪折！"后果为番将沙吒利所劫。翃会入中书，道逢之，谓永诀矣。是日临淄大校，置酒，疑翃不乐，具告之，有虞候将许后，以义烈自许，即诈取得之，以授韩。集五卷。

题仙游观

仙台初见五城楼，风物凄清宿雨收。山色远连秦树晚，砧声近报汉宫秋。

◎**前解**　五城十二楼，昔所传闻，殊未目睹，今日乃幸斗然亲见。"初"字妙，言实是生平之未经。况又加以夜来雨过，巧值新晴，再写七字，便使上七字又分外清绝也。山色远连，砧声近报，且不入观门，且先将观前观后观左观右无限风物，无限凄清，一例平收。"秦"字妙，"晚"字妙，"汉"字妙，"秋"字妙。不知是寓目，不知是送怀，我读之亦如列子御风，泠然其善，更不谓阅此诗时，正在三伏盛暑中坐矣。

疏松影落空坛静，细草春香小洞幽。何用别寻方外去，人间亦自有丹丘。

○**后解**　此方入观来也。"疏松"犹《庄子》云"大年"，"细草"犹《庄子》云"小年"，"影落空坛"犹《庄子》云"断之则悲"，"春香小洞"犹《庄子》云"续之亦忧"，何用别寻丹丘？夫丹丘又岂出此疏松细草之外耶？读此五六两句，便胜读全部《道经》，不谓先生眼光至此。

送王少府归杭州

归舟一路转青蘋，更欲随潮向富春。吴郡陆机称地主，钱塘苏小是乡亲。

◎**前解**　前解送人归杭州，却要其不住杭州。后解送杭州人归杭州，自己是赵州，却要也来住杭州。总之，只是要王少府到底住定杭州，切忌不可又不住杭州，于是遂写出如许奇文来。○前解"归舟"者，归杭州之舟也。"一路"者，归杭州之路也。乃"转青蘋"，则是已到杭州，而舟还不停也。何故舟还不停？则为更欲随潮向富春也。何故欲向富春？则以欲从严先生者游也。何故欲从严先生游？则以人生无常，贵在见机也。何故便知人生无常？则以眼见吴郡已无陆机，钱塘又失苏小也。才子佳人，一齐下泪。

葛花满把能消酒，栀子同心好赠人。早晚重过渔浦宿，遥怜佳句箧中新。

○**后解**　后解又与要盟，言君亦更有何事，尚须不住杭州，再到北来者耶？除非箧中佳句，欲举似我，果尔，则请但储葛花栀子，我且早晚便过矣。犹言宁可我来，汝不可来也。末句"遥怜佳句"，是我写早晚过宿之原故，非过宿后方始"怜佳句"也。细细看其"遥"字。不得先生释。"遥"字乃不通。

送冷朝阳还上元

青丝缆引木兰船，名遂身归拜庆年。落日澄江乌榜外，秋风疏柳白门前。

◎**前解** 一解，看他将异样妙笔，只从自己眼中画出一船。只画一船者，便是从船中画出一冷朝阳，从冷朝阳心头画出无限快活也。如言缆是"青丝缆"，船是"木兰船"，端坐于中，顺流东下，每当落日，便看澄江于乌榜之外，一见秋风，早报疏柳在白门之前。看江，是写船之日近一日；报柳，是写船之已到其地也。船中一人，则即冷朝阳。而此冷朝阳之心头却有无限快活者，一是新及第，二是准假归，三是二人具庆，恰当上寿也。呜呼！人生世间，谁不愿有此事乎哉！

桥通小市家林近，山带平湖野寺连。别后依依寒食里，共君携手在东田。

○**后解** 前解纯写冷朝阳之得意，此始写送也。言今别是初秋，乃我"别后依依"，则欲前期必订仲春。于是先以五六写他东田好景，言来寒食，则我两人是必携手其地也。

送故人赴江陵寻庾牧

主人持节拜荆州，走马应从一路游。斑竹冈连山雨暗，枇杷门向楚天秋。

◎**前解** 既是故人，何不著名？既故人且不著名，何得所寻反与著姓？故知庾是韩之故人，而此寻庾之人，则是庾之旧客，而今又向韩乞竿牍，是故作此诗与之，而因以"故人"二字暂假之也。看他一先写庾，二只用"走马"字、"一路"字、"从游"字、"应"字，写此旧客一段故情，一片高兴，便令主人不得不欢然相接。三四，"斑竹冈""枇杷门"，虽写江陵景，然实是一路走马景须知。看他写此故人，不惟题不著名，乃至篇中略不相道，亦并无惜别意，便信如此批为知言也。

佳期笑把斋中酒，远意闲登城上楼。文体此时看又别，吾知小庾甚风流。

○**后解** 五，写初到之一日。六，写既寻到之后日。七，"此时"，即把酒登楼之时。一解便纯写庾厚情高兴，更不再写此故人。

〔清〕 贺清泰

《白海青》（局部）

皇甫冉

字茂政
润州丹阳人

　　十岁便能属文。张九龄叹异之，谓："清秀回拔，有江徐之风。"与弟曾皆善诗。天宝中踵登进士，当时比张氏景阳孟阳云。集三卷，独孤至之序之曰："沈詹事，宋功工，财成六律，彰施五色。言之而中伦，歌之而成声，缘情绮靡之功，至是乃备。沈、宋既没，而崔司勋颢、王右丞维，复崛起于开元、天宝之间，得其门而入者，当代不过数人，补阙其一也。往以世道艰虞，避地在外，每文章一到朝廷，作者变色，谓自晋、宋、齐、梁、周、隋以来，使前贤失步，后辈却立。自非天假，何以追斯！恨长辔未骋，而芳兰早凋。悲夫！"

宿淮阴南楼酬常伯能

淮阴日落上南楼，乔木荒城古渡头。浦外野风初入户，窗中海月早知秋。

◎ **前解** 日落上楼，自是寻常求宿，看他急接"乔木"七字，一时写淮阴故迹乔木、淮阴近事荒城，与经过淮阴无限伤心男子古渡，不觉遂尽。三四，则今夜此一伤心男子，仰怀故迹，俯伤近事，而于楼上极大无奈也。

沧波一望通千里，画角三声起百忧。伫立分宵绝来客，烦君步履忽相求。

○ **后解** 五，"沧波一望"，犹未入夜；六，"画角三声"，倏报初更，便渐写到"分宵"二字也。"通千里"是眼看何处，"起百忧"是心念何事，而能不伫立耶！看写酬常处甚少。

酬李补阙

十年归客但心伤，三径无人已自荒。夕宿灵台伴烟月，晨趋建礼逐衣裳。

◎**前解**　比客全未得归，而自称早日归客，又云怀抱其心，已至十年之久，人生不得自由，真有如此苦事也。"但心伤""但"字好笑，"已自荒""已自"好笑。只谓蒙被眷注，万不许放归耳，何意只是夕伴烟月，晨逐衣裳？四句一气读之，便是十年伴烟月，十年逐衣裳也，而三径则已十年荒也，而客心则但十年伤也。

偶因麋鹿随丰草，谬荷鹓鸾借末行。纵有谏书犹未献，春风拂地日空长。

○**后解**　后又申明三四，言我自有书未献，非关献而不收也。自记昔日来京，本意原只干禄，谬叨诸公泛爱，便得分润升斗。只是十年腹负，十年面惭，如此长日，云何可度。此自是真心人，发实意语，在他人乃决不肯道也。

送孔巢父赴河南军

江城相送阻烟波，况复新秋一雁过。闻道全师征北虏，更言诸将会南河。

◎ **前解**　言今日相送是此江城，若别后相阻正复无定也。何也？据我传闻，是征北虏；乃据君自说，又赴南河。然则军行秘密，终无的托，今日别去，君为定在河南，为复全师往北耶？加入"新秋一雁"句，聊以纪时也。

边心杳杳乡人绝，塞草青青战马多。共许陈琳工奏记，知君名宦未蹉跎。

○ **后解**　此五六又代孔预写别后杳杳之心，而七八急转笔极慰之也。唐诗难看，如"塞草青青战马多"句，正即极写上句边心之杳杳，犹言满眼纯是战马，并不见一乡人也。不会看唐诗人，乃谓竟写马多矣。便使果然马多，却是何与今日？

173

韦应物

字义博
京兆万年人

　　周逍遥公夐之后。待价生令仪，令仪生銮，銮生应物。由比部员外郎，出刺滁州，改刺江州，追赴阙，改左司郎中，贞元初，历苏州。罢守，寓苏台永定精舍。性高洁，所在焚香扫地而坐。惟顾况、刘长卿、丘丹、秦系、皎然之俦，得厕宾客，与之酬唱。乐天《吴郡诗石记》独书："兵卫森画戟，燕处凝清香。"刘太真与韦书云："顾著作来，以足下郡斋宴集相示，是何情致，畅茂道逸如此。宋、齐间，沈、谢何始精于理意，于悬情体物，备诗人之旨。后之传者，甚失其源，惟足下制其横流。师挚之始，关雎之乱，于足下之文见之矣。"集十卷。

寓居澧上精舍寄于张二舍人

万木跋云出香阁，西连碧涧竹林园。高斋独宿远山曙，微霰下庭寒雀喧。

◎**前解**　此不止是妙诗，直是妙画。且不止是妙画，直是禅家所谓妙境，乃至所谓妙理者也。看他"万木"，下便画"丛云"字，只谓是眼注万木耳，却不晤其乃是欲写"出香阁"之三字。"出"字妙妙。此自是当境人，一时适然下得之字，我今亦不知其如何谓之"出"也。二忽然转笔，又写一碧涧，又写一竹园，有意无意，不必比兴。三四"高斋独宿"，即是宿此阁中；"微霰下庭"，便是下此阁前之庭也。"远山曙"妙，写尽独宿人心头旷然无事；"寒雀喧"妙，写尽微霰中众人生理凋瘁也。

道心淡泊对流水，生事萧条空掩门。时忆故人那得见，晓排阊阖奉明君。

○**后解**　"淡泊"字，须知不是矜。"萧条"字，须知不是怨。"对流水"字，须知不为"淡泊"。"空掩门"字，须知不为"萧条"。总是学道人晚年有悟。一片旷然无事境界也。"时"，不解作时时，是正当对水掩门之时。言此时，则正二舍人得君行志之时。夫行藏既已各判，忙闲自不相及，又安得而相见乎哉。

寄李儋元锡

∨
∨

去年花里逢君别，今日花开又一年。世事茫茫难自料，春愁黯黯独成眠。

◎ **前解** 一二，在他人便是恨别，在先生只是感时。何以辨之？盖他人恨别，皆以花纪别，今先生感时，乃以别纪花。以花纪别者，皆云已一年，今以别纪花，故云又一年也。三四，"世事"即花事也，"春愁"即愁花也。花有何事？如去年开，今年又开，即花事也。花何用愁？见开是去年，见开又是今年，即花愁也。盖先生除花以外，已更无事更无愁也。世上学道人，除"无常"二字以外，亦更无事更无愁也。

身多疾病思田里，邑有流亡愧俸钱。闻道欲来相问讯，西楼望月几回圆？

○ **后解** 五六，别无他意，只是以实奉告李、元二子，言欲来即须早来，不然，我且欲去也。相其七八，情知此二子自是不怕花开人，看他分明欲来，而以愆期连月。此便是先生说无常偈。

〔清〕 郎世宁

《仙萼长春图册之樱桃桑鸤》

郎士元

字君韩

中山人

天宝十五载进士。宝应元年。诏试中书，补渭南尉。历拾遗，郢州刺史。与钱起齐名，自丞相以下，出使作牧，二公无诗祖饯，时论鄙之。二公词体，大约欲同，就中郎公稍更闲雅，近于康乐矣。集一卷。

酬王季友题半日村别业兼呈李明府

村映寒原日已斜，烟生密竹早归鸦。长溪南路当群岫，半景东林照数家。

◎ **前解** 　唐人诗句，每多侵让。如此诗，起句写村，却让三字与下，便只剩得四字。次句写半日，却侵过上句三字，便自占却十字也。三句再写村，四句再写半日。想其别业后是村，村后是高原；别业前是溪，溪南是群山，此真大好别业。又想人生四十以来，是下半生；入秋凌冬，是下半年；望舒生魄，是下半月；斋钟一动，是下半日。此四下半，最为悠悠忽忽，亦最为波波汲汲。今特取以名村，真又大好名字也。

门通小径怜芳草，马饮春泉踏浅沙。欲待主人林上月，还思潘令县中花。

○ **后解** 　五，写主人俟客；六，写客就主人；七，写客自下榻不问主人；八，写主人开樽还少一客。真是胜地、良时、佳客、妙主，人生在世何曾多遇！

卢纶

字允言
河中蒲人

　　避天宝乱，客鄱阳。大历初数举进士不第，元载取纶文以进，补阙乡尉，累迁监察御史，辄称疾去。与吉中孚、韩翃、钱起、司空曙、苗发、崔峒、耿湋、夏侯审、李端齐名，号"大历十才子"。宪宗诏中书舍人张仲素，访集遗文。文宗尤爱其诗，问宰相："纶文章几何？亦有子否？"李德裕对："纶四子：简能、简辞、弘正、简求。皆擢进士第，在台阁。"帝遣中人悉索家笥，得诗五百篇以闻。

长安春望

东风吹雨过青山，却望千门草色闲。家在梦中何日到，春来江上几人还？

◎**前解**　"东风"，七字，人谓只是写"春"不知便是写"望"，如云：此雨自我家中来也。"闲"字骂草妙，如云：无谓也，扯淡也。三恨自为得归，四又妒他人得归。活写尽不归人心中咄咄也。

川原缭绕浮云外，宫阙参差落照间。谁念为儒逢世难，独将衰鬓客秦关。

○**后解**　"川原"七字中有无数亲故，"宫阙"七字中止夕阳一人。"谁"字，便是无数亲故也。"独"字，便是夕阳一人也。不知唐诗人。谓五六只是写景。

司空曙

字文明

广平人

登进士第，从韦皋于剑南。贞元中，为本部郎中，终虞部，集二卷。

南原望汉宫

荒原空有汉宫名，衰草茫茫雉堞平。连雁下时秋水在，行人过尽暮烟生。

◎ **前解**　"荒原"也，原上"茫茫"，则"衰草"也。问"雉堞"，无有雉堞也。杳无所有，而名汉宫，意必当时曾有汉宫，而今已不在也。云：何不在？汉已过尽也。汉已不在，则今谁在？我徒见"秋水在"也。云何汉已过尽？只今行人又过尽也。

西陵歌吹何年别？南陌登临此日情。身世悠悠不可问，寒禽野水自纵横。

○ **后解**　"何年"妙，"此日"妙。彼别不知何年，我来则是此日。盖前之人当时定如我之此日；后之人更至，复不审我何年。此处更无可以着语，亦更无可以堕泪，只好闲闲然说个"悠悠不可问"五字而已。再写水禽纵横，不是冷眼相笑，亦不是慈眼等观。《庄子》云：知其不可奈何而安之为命。如是云尔。

寄胡处士

日暖风微南陌头，青田红树起春愁。伯劳相逐行人别，歧路空归野水流。

◎ **前解**　何其委宛。"南陌头"，言是日闲行，适然至斯也。"起春愁"，言闲行至斯。适然思及处士也。三，言处士前者因畏谗人而默然逊去也。四，言处士既去而彼谗人果亦萧然也。凡诗家用"伯劳""歧路"等字，必缘的托，此是《三百篇》遗法。○遇谗人，实无如逊去是第一高着。不然，即歧路何年得成野水耶？

偏忆寻僧同看雪，谁期战酒共登楼？为言惘怅嵩阳寺，明月高松应独游。

○ **后解**　何其严冷。夫处士方被谗人之所不许，而我固惓思之不置，此则又何苦耶？因言我自欲与之寻僧看雪，彻骨总教冰冷，非欲与之载酒登楼，一片豪兴未除也。"明月"，言透体光明。"高松"，言孤搴世外。五六既已自明，七八又为处士代明也。

〔清〕恽寿平

《山水花鸟图之荷花》

李益

字君虞

肃宗朝宰相揆之族子

　　登进士第。长为歌诗。贞元末，与宗人李贺齐名。每作一篇，为教坊乐人以赂求取，唱为供奉歌辞。然少有痴疾，而多猜忌，防闲妻妾，过为苛酷，而有散灰扃户之谈闻于时，故时谓"妒痴为李益疾"。以是久之不调，而流辈皆居显位，愈不得意。宪宗雅闻其名，召为秘书少监，集贤殿学士，自负才地，多所凌忽，为众不容。谏官举其《幽州诗》有"不上望京楼"之句，降居散秩。俄复用为秘书监，迁太子宾客，集贤院学士，判院事，转右散骑常侍。太和初，以礼部尚书致仕，卒。

送贾校书东归寄振上人

北风吹雁数声悲，况指前林是别时。秋草不堪频送远，白云何处更相期。

◎**前解** 题是因"送贾校书"带"寄振上人"乃某细相其发笔落纸，却是一先断肠于振，而二始折笔到贾。其间主宾轻重，殊有限差别，然后知此非因送贾，便聊复寄振，多是特欲寄振，故来送贾也。三，"频送"字犹似带贾。四，"更期"字竟独问振。人生相知，分寸不同，实有如此至理也。

山随匹马行看暮，路入寒城去独迟。为向东州故人道，江淹已拟惠休诗。

○**后解** 五写送者目断，六写行者情留。只此十四字，独写送贾，至七八，依旧只结归振矣。

李端

赵州人

大历五年进士

历校书郎，终杭州司马。始郭暧尚升平公主。贤明有才思，尤多招士，端等多从之。暧进官，大集客，端赋诗最工。钱起曰："素为之，请赋起姓。"又工于前，客乃服。集三卷。

宿淮浦忆司空文明

〽

〽

　　愁心一倍长离忧，夜思千重恋旧游。秦地故人成远梦，
楚天凉雨在孤舟。

◎ **前解**　　"长"字去声，即"长物""长"字。言一倍是自己愁
心，又长一倍是朋友离忧也。"夜思"七字，独承"离
忧"，言翻来覆去，更睡不得，即更放不得也。"秦地"
十四字，再承"夜思"，言才睡得，即又梦，才梦得，即
又觉，迷迷离离，恰似家中握手，淅淅沥沥，早是船背雨
声也。真写尽"千重"二字矣。

　　诸溪近海潮皆应，独树边淮叶尽流。别恨更深何处写，
前程惟有一登楼。

○ **后解**　　此非写景，正借其自比。言此处淮海虽深，殊未抵我别恨
也。因思古有远望当归之语，而又正在舟中，无楼可登，
于是且待明日，看他"前程"。嗟乎！一望尚俟前程，然
则握晤竟在何日哉？

张南史

字季直
幽州人

初好弈棋，其后折节读书，遂入诗境，以试参军。避乱居扬州。再召，未赴而卒。诗一卷。

陆胜宅秋雨中探韵

同人永日自相将，深竹闲园偶辟疆。已被秋风教忆鲙，更闻寒雨劝飞觞。

◎**前解** 此写君子在野，无处告诉，遂托杯斝，纵心行乐也。看其"同人"字，"永日"字，"自相将"字，字字欢笑，字字眼泪。"同人"，言济济诸贤，不须惜才也。"永日"，言迟迟良日，大堪戮力也。"自相将"，言并无一人，蒙被收目也。"深竹闲园"，即其自相将之地。已被风教妙，更闻雨劝妙，写得风雨一片情理，一段兴致，正复诸公一段牢骚，一片败坏也。

归心莫问三江水，旅服从霑九月霜。醉里欲寻骑马路，萧条是处有垂杨。

○**后解** 他诗不得意，则亟思归。今此诗并不思归，真不辨其此日竹园，是欢笑，是眼泪也。"莫问"妙，"从霑"妙，"是处有"妙。不知者，便谓如此真是快活。呜呼！受父母身，读圣贤书，上承圣君，下寄苍生，我将自处何等，而取如此快活哉！

窦常

字中行
大历中进士

　　不肯调，客广陵。多所论著，隐居二十年。镇州王武俊闻其才，奏辟不应。杜佑镇淮南署为参谋，历朗、夔、江、抚四州刺史，国子祭酒致仕。卒赠越州都督，有集三卷。

寒食涂次松兹渡先寄刘员外

杏花榆荚晓风前，云际离离上峡船。江转数程淹驿骑，
楚曾三户少人烟。

◎**前解**　写荒凉，一经佳笔，便令荒凉都不复觉，甚至乃有反以为
清绝景事者。后贤今后欲写荒凉，不可不用意细读此等诗
也。○"杏花榆荚"写寒食时候也。"晓风前"写松兹渡
头禁受寒食之人也。"上峡船"，加"云际离离"，写是
日望中所有也。三四申言：如此云际离离之船，但有必皆
入望，然则岂有松兹渡一路人烟，我顾全然不见者。胡为
江已几折，骑已几程，而旧传三户尽成乌有，此其一路荒
凉，真为不堪寓目也。"淹驿骑"只见停骖再看，为下"少人
烟"句作波，不是真正有所淹也。

看春又过清明节，算老重逢癸巳年。幸得柱山当郡舍，
在朝常咏《卜居》篇。

○**后解**　寒食是清明之前一日，"又过"者，犹言看看又过也。"癸
巳"，是花甲之后一年，"重逢"者，犹言悠悠再起也。
此十四字真是老年人日暮心孤，泪点血点，盛年人总不知
也。"在朝"者，凡郡县公堂，俱得称朝。

戴叔伦

字幼公

润州金坛人

　　师事萧颖士，为门人冠。刘晏管盐铁，表主运湖南，至云安，杨惠琳反。驰客劫之，曰："归我金币，可缓死。"叔伦曰："身可杀，财不可夺。"乃舍之。试守抚州刺史，俄即真，期年，诏书褒美，封谯县男，加金紫服，迁容管经略使。缓徕夷落，威名流闻。其治清明仁怒。多方略，故所至称最。德宗常赋中和节诗，遣使者宠赐。代还，卒于道，年五十八。

过故人陈羽山居

向来携酒共追攀，此日看云独未还。不见山中人半载，依然松下屋三间。

◎**前解**　特访高人不遇，必有无数惋惜，此只闲闲云：向来遍遍寻着，今日独相失耳。便自说得来访是偶然，不在亦是偶然。以偶然之人，有偶然之事，而适值偶然之时，于怀虽不大佳，于兴亦不大恶也。三四，便缩取王摩诘"门外青山"一解，只作二句，言虽不睹其人，不妨且看其屋。夫三间之屋，既曰"依然"，便亦无大足看也，而必又写入诗者，所谓美人影亦好。此纯是性情边事，不能以笔墨求也。

峰攒僧寺朱霞上，水绕渔矶绿玉湾。却望夏洋怀二妙，满崖霜后树班班。

○**后解**　前解且看其屋，后解再算其人。言毕竟陈君此时当安在乎？为在高高朱霞之上乎？为在低低绿玉之湾乎？"二妙"句未解。末言使我伫望必归之路，惟见一带霜树班班，想见先生是日迁延而不能即去也。

酬耿少府见寄

方丈萧萧落叶中，暮天深巷起悲风。流年不尽人自老，外事无端心已空。

◎**前解** 前解自写"方丈"者，寄居僧舍，其大小不过十笏也。"萧萧"者，叶既辞树，又不到地，方落未落，其景萧萧也。"中"者，天既欲暮，巷又独深，忽然风起，四面叶落。暮天则时时有风，深巷则寂寂无事，于是十笏之屋，更无所睹，但见其在落叶之中也。然则何不掩方丈，踏落叶，暂出深巷，略遣暮天？而无如年自流，人自老，事自多，心自空，既是了不相关，无妨死心独坐也。一解只写无人见寄，以与后解顿挫耳。

家近小山当海畔，身留环卫隐墙东。遥闻相访频逢雪，一辞寒宵谁与同？

○**后解** 写少府家近小山，言少府亦将归隐。身留环卫，言少府特偶未去。称环卫者，少府职近宫闱故也。然则少府与我心同、地同、寂寞同、牢落同。既是无所不同，便应无日不同。乃闻频频访我逢雪，何不特特招我同醉耶？少府见寄，只道相访、如此奉酬，便要相招矣。此非无量俚穷相，实是同调共怜也。故云唐人五六措语，一意为七八。试看如此七八，若无五六，即岂复成诗。然如此五六，若无七八，则又何为而云乎？

〔清〕 余穉

《花鸟图册之一》

王建

字仲初

颍川人

大历十年进士。初为渭南尉，历秘书丞、侍御史。太和中，出为陕州司马，从军塞上。后归，卜居咸阳原上。集十卷。○白居易《授王建秘书郎制》云："敕太府秘丞王建，太府丞与秘书郎，品秩同而俸禄一，今所传移者，欲职其宜，而才适用也。诗人之作丽以则，建为文近之矣。故其所著章句，往往在人口中，求之辈流，亦不易得，帑藏之吏，非尔官也。而翱翔书府，吟咏秘阁，改命是职，不亦可乎？可秘书郎。"

早春午门西望

百官朝下午门西，尘起春风满御堤。黄帕盖鞍呈过马，红罗缠项斗回鸡。

◎**前解** "下"之为言退也，散也。"尘起"者，朝散官退，人多马多，故尘起也。"春风"之为言光辉也，句法最好，向来只误读作"风起香尘满御堤"耳。三四不写百官，却写马，却写鸡，妙妙。"黄帕盖鞍"，此马之春风也。"红罗缠项"，此鸡之春风也。马与鸡尚有遭时得君之日，则亦"下午门"行御堤，光辉遍身，顾盼自豪，其春风也如此。彼避立门西，闲看下朝者，独奈之何哉！晏元献欲改"呈马过，斗鸡回"，痴狗咬块之才耳。呈过马，斗回鸡，言呈过之马，斗回之鸡也，言马与鸡，则人见，言人，则马与鸡不见，故不写人，但写鸡与马也。晏元献岂非失言。

馆松枝重墙头出，渠柳条长水面齐。惟有教坊南草色，古城阴处冷凄凄。

◎**后解** "馆"，御馆也。"渠"，御渠也。此皆避立门西，闲看下朝之人之热眼也。言何独御马，何独御鸡，虽无情之一松一柳，而但托天家，即春风十倍。末因自比坊南弱草，独自失时。呜呼！又何言哉！"古城"字妙，比不入时尚。"阴处"字好，比不到人前。前诗头尾以"午门西"字，应"教坊南"字；以"满御堤"字，应"古城阴"字；以"春风"字，应"冷凄凄"字。

早秋过龙武李将军书斋

高树蝉声秋巷里，朱门冷静似闲居。重装墨画数茎竹，长著香熏一架书。

◎ **前解** 写山僧必写其置酒，写美人必写其学道，写秀才必写其从猎，写武臣必写其读书，谓之翻尽本色，别出妙理也。〇一二不写书斋，且先写其门，且又先写其巷。妙在欲写冷静，偏写蝉声。此皆是其作宫词之三昧，他人乃未易晓也。三四不写将军，却只写其画与其书。"重装"妙，"香熏"妙。此非写其画与其书，便是将军之天性人欲，都写出来。当时若写看画、读书，政复有分限耳。分明便是其宫词一首，因思天生作宫词人，虽欲不作宫词，不可得也。

语笑侍儿知礼数，吟哦野老任狂疏。就中爱读英雄传，又说功勋恐不如。

〇 **后解** 五，"礼数"字并非将军本色，乃今不惟将军有，虽侍儿能有。六，"狂疏"字极是将军本色，乃今野老不任将军，将军反任野老，真是全然不似将军也。七八因言除非以英雄人，读英雄书，此时伧父或露故态，而其恂恂粥粥，转更儒者如此。呜呼！吾真不能复相之也。

华清感旧

尘到朝元边使急，千宫夜发六龙回。辇前月照衮衣泪，马上风吹蜡烛灰。

◎**前解** 　一解写旧。○起句只是"边使急"之三字，二三四三句只是"千宫夜发六龙回"之七字耳。必又故加"尘到朝元"，写边使之急，至于如此；必又故加"月照衮衣""风吹蜡烛"，写夜发之窘，至于如此者，此非闲笔闲描，正复备列其状，以为后世炯鉴也。

公主妆楼金锁涩，贵妃汤殿玉莲开。有时云外闻天乐，疑是先皇沐浴来。

○**后解** 　一解写感。○触目荒凉，何事不痛，而必独写公主贵妃者，在当时亦止目侧于公主贵妃，则今日亦止心悼于公主贵妃也。末又故写"天乐"来，"疑是沐浴来"，以归重先皇。言事之至此，虽曰公主贵妃之故，而岂公主贵妃之故哉。

题金家竹溪

少年因病离天仗，乞得归家养病身。买断竹溪无别主，散分泉水与西邻。

◎**前解** 此非写病，乃是因病得归，因归得脱，于是极写快活，以反形天仗。"买断无别主"妙。"天仗"下，张王李赵，弓刀剑戟，彼争我夺，朝得暮失，无此自在安稳也。"散分"与"西邻"妙。"天仗"下一顾不轻，片言莫借，目视枯鱼，曾不沾酒，无此通融无碍也。言向使不因病告，即不得归家；不得归家，即不离天仗。况在少年血气方刚，安知今日不成祸事？盖深感一病之相救也。

山头鹿下长惊犬，池面鱼行不怕人。京使到门常款语，还闻世上有功臣。

◎**后解** 此又写归家既久，机事尽忘，鹿下鱼行，了无惊怖。闻彼世上功臣，朝受王命，夕发内热，幸而有成，万已余丧者，真有如春风之过聋耳也。

题石瓮寺

　　青崖白石夹城东，泉脉钟声内里通。地压龙蛇山色别，屋连宫殿匠名同。

◎**前解**　此诗虽曰寄题佛寺，而实怀念先皇，所谓触事生悲，借壁弹泪者也。〇问：既是怀念先皇，云何却题佛寺？答曰：只为此寺实近夹城。夹城者，先皇由东内达南内，所筑之复道也。此寺与南内之相近也，泉则同脉也。钟则同闻也。何故泉则同脉？当时王宫佛刹，分场定尺，实维同选此山也。何故钟则同闻？当时王宫佛刹，取材捄工，乃至同用一匠也。

　　檐灯经夏纱笼黑，庭叶先秋腊树红。天子亲题诗总在，画扉长锁壁龛中。

〇**后解**　由是而先皇之幸寺中，乃为常常之事矣。虽在今日，俯仰之间，尽成陈迹，然所经题，煌煌御笔，无不总在。五六先写檐灯庭树，以奉严画扉，又写黑纱红叶，以暗配长锁。一解四句诗，便是一片眼泪也。

送司空神童

杏花坛上授书时，不废中庭趁蝶飞。暗写五经收部帙，初年七岁着衫衣。

◎**前解** 背写五经，尽成部帙，而年方毁齿，才着衫衣，此自是写神童必到之文。妙莫妙于偏写其不废趁蝶，宛然群儿，便使人分明看见神童更小，而神童更神。至于将欲写其趁蝶，而预取杏坛拆开，插放"花"字，使读者瞥然眼迷，此又其百首宫词之秘法也。

秋堂白发先生别，古巷乌衣学伴归。独向凤城持荐表，万人丛里有光辉。

○**后解** 正写不过被荐赴京耳，看他"凤城"上，陪出"秋堂"，出"古巷"；"独"上陪出"先生"，陪出"学伴"；"荐表"上陪出"别"，陪出"归"；"有光辉"上陪出"白发"，陪出"乌衣"，真乃出像反衬法也。神童诗中间偏下得"白发"字，有此妙笔，虽再作宫词百首，安得才尽？

岁晚自感

∨
∨

人皆欲得长年少，无那排门白发催。一向破除愁不尽，百方回避老须来。

◎前解 自感也，而统举世人发论者，昔尝妄谓人人自老，而我独不老，抑我尚不知有老，抑我尚不闻有人向我说老者也。无何瞥眼之间，老顾奄然忽至，于是斗地惊心，疾往排门遍问，则见人人果已皆老，因而大悟人欲不老，谁不如我，今既一例都然，然则我无独免也。故此一二，正是真正自感，正是大聪明人，从大鹘突处看得出来，不是街头乞儿劝世声口也。三四又推出一"愁"字者，言老为死因，而愁实为老因也。

草堂未办终须置，松树难成亦且栽。沥酒愿从今日后，更逢二十度花开。

○后解 夫老为死因，非细事也。而愁实为老因，此不可以不加意也。于是愿从今日，特谋所以无愁之法焉。久思置一草堂，今虽未办，其必力疾置之也。久思栽几松树，今虽难成，其必疾栽之也。何也？人本有心，心本求称，心称则不愁，不愁则不老。然则从今以后，但得一年，即皆于我草堂之中，松树之下，恣心恣意，只学无愁。嗟乎！

闻说

桃花百叶不成春，鹤寿千年也未神。秦陇州缘鹦鹉贵，王侯家为牡丹贫。

◎ **前解**　立题妙绝，不知其说何国也，不知其说何年也，不知其说何人也。非曰见之也。夫亦闻之而已，窃谓其不可也。夫闻之而尚窃谓其不可也，胡可又令之或见之也。一解写争奢斗侈，无有底止，至于如此。

歌头舞遍回回别，鬓样眉分日日新。鼓动六街骑马出，相逢总是学狂人。

○ **后解**　二解写心短事蹙，不可少延，又至如此。"学狂人""学"字妙，隐然指一始狂之人，以为痛戒也。

〔明〕 陈洪绶

《花鸟精品册之一》

武元衡

字伯苍

河南缑氏人

祖平一，有名。举进士，始为华原令，以移疾去。德宗奇其才，召拜比部员外郎，岁内三迁，至右司郎中。以详整任职，擢为御史中丞。常对延英，帝目送之曰："是真宰相器。"为山陵仪仗使，监察御史，改太右庶子。会册皇太子，元衡赞相，太子识之。及即位，是为宪宗，复升中丞，进户部侍郎，同中书门下平章事。以吏部尚书兼门下侍郎，为剑南西川节度使。由萧县伯封临淮郡公。一夕为盗所害，年五十八，帝闻，震惊，罢朝。赠司徒，谥忠愍。公在西川时，大宴，从事杨嗣复狂酒，逼公大觥，不饮，遂以酒沐公。公拱手不动，沐讫，徐起更衣，终不散宴。集十卷。

秋夕对雨寄史近崔积

坐听宫城传晚漏，起看衰叶下寒枝。空庭绿草闲行处，细雨黄花独对时。

◎**前解** 坐听者，坐而无所事事，因闲听也。起看者，起而无所事事，因闲看也。坐而闲听，不必欲听晚漏，而适听晚漏，因而遽惊：今日则已夕也。起而闲看，不必欲看落叶，而适看落叶，因而更惊：不惟今日已夕，乃至今年则已秋也。三四承之，言我行空庭，天适细雨，绿草黄花，萧然尽暮。此即后解更无别法，惟有一醉之根因也。

蟋蟀已惊凉节至，茱萸空忆故人期。相逢莫厌樽前醉，春去秋来总不知。

○**后解** 故人茱萸之期，当在去年重九，意谓遥遥正隔，何期奄然忽至。嗟乎，嗟乎！人非金铁，遭此太迫，不入沉冥，奈何得避。通篇只是约二子共醉意，可知。

权德舆

字载之
天水略阳人

　　生四岁，能属诗。七岁，居父丧，以孝闻。十五为文数百篇，编为《童蒙集》十卷，名声日大。试秘书省校书郎。贞元初，再迁监察御史。德宗雅闻其名，征为太常博士，转左补阙，迁起居舍人，兼知制诰。转驾部员外郎，司勋郎中，职如旧，迁中书舍人。贞元十七年冬，以本官知礼部贡举。来年真拜侍郎。凡三岁掌贡士，号为"得人"。历兵吏二部侍郎，改太子宾客，迁太常卿，拜礼部尚书平章事。寻以检校吏部尚书，为东都留守。后改刑部尚书。十一年，复以检校吏部尚书出镇。兴元十三年八月有疾，诏许归阙，道卒，年六十，赠左仆射，谥曰文。集五十卷。

田家即事

暂卧藜床对落晖，倏然便觉世情非。漠漠稻花资旅食，青青荷叶制儒衣。

◎ **前解**　此日先生不知何故，偶过田家，适睹其粗衣粝食，淡然充足，于是忽发大悟，自悔鹿鹿世上，生计艰难，不觉又悯又笑，因而吐此苦吟也。一二"暂"字"便"字妙，言此理本在眼前，何故人都不省？三四承写"非"字，言稻花漠漠，便拟救饥，荷叶青青，妄想制服。真画尽儒衣旅食人，无量饥寒苦恼也。

山僧相劝期中饭，渔父同游约夜归。待学尚平婚嫁毕，渚烟溪月共忘机。

○ **后解**　前解写"非"字，此解写"倏然"字也。言假如山僧期饭，渔父约游，但离世情，何快不有。然则自今以后，我于一切世情，独有男婚女嫁，其事不得尽废，其余我当一笔都勾也。

刘禹锡

字梦得
彭城人

　　擢进士第，登博学宏词科，工文章。淮南杜佑表管书记，入为监察御史。时王叔文得幸太子，禹锡以名重一时，与之交，叔文每称有宰相器。太子即位，朝廷大议秘策，多出叔文，引禹锡及柳宗元与议禁中，所言必从。叔文败，禹锡贬连州刺史。未至，斥郎州司马，州接夜郎。诸夷风俗陋甚，家喜巫鬼，每祠歌《竹枝》，鼓吹裴回，其声伧伫，禹锡谓屈原居沅、湘间，作《九歌》使楚人以迎送神，乃倚其声，作《竹枝》十余篇，于是武陵夷俚歌之。禹锡久落魄，郁郁不自聊，其吐词多讽托幽远。久之召还，宰相欲任南省郎，而禹锡作《玄都观看花君子》诗，语讥忿，当路者不喜，出为播州刺史。诏下，御史中丞裴度为言播极远，猿狖所宅，禹锡母八十余不能往，当与其子死诀，恐伤陛下孝治，请稍内迁。帝曰："为人子者，宜慎事，不贻亲忧。若禹锡异他人，尤不可赦。"度不敢对。帝改容曰："朕所言责人子事，终不欲伤其亲。"乃易连州。宰相裴度雅知禹锡，荐为礼部郎中，集贤直学士。度罢，出为苏州刺史。以政最，赐金紫服。徙汝、同二州，迁太子宾客，复分司。会昌中，加检校礼部尚书。卒年七十二、赠户部尚书。〇李司空罢镇在京，慕刘名，尝邀至第中，厚设饮馔。酒酣，出妙妓歌以送之。刘于席上赋诗曰："鬢髻看梳头宫样妆，春风一曲杜韦娘。司空见惯浑闲事，恼乱苏州刺史肠。"李因以妓赠之。有《宾客集》三十卷。外集十卷。

金陵怀古

王濬楼船下益州，金陵王气黯然收。千寻铁锁沉江底，一片降旗出石头。

◎**前解**　前解先写"金陵古"，后解独写"怀"。○"王濬下益州"，只加"楼船"二字，便觉声势之甚。所以写王濬必要声势之甚者，正欲反衬金陵惨阻之甚也。从来甲子兴亡，必有如此相形。正是眼看不得。"黯然收""收"字妙，更不多费笔墨，而当时面缚出降，更无半策气色如画。三四"铁锁沉江底""降旗出石头"，此即详写"黯然收"三字也。看他又加"千寻"字，"一片"，写前日锁江锁得尽情，此日降晋又降得尽情，以为一笑也。

人世几回伤往事，山形依旧枕寒流。今逢四海为家日，故垒萧萧芦荻秋。

○**后解**　看他如此转笔，于律诗中真为象王回身，非驴所拟。而又随手插得"几回"二字，便见此后兴亡不止孙皓一番，直将六朝纷纷，曾不足当其一叹也！结用无数衰飒字，如"故垒"，如"萧萧"，如"芦荻"，如"秋"，写当今四海为家，此又一奇也。

松滋渡望峡中

渡头轻雨洒寒梅，云际溶溶雪水来。梦渚草长迷楚望，夷陵土黑有秦灰。

◎ **前解**　前解感时，后解伤事。○一轻雨洒梅，写春动，二雪消水来，写腊尽也。"渡头""云际"者，言此处春动，即无处不腊尽。如梦渚夷陵，遥遥极望，眼见皆是春物也。"草长""土黑"者，草长为梦渚，土黑为夷陵也。各用五字，写上二字，非欲写"草长""土黑"等五字也。

巴人泪应猿声落，蜀客船从鸟道回。十二碧峰何处所，永安宫外有荒台。

○ **后解**　五六，言但见人哭，猿啼，客归，船下，若夫十二碧峰，则我竟知其安在乎。末欲写无碧峰，却偏写有荒台，最为尽意之笔。

送李庚先辈北选

一家何啻十朱轮，诸父双飞秉大钩。已脱素衣参幕客，却为精舍读书人。

◎**前解**　一，写一家。二，写诸父。三，写本身。一直三句，一片接连而下，言如此人家子弟，必是决不肯更读书也。何意却为一转，转出"精舍"五字。"精舍"妙妙，任下无数语，写读书不得尽者，只此二字，已自写得入骨入髓。盖从来悬梁刺股、囊萤映雪等语，俱是乡中担粪奴仰信苦学人必有如此鬼怪。其实读书只须沉潜精舍，三年不出户庭，便已极尽天下之无穷。此理只可与董仲舒说也。

离筵洛水侵杯色，征路阳关向晚尘。今日山公旧宾主，知君不负帝城春。

○**后解**　上解只写李庚先辈，此解始写送，始写"北选""不负帝城"，着语极蕴藉也。"旧宾主"三字，毕竟从"十朱轮""双大钩"一线牵来，请之不能不为寒士陨泪也。

送周使君罢渝州归郢中别墅

君思郢上吟归去，故自渝南掷郡章。野戍岸边留画舸，
绿萝阴下到山庄。

◎**前解** 首句，"君"一字，称之也。"思郢上"，原君之素心也。
"吟归去"，写君之高兴也。次句"故"一字，即思郢
上。"自"字连下三句二十一字，即吟归去也。言使君由
掷郡章而留画舸，而到山庄，直将渝南一副官腔，便如蛇
蜕谢之，此其轻松快便，有非人所及者。看他二句三句四
句上从"自"字，下至"到"字，分明直作一气一句，
又为绝奇之律格也。细思"野戍留舸""绿阴到庄"，必如
此，方真是弃官人。若夫照旧驰驿，依先辟道，则我乌乎测其肺
肠哉。

池荷雨后衣香起，庭草春深绶带长。只恐鸣驺催上道，
不容待得晚菘尝。

○**后解** 此写既归郢上之后，言芰荷香起，鹝草带长，正当尔时，
晚菘方乃渐肥。独恐朝书来催，不得久住，为怅然也。

再授连州至衡阳酬柳柳州赠别

去国十年同赴召，渡湘千里又分歧。重临事异黄丞相，三黜名惭柳士师。

◎ **前解** 永贞元年，刘禹锡、柳宗元等八人，以附王叔文皆贬。至元和十年，例召至京师，又皆出为刺史。此诗乃二公至衡阳，水陆分路，因而有赠有酬也。一解四句，凡写四事：一写十年重贬，是伤仕宦颠踬；二写千里又分，是悲知己隔绝；三写坐事重大，未如颍川小过；四写不曾自失，无异柳下不忝，最为曲折详至也。一句"同"字上有一"始"字，二句"又"字下有一"各"字，三句"事"字下有一"虽"字，四句"名"字下有一"岂"字。

归目并随回雁尽，愁肠正遇断猿时。桂江东过连山下，相望长吟有所思。

○ **后解** 五六为衡阳写景，此是二人分路处。七为桂江写景，此是二人相望处也。言桂江自柳至连也。

汉寿城春望

∨
∨

汉寿城边野草春，荒祠古墓对荆榛。田中牧竖烧刍狗，陌上行人看石麟。

◎**前解** 此春望诗最奇。夫春望以望春物，而此一望，纯是祠墓。然则本非春望，而又必题"春望"者，先生用意，只为欲写首句之"野草春"三字。"野草"亦只是次句之"荆榛"，然今日则无奈其独占一春也。"荒祠"，即荆州治前伍胥祠。"古墓"，即治前亭下楚王墓。此二人昔者在时，试想何等炳赫，何意至于今日，曾不得与野草为对，可叹也！○三四，一承荒祠，一承古墓，可知。

华表半空惊霹雳，碑文才见满埃尘。不知何日东瀛变，此地还成要路津。

○**后解** 五六不知者或谓此岂非中填四句诗，殊不知三四是写人情，不以此祠此墓为意，此却是写为祠为墓既已甚久，以起下"何日再变"，文势乃极不同也。

题于家公主旧宅

树满仙台叶满池，箫声一绝草虫悲。邻家犹学宫人髻，园客争偷御果枝。

◎**前解** 前解悼公主，后解悲驸马。○看人从"叶满池"上，追说"仙台"，从"草虫悲"上，追说"箫声"，便自使人怅然心悲，并不更用多写荒凉败落也。三四尤为最工，若不写得如此，便是平等人家，断钗零钿，不复成公主悼亡诗也。

马埒蓬蒿藏狡兔，凤楼烟雨啸愁鸱。何郎独在无恩泽，不似当初傅粉时。

○**后解** "蓬蒿狡兔""烟雨愁鸱"，此即"无恩泽"之三字也。七句"独"字"在"字，不许草草连读。盖"在"而"独"固是悲公主，乃"独"而"在"却是悲驸马。人只知"独"字之甚悲，即岂知"在"字犹悲耶。设使驸马早知如此，固真不如先一旦试黄泉，借蝼蚁以陪公主于地下之为得算也。

窦朗州见示与澧州元郎中早秋赠作命同答

邻境诸侯同舍郎，芷江兰浦恨无梁。秋风门外旌旗动，晓露庭中橘柚香。

○**前解**　一言朗州、澧州，连州，新固邻境，旧又同舍，则结契投分，本不浅也。二言三州久忝同袍，而各限衣带，则以无梁为恨，非一日也。二句先于"早秋"前添写得一层，妙妙。三四方细写"早秋"，言无端仰头，乍见旌动，巡视满庭，果已橘香。三是"早"，四是"秋"也。

玉簟微凉宜白昼，金笳入梦应清商。骚人昨夜闻啼鸟，不叹流年惜众芳。

○**后解**　五六写秋最悲。五是秋气侵身，六是秋声感心，即下之"骚人昨夜"句也。"不叹流年"妙，便将上文通篇翻过，最为低昂变换之笔。"惜众芳"者，三州六行，眼泪一时齐下，即《离骚》所云"虽萎绝其亦何伤，我哀众芳之芜秽"也。"宜白昼"言凉气已应，不复宜夜也。

羊士谔

字谏卿

河南洛阳人

贞元初进士，有集行世。

郡中言怀寄西川萧员外

功名无力愧勤王，已近终南得草堂。身外尽归天竺偈，腰闲未解会稽章。

◎**前解** 吐口便说"功名无力"四字，此便是真心实意人，真心实意语也。盖"功名"虽是每人初心，然"无力"实是各人天分。如果力有不及，便应愧有不免，如何世上乃有腼然素餐之夫，又有矫语高尚之夫也。"已近终南得草堂"妙，言身虽未，去计已成。三四即重宣此七字也。作诗最要真心实意，若果真心实意，便使他人读之，油然无不感叹，不然，即更无一人能读也。

何时腊酒逢山客，可惜梅枝亚石床。晚岁我知无别事，拟心久在白云乡。

○**后解** 此五六，妙于"何时逢山客"，中间硬入"腊酒"，又妙于"腊酒逢山客"。下句撇然竟对"梅枝亚石床"，真为潇洒不群之笔也。结言此非强来相拉，实已久信高怀，又硬加"岁晚"二字，使此意旁见侧出也。

韩愈

字退之

邓州南阳人

生三岁而孤。随伯兄会，贬官岭表，会卒，嫂郑鞠之。愈自知读书，日记数千百言，比长，尽能通六经百家学。擢进士第，官至吏部侍郎。卒年五十七，赠礼部尚书，谥曰文。集四十卷。

左迁至蓝关示侄孙湘

一封朝奏九重天，夕贬潮州路八千。欲为圣朝除弊事，肯将衰朽惜残年。

◎**前解**　一二不对也，然写"朝"字与"夕"字对，"奏"字与"贬"字对。"一封""九重"字与"八千"字对，"天"字与"潮州路"字对，于是诵之，遂觉极其激昂。谁谓先生起衰之功，止在散行文字。○才奏便贬，才贬便行，急承三四一联。老臣之诚恫，大臣之丰裁，千载如今日。

云横秦岭家何在，雪拥蓝关马不前。知汝远来应有意，好收吾骨瘴江边。

○**后解**　五六非写秦岭云、蓝关雪也。一句回顾，一句前瞻，恰好逼出"瘴江边"三字。盖君子诚幸而死得其所，即刻刻是死所。"收骨江边"正复快语，安有谏迎佛骨，韩文公肯作"家何在"妇人之声哉。唐人加意作五六，总为眼光在七八耳。千遍吟此，便知《列仙传》胡说可恨。

答张十一功曹

山净江空水见沙，哀猿啼处两三家。筼筜竞长纤纤笋，踯躅闲开艳艳花。

◎**前解** 通解只写后解中之"炎瘴"二字也。夫山曰"净"，江曰"空"，水曰"见沙"，则是天地肃清，明是秋冬时候也。而笋犹竞长，花犹艳如此，此其炎瘴为如何者。又妙于三句中间，轻轻再放"哀猿啼处两三家"之七字。"两三家"之为言无可与语，以预衬后之"君"字也。"哀猿啼"之为言，不可入耳，以预衬后之"诗"字也。真异样机杼也。

未报恩波知死所，莫令炎瘴送生涯。吟君诗罢看双鬓，斗觉霜毛一半加。

○**后解** 畏瘴者，畏死也，夫死非君子之所畏也，然而死又有所。如非死之所而遽死，是又非君子之所出也。昨先生作示侄诗乃敕，其收骨瘴江，此岂非君至瘴江，即瘴江是死所哉。今日得张十一诗，始悟君自命至瘴江，君初不命我死。夫以臣罪当诛，而终不命死，即此便是君之至恩，便是臣所必报，而万一以炎方不服之故，而溘然果死江边，将竟置君恩于何地，竟以此死为塞责耶？吟罢看鬓，而斗骇霜毛，真乃有时鸿毛，有时泰山也。

酒中留上襄阳李相公

∨
∨

浊水污泥清路尘，还曾同制掌丝纶。眼穿长讶双鱼断，耳热何辞数爵频。

◎**前解**　前解极写己之倾倒于李，后解极写李之倾倒于己。某亦读到烂熟后始会之。○此极写己之倾倒于李也，言耳热则是己已醉也，而爵至犹不辞，甚至数爵频至犹不辞者，只为平日空望书信，犹到眼穿，岂有今日卖亲面欢逢，不拚烂醉？或问：子方沉困，何处复与贵公得有旧耶？答曰：某与相公在今日，诚然一为污泥，一为清尘，不应投契至此。若夫当日，某以元和十一年正月为中书舍人，相公亦以其年二月自舍人拜相，则是实曾同掌丝纶也。

银烛未消窗送曙，金钗半醉座添春。知公不久归钧轴，应许闲官寄病身。

○**后解**　于是或又将问：子与相公，旧虽同舍，或者今日有不尔耶？则又极写李之倾倒于己。答曰：某则并非不堪久困而摇尾故人，欲求垂手者也。某实窥人于微心，知相公自许救援。于何验之？验之于其款狎不去。如五六之窗光已曙，而座反喧春，此固非泛泛酒人之所得比。然则病身得迁，诚然乐事，而故人情重，岂为北归。真所谓便醉死亦足者也。"知公"二字，一气注下十二字，不得将"应许"字另读起，弄得不成话说。"银烛"四字写主之敬客。"金钗"四字写客之昵主。

韶州留别张端公使君

来往再逢梅柳新，别离一醉绮罗春。久钦江总文才妙，自叹虞翻骨相屯。

◎ **前解** 此言与张同在南方，往来二年，不得款接，直至临别，始复一醉。于是乘手中酒杯，说胸前开悟，以极慰张于去后也。夫论文才，则张加于我；论骨相，则我劣于张。然则张蒙内召，我或南留，于人于天，斯为允当也。何图今日应留者去，应去者留，法所应然，事悉不尔。我因推之，不妙者尚去，岂妙者反留，不屯者若留，何屯者反去。然则张直不必以独留为意也。

鸣笛急吹争落日，清歌缓送款行人。已知奏课当征拜，那复淹留咏白蘋。

○ **后解** 此言急笛争吹，别者势须必别，缓歌重款，送者无庸多送也。目今奏课在迩，情知征拜已近，既是决不淹留，何为又劳嗟叹？然则我亦直不曾以张独留为意也。

〔清〕王武

《花卉册之一》

柳宗元

字子厚

河东人

　　后徙于吴。少精敏绝伦，为文章，卓伟精致，一时辈行推仰。第进士博学宏词科，授校书郎，调蓝田尉。贞元十九年，为监察御史裹行。善王叔文、韦执谊，引内禁近，与计事，擢礼部员外郎，欲大进用。俄而叔文败，贬邵州刺史，半道，贬永州司马。既窜斥，地又荒疠，因自放山泽间，堙厄感郁，一寓诸文，仿《离骚》数十篇，读者咸悲恻。元和十年，徙柳州刺史。时刘禹锡得播州，宗元曰："播非人所居，而禹锡亲在堂，吾不忍其穷。无辞以白其大人，如不往，便为母子永诀。"即具奏，欲以柳授刘，而自往播。会大臣亦为禹锡请，因改连州。南方为进士者，走数千里，从宗元游。经指授者，为文辞皆有法。世号柳柳州。十四年卒，年四十七。宗元少时，谓功业可就，既坐废，遂不振，然其才实高，名盖一时。韩愈评其文曰："雄深雅健，似司马子长，崔、蔡不足多也。"既没，柳人怀之，托言降于州之堂，有慢者辄死，庙于罗池，愈因碑以实之云。集四十五卷，外集二卷，别录二卷，摭异一卷。

从崔中丞过卢少府郊居

∨
∨

寓居湘岸四无邻，世网难婴每自珍。莳药闲庭延国老，
开樽虚室值贤人。

◎ **前解**　题是从崔过卢，诗却云四面无邻。然则从崔，崔自何来？
过卢，卢又何往耶？反复读之，不得其说。一日忽然有
悟，此诗乃是极写出门，今在上解，则先极写其断断不宜
出门也。夫先生之来南也，只为婴世网故也。以婴世网之
故，而直至于来南，而今又容易出门，则一何其不能自珍
之至于斯也！是故自到贬所，所卜之居，必欲四面无邻，
自令此身欲从则无所从，欲过则无所过，以庶几得脱免于
世网之外焉。三四忽插一国老、一贤人，又妙。初然触
眼，斗地惊心；此二闲客，缘何得闯？反复认之，而后知
并是先生妙文寓意，盖言参苓补泻，皆有专性，莫如国
老，一味和光；圣人之清，渔父切讥，莫如哺糟，玄同无
外。此便是避世网人心头独得之秘诀，而先生一口遂自说
出也。

泉回浅石依高柳，径转垂藤间绿筠。闻道偏为五禽戏，
出门鸥鸟更相亲。

○ **后解**　此下解方写是日出门。五六是写从崔过卢一路闲景，七八
是写崔与卢之人也。"依高柳"，想尽二子萧疏；"间绿
筠"，想尽二子精捝。然则亦不必至七八始写二子，而又

必用七八再写之者，先生之于世间，真乃不能一朝又与居矣，必也鸟兽差可同群。今闻二子略去衣冠，人同牛马，此则正是世网以外，自珍尤独至者。我虽开关破戒，力疾走访，想于前誓固不相妨也。

〔清〕 张熊
《花卉册》（局部）

衡阳与梦得分路赠别

◎**题注** 子浮舟适柳州，刘登陆赴连州。

十年憔悴到秦京，谁料翻为岭外行。伏波故道风烟在，翁仲遗墟草树平。

◎**前解** 永贞元年，子厚等以附王叔文，八人皆贬。至元和十年，例召至京师，又皆出为刺史。此一二，盖纪实也。三四，纪其分路处也。马援为陇西太守，斩羌首以万计，教羌耕牧屯田。翁仲为临洮太守，身长二丈三尺，匈奴望见皆拜。今二人流离播越，乃正过其处也。○不苦在"岭外行"，正苦在"到秦京"。盖"岭外行"是憔悴又起头，反不足又道；"到秦京"是憔悴已结局，不图正不然也。细细吟之。

直以慵疏招物议，休将文字占时名。今朝不用临河别，垂泪千行便濯缨。

○**后解** 《庄子》曰："人臣之于君，义也，无所逃于天地之间，奚暇至于悦生而恶死？夫子其行矣，有罪无罪，其勿辨也。"自是千古至论。今看先生微辨附王一案，又是千古妙文。看他只将渔父"鼓枻"一歌，轻轻用他"濯缨"二字，便见己与梦得实是清流，不是浊流。更不再向难开口处多开一口，而千载下人早自照见冤苦也。○"慵疏"，一罪也；"文字"，二罪也。此是先生亲供招状也。除二罪外，先生无罪，信也。

别舍弟宗一

零落残魂倍黯然，双垂别泪越江边。一身去国六千里，万死投荒十二年。

◎**前解** "残魂"者，剩魂也。剩魂者，言初被贬时，魂被惊断，其未断时剩犹到今也。"零落"者，言此剩魂已不成魂，只是前魂之所零星散落者也。"倍黯然"者，言此零星散落之魂，万万不堪又遭怖畏，而不意又有舍弟之别去也。三四，再申被贬到今，魂之零落，其万万不堪又有舍弟之别者如此。

桂岭瘴来云似墨，洞庭春尽水如天。欲知此后相思梦，长在荆门郢树烟。

○**后解** 此写舍弟既别去之后也。"云似墨"言不可住也。"水如天"言又不可归也。不可住者，自是吾弟忧我之至情，我非不之知也。无奈不可归者，又为吾君命我之大义，我又不能逃也。然则住又不可，归又不得，归又不得，住又不可，我惟有心折于荆门前后而已矣！

柳州寄丈人周韶州

越绝孤城千万峰，空斋不语坐高春。印文生缘经旬合，砚匣留尘尽日封。

◎前解 "孤城"者，柳州城也。"越绝"者，言与韶州越绝也。"千万峰"之为言自柳望韶，不可得见也。"空斋不语坐高春"者，先生先自述其尽忘机事如此也。三四再写，言已虽为柳州刺史，其实与诸獶獠不开一口，不写一字，不作一事也。

梅岭寒烟藏翡翠，桂江秋水露鲥鳙。丈人本自忘机事，为想年来憔悴容。

○后解 前解先自述意，此解乃始寄问丈人也。"梅岭"者，韶州之岭；"桂江者"，韶州之江。寒藏翡翠，秋露鲥者，言韶之瘴疠亦不减于柳也。然则丈人处此，为复亦如我之兀坐，不事一事乎？为复不堪所事，而已至于憔悴乎？所谓同病相怜之至情也。

杨巨源

字景山

大中时，为河中少尹

　　诗韵不为新语，体律务实，工夫颇深。旦暮吟咏不辍，年老头摇，人言吟诗所致。集一卷。

寄江州司马

江州司马平安否？惠远东林住得无？湓口曾闻似衣带，庐峰见说胜香炉。

◎**前解** 看他轻轻动笔，只作通候语耳，却乃凭空取一惠远东林，与之如对不对，于是更不重起笔，便竟随手一顺写去。言江与庐山，只隔湓口一衣带水，传闻香炉峰为天下绝胜，定知司马日住其下也。本是极萧散之笔，偏自写来字字成双捉对。佛言"不经烧打磨，决不成精金"。试想其烧打磨之多，岂特一遍而已哉。

题诗岁晏离鸿断，望阙天遥病鹤孤。莫谩拘牵雨花社，青云依旧是前途。

○**后解** 此欲招之归朝也。五将招之以友生之至情，六将招之以君父之至恩。然此二者自是人所同有，何得我独毅然语之哉。夫亦从本人自己心窝中设身处地，代抒其诚然者，而本人乃自不觉幡然其遽起。末句又带"雨花"字者，销缴上文"惠远"字也。

送章孝标校书归杭州因寄白舍人

⌄

曾过灵隐江边寺，独宿东楼看海门。潮色银河铺碧落，日光金柱出红盆。

◎ **前解** 送人诗，此为最奇。看他更不作旗亭握别套语，却奋快笔斗然直写自己当时，亲身曾过其地，亲眼曾看其景。其奇奇妙妙，非世恒睹，有不可以言语形容也者，而今日校书别我归去，则正归到其处。真是令我身虽在此送君，心已先君到杭也。

不妨公事谙高卧，无限诗情要细论。若访郡人徐孺子，应须骑马到沙村。

○ **后解** 看他后解又奇，终更无一句半句，复与别客盘桓，竟自一直寄语白傅，言有郡人章校书者，公事亦可咨问，诗律又可细论，直宜自到沙村，此人非可坐致。作如此送人诗，真令所送之人，通身皆是亢爽也。○传称先生作诗不为新语，律体务实，工夫颇深。如此等诗，岂非律体务实、工夫颇深之明验耶？彼惟惊新语之徒，夫恶足以知之。

古意赠王常侍

绣户纱窗北里深，香风摇动凤皇簪。组纤常在佳人手，刀尺空劳寒女心。

◎ **前解**　昔人有志未伸，每托闺人自见。故先生欲干常侍援手，而有难于显言，因亦用此体，而以古意名篇也。"绣户纱窗"，言我实想见其地也。"北里深"，言虽可得而想见，而身固未得而到也。"香风"七字，言北里深处，则有一人，其富贵方如此也。"在手"之为言世间所有一切黼黻文章，悉听其裁割也。"空劳"之为言既是裁割悉听其命，则夫一时寒女，皆操刀尺以待下风，而彼方不顾也。

欲学齐讴逐云管，还思楚练拂霜砧。东家少女当机杼，应念无衣雪满林。

○ **后解**　"欲学""还思"妙妙，言寒女既不蒙顾，于是不免变计，将自衒以求售，而又自思必宜终保其洁白也。"东家少女"，直指常侍。"当机杼"，言正值得所欲言之时也。"应念"之为言固不可又辞为异人任也。"当机杼""无衣"字，只欲与上成文，诗人用字，不可典要，从来如此。

送人过卫州

忆昔征南府内游，君家东阁最淹留。纵横联句长侵夜，次第看花直到秋。

◎**前解**　此诗又奇。此何尝欲送此人，只是昔日曾与此人同客征南，而征南故里却在卫州。今日恰值此人以事必过卫州，于是满肚痛思征南，满眼遥望卫州，一时便要此人为我寄眼泪滴卫州，于是乃特作此诗送之也。○前解奋快笔，又追写昔日两人同客征南，称心称意如此者，正是要明此皆受何人之荫覆，皆仗何人之推扶也。

论旧举杯先下泪，伤离临水更登楼。相思前路几回首，满眼青山过卫州。

○**后解**　举杯是为此人，下泪是为卫州；临水是为此人，登楼是为卫州。相思者，此人亦思联句看花之日也。夫诚亦思联句看花之日，则满眼青山，此是卫州，便应注目独看，不应又回首看我也。

冬夜陪丘侍御听崔校书弹琴

雪满中庭月满林，谢家幽赏在瑶琴。楚妃波浪天南远，蔡女烟沙漠北深。

◎**前解** 前解写冬夜崔校书弹琴，后解写陪丘侍御听。○看他只是写冬夜之七字，便已使人七弦未张，四壁先响也。欲写弹琴，看他又先安得"幽赏在"字，便是其夜相集，不必定是弹琴，而校书心眼，一时与雪月映发，不觉自欲弹琴。只加三字，便令事幽深，人复高淡，并丘侍御都无俗气，此皆琴意也。楚妃、蔡女，只是二琴操，可知。传称先生不为新语，如此三四，何尝不是新语？然而岂新语哉？

顾盼何曾因误曲，殷勤实是为知音。更将雅调开诗兴，未忝丘迟宿昔心。

○**后解** "误曲""知音""雅调"等字，仍带上弹琴，自是不得不顾题耳，实则已是只写已之陪丘也。"顾盼"，侍御顾盼也。"殷勤"，先生殷勤也。"雅调"，言侍御与我，顾盼如彼，殷勤如此，皆是别样心期，并非仕途恶态也。开兴，先生之兴也。"宿昔"，侍御之心也。弹琴题，要陪侍御，非先生，几乎出丑。

题贾巡官林亭

白鸟闲栖庭树枝，缘樽仍对菊花篱。许询本爱交禅侣，陈寔人传有好儿。

◎ **前解** 此纪贾巡官日暮客散，再留先生，翻席更酌也。鸟栖庭树，加一"闲"字，言人散庭空，鸟归不惊也。樽对菊花，加一"仍"字，言洗盏分客，期在必醉也。"禅侣"，言座中又参不饮之人。"好儿"，言入夜又出二子见客也。细细吟之，真是世间不可多得之妙主，人生不可多得之佳集也。

明月出云秋馆思，远泉经雨夜窗知。门前长者无虚辙，一片寒光动水池。

○ **后解** 此虽闲写林亭夜景，然而赏叹巡官，亦不置口也。五言其清光照人，迥出流辈也。六言其谈言涌泉，滔滔无穷也。七八言其车马喧阗，无日无之，然而门自热而人固自冷也。我亦相其前解而信巡官之果有如此也。

赠浑钜中允

公子髫年四海闻，城西侍猎雪纷纷。马盘旷野弦开月，雁落寒原箭在云。

◎ **前解** 写妙年词臣，看他前解如此着笔，正是暗翻王汝南降服兄子济一段佳话，成此妙诗也。○谓之暗翻者，王先说《周易》，次骑炮马；此先猎城西，次领群儒也。三四妙妙，只谓马盘旷野，早已雁落寒原。眼迟者，尚看弦开如月，虽眼快者，犹指箭初入云，而不谓其马自盘，雁已下也。写弓马至此，真是沙场飞将，不悟其后解又如彼也。

曾向天西穿虏阵，归来花下领儒群。一枝琼莩朝光里，彩服飘飘此冠军。

◎ **后解** 看他穿虏阵特用"天西"字，领群儒特用"花下"字，两相激射，尽成奇彩。"一枝琼莩"之为言宁馨少年，又加映之以"朝光"，又重衬之以"彩服"，于是任凭何人，更看不出此是冠军也。

观征人回

两河战罢万方清，原上军回识旧营。立马望云秋塞净，射雕临水晚天晴。

◎**前解** 读其出手七字，便有喜不自胜之意。言比来只有两河之兵未息，今又战罢，则是而今而后，万方其永清矣。"识旧营"，言观者犹记出师之日，此为前后左右，某某诸营，而今幡帜宛然，全师而还也。"立马射雕"言马犹前日之马，射犹前日之射，而今已皆意思闲畅，无复前日之苍皇也。

戍闲部伍分歧路，地远家乡寄旆旌。圣代止戈资庙略，诸侯不复更长征。

○**后解** 上解写观征人者，此解又写诸征人。写观征人者，以志今日之喜；又写诸征人，以申后日之戒也。言此番行役既闲，即不必又归部伍，一任东西南北，纵横分散可也。若其乡里有独远者，则不妨取其旆旌，寄顿熟讯，而竟轻身先去可也。所以然者，圣代既资长略，永远更无征战：从今已后，大家各归其家，各耕其田，各事其父母，各保其妻女，各育其子孙，各守其坟墓，真乃幸甚幸甚之至也！"圣代"二句，是诸征人"分歧路""寄旆旌"时，口中所言，若说出自作诗人手，便是宋人鬼怪矣。读唐诗，所以必分解也。

〔清〕 张熊

《花卉册》

张籍

字文昌

和州乌江人

第进士，为太常寺太祝。久，次迁秘书郎，韩愈荐为博士，历水部员外郎，主客郎中，终国子司业。籍为诗，长于乐府，清丽深婉。五言律诗，亦平淡可爱，至七言诗，则质多文少，材各有宜，不可强文饰也。

寄和州刘使君

别离已久犹为郡，闲向春风倒酒瓶。送客将过沙口堰，看花多上水心亭。

○**前解** "别离已久"，无限眼泪。下二三四句，便含泪直写犹为郡人一肚皮牢愁也。言每每日只是倒酒瓶也，送客也，看花也，沙口堰也，水心亭也。总以一言蔽之曰"闲向春风"也。"闲"字中，有"犹为郡"意。"春风"字中，有"别离已久"意。此等诗，俱是唐人细意新裁，最要多吟。

晓来江气连城白，雨后山光满郭青。到此诗情应更远，醉中高咏有谁听？

○**后解** 五六纯写手板搘颐，西山看爽意思。七以"到此"二字总之，言使君气色如此，即诗情岂在郡中。"远"字妙，"更"字又妙，言不但远而且更远，此不关彼中人不能听，本意亦初不与彼中人听也。写尽犹为郡人满肚牢愁。

白居易

字乐天

其先太原人

后徙下邽。居易敏悟绝人，工文章。未冠，谒顾况。况吴人，恃才，少所推可，见其文，自失曰："吾谓斯文遂绝，今复得子矣。"贞元中，擢进士。拔萃皆中，补校书郎。元和元年，召入翰林为学士，以学士兼京兆户曹参军，拜左赞善大夫。俄有言居易"言浮华，无实行，不可用"，出为州刺史。中书舍人王涯，上言"不宜治郡"，追贬江州司马。既失志，能顺适所遇，托浮屠生死说，若忘形骸者。久之，徙忠州刺史，入为司门员外郎。以主客郎中知制诰。俄转中书舍人，丐外迁为杭州刺史。久之以太子左庶子分司东都，复拜苏州刺史。文宗立，以秘书监召，迁刑部侍郎。开成初，改太子太傅。会昌初，以刑部尚书致仕。六年卒，年七十五，赠尚书右仆射。与弟行简、从祖弟敏中友爱。东都所居履道里，疏沼种树，构石楼、香山，凿八节滩。自号"醉吟先生"，又称"香山居士"。尝与胡杲等燕集，皆高年不仕者。人慕之，绘为九老图。居易于文章精切，然最工诗，初颇以规讽得失。及其多，更下偶俗好，至数千篇。与元稹酬咏，故号"元白"。稹卒，又与刘禹锡齐名，号"刘白"，其始生七月，能展书，姆指"之""无"二字，虽百试不差。九岁谙识声律。其笃于文章，盖天禀然。〇乐天每作诗，令一老妪解之，问曰：解否？妪曰："解。"则录之，不解，则不复集，故唐末之弊，至于俚。〇乐天不为赞皇公所喜，每寄文章，李绅之一箧，未尝开，刘梦得或请之，曰："见词，则回吾心矣。"又时，樊素善歌，小蛮善舞，乐天赋诗，有曰："樱桃樊素口，杨柳小蛮腰。"至于高年，又为《杨柳词》以托意曰："一树春风万万枝，嫩于金色软如丝。永丰东角荒园里，尽日无人属阿谁？"及宣宗朝，国乐唱是词，帝问永丰在何处，左右具以对，遂因命取永丰柳一二，植于禁中。白感上知，又为诗云："一树衰残委泥土，双枝移种植天庭。定知此后天文里，柳宿之中见两星。"洛士无不继作。

送王十八归山寄题仙游寺

曾于太白峰前住，数到仙游寺里来。黑水澄时潭底出，白云破处洞门开。

◎ **前解** 乐天诗，都作坊厢印板贴壁语耳，胡可仰厕风雅末席。兹亦聊摘其数首稍文者，以塞人问，实非平时之所常读也。○送人诗，只末句三字略带，其外通首纯是寄题。此法他人亦曾有之，然定觉还有意致，还有风格，此则不过直直眼见之几笔耳。○前解写寺景。

林间暖酒烧红叶，石上题诗扫绿苔。惆怅旧游无复到，菊花时节羡君回。

○ **后解** 后解写旧游。○前解"黑水""白云"，后解"红叶""绿苔"，一何丑乎！只取其"无复到"三字，是诗家顿挫法。

香炉峰下新卜山居草堂初成偶题东壁

∨
∨

日高睡足犹慵起，小阁重衾不怕寒。遗爱寺钟欹枕听，香炉峰雪拨帘看。

◎**前解** 日高犹慵起，此是闲客常理。今加"睡足"而犹慵起，此便是南郭子綦仰天长嘘，嗒焉自丧境界，固非心未降伏人所得冒滥也。三四，欹枕听钟，拨帘看雪，须知不是夸语。新堂好景，便是此老身心放倒，得大快活之实在供据，看后解自知之。

匡庐便是逃名地，司马真为送老官。心泰身宁是归处，故乡何独在长安。

○**后解** 前解本写得好，何意后解又睹伧父。至于"心泰身宁"等字，风雅益复尽情矣。

余杭形胜

> 余杭形胜四方无，州傍青山县枕湖。绕郭荷花三十里，
> 拂城松树一千株。

◎ **前解**　世必又有饭后无事，不能便卧，近窗摊腹，借书遮眼之
人，极赏此等，以为大佳。我亦谓其实原是此辈之佳诗。
何则？此真更不必用心于其间者也。○收之者，为其"绕
郭"二句写尽余杭，并非与后"梦儿"二句作成队好语，
便是不走律诗原样故也。

> 梦儿亭古传名谢，教妓楼新道姓苏。独有使君年太老，
> 风光不称白髭须。

○ **后解**　上解三四承州县句已写尽余杭，此五六，止为翻出风光不
称也。真不走律诗原样也。

舟中晚起

日高犹掩水窗眠，枕簟清凉八月天。泊处或因沽酒市，宿时多并钓鱼船。

◎**前解** 写舟中晚起。○佳处在起句自听，三四承写，次句乃别自抽手轻衬七字，此为唐人佳笔。

退身江海已无用，忧国朝廷自有贤。且向钱塘湖上去，冷吟闲醉二三年。

○**后解** 写舟中晚起之故。○唐人有如此五六，却不是用力语，只为引出"湖上去"三字也。

湖上春行

孤山寺北贾亭西，水面初平云脚低。几处早莺争暖树，谁家新燕啄春泥。

◎ **前解** 先写"湖上"。○横开则为寺北亭西，竖展则为低云平水，浓点则为早莺新燕，轻烘则为暖树春泥。写湖上，真如天开图画也。

乱花渐欲迷人眼，浅草才能没马蹄。最爱湖东行不足，绿杨阴里白沙堤。

○ **后解** 方写"春行"。○花迷草没，如以等子称量此日春光之浅深也。"绿杨阴里白沙堤"者，言于如是浅深春光中，幅巾单袷，款段闲行，即此杭州太守白居士。五六是春，七八是行。

西湖晚归回望孤山寺赠诸客

∨
∨

　　柳湖松岛莲花寺，晚动归桡出道场。庐橘子低山雨重，栟榈叶战水风凉。

◎**前解**　此诗又好。〇唐人每每有诗是因前顺生后，有诗是因后倒生前。如此晚出道场诗，看他前解细写湖上是岛，岛上是寺，又加柳、松、莲、花等字，装成异样清华好景。意犹未惬，即又尽借其日之暮雨凉风，庐橘栟榈，以加倍渲染之者，分明先生满心满眼，具有海山楼阁一段观想先在胸中，因而倒撰此一解四句，悄地填补在前。若只是出道场时，信笔闲写，一顺写到后去，始有"到岸回首"之一结，便当措笔措墨都不是如此二十四字也。朗吟而后信之。

　　烟波淡荡摇空碧，楼殿参差倚夕阳。到岸请君回首望，蓬莱宫在海中央。

〇**后解**　此"到岸请君回首"，乃是未到岸，先请君必回首也。若既到岸已回首，则是更不必"请君"之二字也。〇前解如写美人，后解如写美人影。五是海，六是宫，然而皆写影也。

元稹

字微之

河南人

　　幼孤，母郑，贤而文，亲授书传。九岁工属文，十五擢明经，判入等，补校书郎。元和元年，举制科对策第一，拜左拾遗。当路者恶之，出为河南尉，再贬江陵士曹参军。而李绛、崔群、白居易皆论其枉，久乃徙通州司马，改虢州长史。元和末，召拜膳部员外郎。稹尤长于诗，与居易名相埒，天下传讽，号元和体，往往播乐府。穆宗在东宫，妃嫔近习皆诵之，宫中呼"元才子"，稹之谪江陵，善监军崔潭峻。长庆初，潭峻方亲幸，以稹歌辞数十百篇奏御，帝大悦，问："稹今安在？"曰："为南宫散郎。"即擢祠部郎中，知制诰，俄迁中书舍人，翰林承旨。未几，进同中书门下平章事。太和三年，为尚书左丞，俄拜武昌节度使。卒，年五十三，赠尚书右仆射。有《元氏长庆集》一百卷，又小集十卷。○元相公为御史，鞫狱梓潼，时白尚书在京，与名辈游慈恩寺，小酌花下，为诗寄元曰："花时同醉破春愁，醉折花枝当酒筹。忽忆故人天际去，计程今日到梁州。"时元果及褒城，亦寄《梦游》诗曰："梦君兄弟曲江头，也向慈恩寺里游。驿吏唤人排马去，忽惊身在古梁州。"有《感梦记》备述其事。

和乐天早春见寄

雨香云淡觉微和，谁送春声入棹歌。萱近北堂穿土早，柳偏东面受风多。

◎**前解**　一，从雨云写一"觉"字，言体中已有早春消息。二，从棹歌写一"谁"字，言耳畔又有早春消息。三四，从萱柳写一"穿"字、"受"字，言眼前果已尽是早春消息也。看他写早春，渐渐由微而著，真笔墨与元化为徒也。

湖添水色消残雪，江送潮头涌漫波。同入新年不同赏，无由缩地欲如何。

○**后解**　前解写早春，此解写乐天见寄，而欲缩地同赏也。五，言雪消水添，本可放船直下也。六，言潮涌波漫，于是欲泛还止也。七八易解。

清都春霁寄胡三吴十一

蕊珠宫殿经微雨，草树无尘耀眼光。白日当空天气好，暖风吹面柳阴凉。

◎**前解**　此一解四句，更不能赞其如何着笔，直是满眼一片春霁，其光悦魂动魄。于是一二，不知应说宫殿，不知应说草树，不知应说春色，不知应说日华，且先直书二句，定却自家眼光。然后三四，再与分别细写，言当天却是白日，风吹乃是柳阴。意谓此当天白日便是"霁"，风吹柳阴便是"春"也。

蜂怜宿露攒芳久，燕得新泥拂户忙。时节催年春不住，武陵花谢忆诸郎。

◎**后解**　此五六，写蜂燕，又细妙。"蜂怜宿露"，是怜连日未霁之露。"燕得新泥"，是得今朝新霁之泥。夫从连日未霁，以至今朝新霁，已自时节暗催，春去不知何限，又况两句脚又带"久"字、"忙"字，真是行尽如驰，而莫之能止。彼武陵诸郎皆非金铁，如之何其使人不忆耶？

早春寻李校书

款款春风淡淡云，柳枝低作翠梳裙。梅含鸡舌兼红气，江弄琼花散绿纹。

◎ **前解** 前解写"早春"。○此解虽为写早春，然只起句是清朝晏起，已下二三四句，一路推窗看柳，巡檐嗅梅，出门观江，便是渐渐行出高斋，闲闲漫寻江岸。一头虽是赏心寓目，一头已是随步访人也。逐句细玩之。

带雾山莺啼尚小，穿花芦笋叶才分。今朝何事偏相觅，撩乱芳情最是君。

○ **后解** 后解写"寻李校书"。○五六非又写"早春"，正是独取"尚小""才分"字，言一时春物，绝无足以撩乱我心者。然则今日之寻，乃是得得为君，而君不可不知也。

赠严童子

◎**题注**　司空孙照郎，十岁，赋诗有奇句。书有成人风。

　　卫瓘诸孙卫玠珍，可怜雏凤好青春。解拈玉叶排新句，认得金环识旧身。

◎**前解**　"青春"上又加"好"字，"好"字上又加"可怜"字，便画出此雏凤，人固断断不忍料其便能作诗也。三四承之，只是一昂一低，再翻作诗。言口中已成七字，而手中初探双环，犹俗言人身尚未全也。

　　十岁佩觿新稚子，八行飞札老成人。杨公莫讶清无业，家有骊珠不复贫。

○**后解**　前解写童子，此解又写其祖也。言十岁不过稚子，而八行早如老成，掌中有此奇宝，便将光照一世，岂犹以清白更愁饥寒耶？

〔清〕 恽寿平
《花鸟册》

李绅

字公垂

为人短小精悍

　　时号"短李"。元和初，擢进士第。与李德裕、元稹同时，号"三俊"。当以古风求知于吕温，温见齐煦，诵《悯农》诗曰："春种一粒粟，秋收万颗子。四海无闲田，农夫犹饿死。""锄禾日当午，汗滴禾下土，谁知盘中餐，粒粒皆辛苦。"曰："此人必为宰相。"果如其言。集一卷，名《追昔游》。

入泗口

洪河一派清淮接，蔓草芦花万里秋。烟树苍茫分楚泽，海云明灭见扬州。

◎**前解**　看他一头"洪河"，一头"清淮"，忽然巨笔如杠，信手下一"接"字，只谓其指陈南北控带，发出何等议论，却不谓其双眼单单正看接处，要写"蔓草芦花已秋"。再加"万里"字者，言此处秋即天下皆秋，固不止是大淮大河秋也。三四承上"万里秋"，再言"烟树苍茫"，即楚泽亦秋，"海云明灭"，即扬州亦秋也。

望深江汉连天远，思起乡关满眼愁。惆怅路岐真此处，夕阳西下水东流。

○**后解**　"望深江汉"者，意欲经略中原。"思起乡关"者，意欲归来田园。此即"路岐"也。"惆怅"者，人生或出或处，其事动关千古，直须用尽全力，始得做成一件。如何光阴如电，而尚两端徘徊，岂真镔铁为躯，故俗徐徐相试耶？

江南春暮寄家

洛阳城见梅迎雪，鱼口桥逢雪送梅。剑水寺前芳草合，镜湖亭上野花开。

◎**前解**　此诗只是将归家中而先寄家书。一解，看他平用洛阳城、鱼口桥、剑水寺、镜湖亭四处地名，小儒见之，又谓不可。殊不知先生正是逐递纪程，逐日纪景。纪程则自北而渐至南，纪景则自冬则渐过春，真为最明白、最精细之家书也。

江鸿断续翻云去，海燕差池拂水回。料得心知寒食近，潜听喜鹊望归来。

○**后解**　上解写客中归程，此解写家中克期也。五，言正月候雁北。六，言二月玄鸟至。七八，言然则三月寒食前后，游子必归。又添写喜鹊者，欲与江鸿海燕为伴也。

重到惠山

碧岩依旧松筠好，重得经过已白头。俱是海天黄叶信，两逢霜节菊花秋。

◎**前解** 言前日碧岩下，是此好松筠，今日碧岩下，依前是此好松筠，只无奈到碧岩、看松筠之人，前是黑头，今已白头，以是为不堪也。又甚有异者，前日到碧岩看松筠，是黄叶下时，菊花开日，乃今日到碧岩看松筠，又恰是黄叶下时，菊花开日。夫前所以不见岁晚之痛者，只为头尚未白，今日头既一白，不觉果见岁晚，乃有如此之痛也。

望中白鹤怜归翼，行处青苔恨昔游。还向窗间名姓下，数行添记旧离愁。

○**后解** 五六犹言今日重来，已恨昔时别去。七八犹言今日虽来，多恐明日又别也。

皋桥

伯鸾惟悴甘飘寓，非向嚣尘隐姓名。鸿鹄羽毛终有志，素丝琴瑟自谐声。

◎ **前解** 一解四句，真为千古高论。言伯鸾之在当时，本有真才实学，特因不免憔悴，于是情愿漂流。观其出关《五噫》之歌，便可微识其心事也。如何世人不察，猥云欲隐姓名？夫人苟无才学，即何姓名可隐？若真有其才学，又何欲隐姓名？此等邪说误人，真不可不与力洗也。三四言伯鸾鸿鹄之志，固将御于家邦，今看琴瑟之间，先自刑于寡妻，此所谓真才实学，名士固自有其通身本事也。

故桥秋月无家照，古井寒泉见底清。犹有余风未磨灭，至今乡里共和鸣。

○ **后解** 前解盛表伯鸾当年，此解深服伯鸾身后也。五六言伯通廊庑，反已芜没。七八言伯鸾风烈，至今转盛。然则，贤人固自有真，而彼槐株拘人，自言隐姓名者，何曾齿于人数哉？

〔明〕 陈淳

《紫薇扇面》

贾岛

字浪仙
范阳人

　　初为浮屠，名无本，来东都，居法乾寺。时洛阳令禁僧午后不得出，岛为诗自伤，韩愈怜之，因教其为文，遂去浮屠，举进士，或云岛赴举至京，骑驴赋诗，得"僧推月下门"之句，欲改为"敲"，引手作推敲之势，未决，不觉冲大尹韩愈，乃具言，愈曰："'敲'字佳矣。"遂并驱论诗久之。岛居寺时，宣宗微行至寺，闻钟楼上有吟声，遂登楼，于岛案上取诗览之。岛攘臂睨之曰："郎君何会此耶？"遂夺诗卷，帝惭，下楼去，既而岛知之，亟谢罪，乃赐御札，除长江簿。会昌癸亥七月廿八日，因啖牛肉，得疾卒。有《长江集》十卷，小集三卷。

早秋寄题天竺灵隐寺

峰前峰后寺新秋，绝顶高窗见沃州。人在定中闻蟋蟀，
鹤曾栖处挂猕猴。

◎**前解** 如此写早秋灵隐，真是早秋灵隐，绝非三时灵隐也。如此
写灵隐早秋，真是灵隐早秋，绝非他处早秋也。虽曰托人
寄题，实是游魂亲至，不然而欲单仗笔墨，固知决无此
事也。○欲写灵隐新秋，却先写峰前峰后，无寺不皆新
秋，妙妙。便从其余寺中，独独推出灵隐，如二之绝顶见
沃州，果然真是他寺之所无有也。三四解之，言所以绝顶
见沃州者，只为忽闻蟋蟀，不觉惊心，因而举头，木叶果
脱。"见沃州"者，木叶脱也。见叶脱者，惊蟋蟀也。惊
蟋蟀者，惊早秋也。看他作诗刻苦，乃到如此田地。

山钟夜度空江水，汀月寒生古石楼。心忆悬帆身未遂，
谢公此地昔年游。

○**后解** 前解画出新秋灵隐，后解苦忆之也。言身卧床上，心挂山
中，耿耿无眠，忽忽自语：此时是钟度江时也？此时是月
照楼时也？五六二句正全写七之"心忆"二字也。

题虢州吴郎中三堂

无穷草树昔谁栽？新起临湖白石台。半岸沙泥孤鹤立，三堂风雨四门开。

◎**前解** 写"吴郎中三堂"。○言"无穷草树"，此是旧物；临湖三堂，实维新起。盖堂轩新起佳，草树又必旧物佳，故特先写树，次写堂也。三四又妙。人家新起堂轩，最苦俗物阑入，于是谢之无计，不免闭门塞窦。今独此堂四面门开，而尽日无客，此真第一快活也。"鹤立"句，只是妙写无人来。

荷翻团露惊秋近，柳转斜阳过水来。昨夜北楼堪朗咏，虢城初锁月徘徊。

○**后解** 写来题也。○言昨夜不曾朗咏，今值如此暑气渐退，晚凉且生，试更登楼坐月，始为不负此堂也。五言暑气渐退，六言晚凉且生。唐人五六自来专为七八，至先生又愈妙。

〔清〕 李鱓

《花鸟草虫图册》

朱庆馀

名可久
以字行

　　遇水部郎中张籍，因索庆馀诗篇，择二十六章，置之怀袖，而推赞之。时人以籍重名，皆缮录讽咏，遂登科。朱作《闺意》一篇以献曰："洞房昨夜停红烛，待晓堂前拜舅姑。妆罢低声问夫婿，画眉深浅入时无？"张酬之曰："越女新妆出镜心，自知明艳更沉吟，齐纨未足时人贵，一曲菱歌敌万金。"由是朱之诗名流于海内，登宝历进士第。诗一卷。

自萧关望临洮

玉关西路出临洮，风卷边沙入马毛。寺寺院中无竹树，家家壁上有弓刀。

◎**前解**　写临洮风景，永非南人所及。

争看壮士垂金甲，不尚游人着白袍。日暮独吟秋色里，平原一望戍楼高。

○**后解**　写白袍行吟，永非北人所习。

李商隐

字义山
怀州河内人

　　幼能为文，令狐楚镇河阳，以所业文干之，年才及弱冠。楚以其少俊，深礼之，今与诸子游。楚镇天平、汴州，从为巡官，岁给资装，令随计上都。开成二年，高锴知贡举，令狐绹雅善锴，奖誉甚力，擢进士第。商隐能为古文，不喜偶对。从事令狐楚，慕楚能章奏，遂以其道授商隐，自是始为今体章奏。博学强记，下笔不能自休，尤善为诔奠之辞。与太原温庭筠、南郡段成式齐名，时号"三十六体"。集四十卷。○《纪事》云：义山少游，投宿逆旅，主人会客，召与坐，不知其义山也。酒酣，席客赋《木兰花》诗。义山后就，曰："洞庭波冷晓侵云，日日征帆送远人。几度木兰舟上望，不知原是此花身。"坐客大惊，询之，乃义山也。○《谈苑》云：李义山为文，多简阅书册，右左鳞次，号"獭祭鱼"。

七夕

恐是仙家好别离，故教迢递作佳期。由来碧落银河畔，可要金风玉露时？

◎**前解**　七夕诗，顺口既嫌牙后，翻新又恐无干。如此幽情细笔，顺则不顺，翻却不翻，真为帘中悄问，耳后低商，檀口无言，蕙心密印。彼篱落下物，何处容渠插口也。○七夕，从来传是合会，看他偏说恐好别离，便将仙灵眷属与下界雌雄，早已分圣分凡，即离俱失。三四一气翻跌而下，言不然则胡为而必取于七夕哉！

清漏渐移相望久，微云未接过来迟。岂能无意酬乌鹊，惟与蜘蛛乞巧丝。

○**后解**　五，写黄姑之急。六，写织女之憨。看他漏移、云接，真是用字如画！七八一意切责迟者，犹言费尽中间周旋，自反故弄多巧，天下真有此等机变女郎，使人不可奈矣！

隋宫

紫泉宫殿锁烟霞，欲取芜城作帝家。玉玺不缘归日角，锦帆应自到天涯。

◎ **前解**　言隋有如此宫殿，乃皆空锁不住，而更别下扬州，再建宫殿，当时亦民生犹幸而太原龙起也。设如稍迟，而琼花一谢之后，乌知其不又锁扬州而又去别处耶？写淫暴之夫，流连荒亡，无有底极，最为条畅尽事也。

于今腐草无萤火，终古垂杨有暮鸦。地下若逢陈后主，岂宜重问后庭花。

○ **后解**　"于今"妙！只二字，便是冷水兜头蓦浇！"终古"妙！只二字，便是傀儡通身线断，直更不须"腐草""垂杨"之十字也。结以"重问"后主者，从来偏是大聪明人看得透、说得出，偏又犯得快，特抢白之，以为后之人著戒也。

二月二日

二月二日江上行，东风日暖闻吹笙。花须柳眼各无赖，紫蝶黄蜂俱有情。

◎**前解** 此二月二日，乃是偶然恰值之日。是日本是东风，却又日暖，江上闲行，忽闻吹笙，因而遽念家室，不能自裁也。"花须柳眼"，写尽少年冶游；"紫蝶黄蜂"，写尽闺房秘戏。看他"无赖""有情"上加"各"字、"俱"字，犹言物犹如此，人何以堪也。

万里忆归元亮井，三年从事亚夫营。新滩莫悟游人意，更作风檐夜雨声。

◎**后解** 前解止写春色恼人，此解方写乘春欲归也。五，言别去之远。六，言别来之久。七八言趁风晴日暖，便宜及早束装，毋至风雨淋漓，又恨泥滑难行也。

筹笔驿

鱼鸟犹疑畏简书，风云长为护储胥。徒令上将挥神笔，终见降王走传车。

◎ **前解** 言直至今日，而鱼鸟犹畏，风云犹护。然则当时上将挥笔，其所号令、部署，为是何等简书、何等储胥！而彼刘禅也者，乃终不免衔璧舆榇，跪为降王，此真不能不令千载英雄父兄拊膺恸哭，至于泪尽出血者也！○分明如出子美先生手！

管乐有才真不忝，关张无命欲何如！他年锦里经祠庙，《梁父吟》成恨有余。

○ **后解** 后解言：然此亦无用多责刘禅为也。天生武侯，虽负霸王之才，然而炎德既终，虎臣尽陨，大事之去，早有验矣。所以鞠躬尽瘁，犹未肯即弛担者，只为远答三顾之殷勤，近奉遗诏之苦切耳！至于自古有才，决是无命，此固不能与天力争者也。

更始蕾風到髮巡薔薇沲露
藂花靳無端麗影劉垂架慈
得窗前雀啅人

〔清〕 佚名
《缂丝乾隆御制诗花卉册》（局部）

即日

一岁林花即日休，江间亭下怅淹留。重吟细把真无奈，已落犹开未放愁。

◎ **前解** 言三春花事，是一岁大观；若此事一休，即了无余事。尽入夏徂秋。如风疾卷，特地开春，便成往事也。"江间"，取长逝义；"亭下"，取暂住义；"怅淹留"者，长逝无法教停，故不觉其怅然；然暂住且如不逝，故遂漫作淹留也。三四，"重吟细把"，妙！已不必吟，而又"重吟"；已不足把，而又"细把"；此无奈，乃所谓"真无奈"也！"已落犹开"，又妙！亲见已落，何止万片；便报犹开，岂能数朵？此欲故将如何可放也。前解写一春已尽。

山色正来衔小苑，春阴只欲傍高楼。金鞍忽散银壶漏，更醉谁家白玉钩？

○ **后解** 写一日又尽也。山色衔苑，暮光自远而至也；春阴傍楼，日影只乘觚棱也。倏忽马嘶人去，漏动更传，则不知后会之在何家也。哀哉，哀哉！纯是工部诗。

280

马嵬

海外徒闻更九州，他生未卜此生休。空闻虎旅传宵柝，无复鸡人报晓筹。

◎**前解**　玉妃既缢之后，上皇悲不自胜，因而谬托方士家言，言方士排神驭气，至于海外仙山，抽簪轻叩院门，果有太真出见，授以钿盒半扇，仍约生生夫妇。此无非欲聊自解释者也。今先生特又劈手夺去其说，言他生则我不能知，至于今生，则眼见休矣！因急以三四实之，言既是他生尚愿夫妇，何不今生久住宫帏，而乃自致马嵬宵柝、永辞上阳晓漏耶？便令方士之饰说更无以得申也。

此日六军齐驻马，当时七夕笑牵牛。如何四纪为天子，不及卢家有莫愁！

○**后解**　此"六军""七夕""驻马""牵牛"字，随手所合，不费雕饰，而当时陈元礼侃侃之请，与长生殿密密之誓，一时匆匆相逼，遂成草草不顾，写来真如小儿木马，鬼伯蒺藜，既复可笑，又复可悯也。末言四十余年天子，而不能保一妇人，以为痛戒也。

宿晋昌亭闻惊禽

羁绪鳏鳏夜景侵，高窗不掩见惊禽。飞来曲渚烟方合，过尽南塘树更深。

◎**前解** 看他将写"惊禽"乃出手先写自己亦是惊禽，于是三四之"飞来曲渚""过尽南塘"，其中所有无限怕恐，便纯是自己怕恐。后来读者，物伤其类，自不能不为之浊然流涕也。"烟方合"，犹言这里亦复可疑也；"树更深"，犹言彼中一发不好也。看他不问前此何事得惊，反说后此无处不惊，最为善写"惊"字第一好手也！

胡马嘶和榆塞笛，楚猿吟杂橘村砧。失群挂木知何限，远隔天涯共此心。

○**后解** 五六，因与普天下惊心之人悉数之也。言"马嘶"，一惊也；"塞笛"，又一惊也。"猿吟"，一惊也；"村砧"，又一惊也。于是而命之不犹，遂致于罹，普天下之，盖往往有之也，岂独晋昌今夜此禽此惊而已也哉？

楚宫

湘波如泪色滢滢，楚厉迷魂逐恨遥。枫树夜猿愁自断，女萝山鬼语相邀。

◎**前解**　此为先生反《招魂》之作也。言湘江之波，滢乎其清，临崖窥之，底皆可见。见底，则不见灵均之魂也。所以然者，灵均实"恨"，恨则必"迷"，迷则必"遥"。既恨而迷、而遥，即又安得定在一处，而有魂之可招哉！三四凡下"枫""猿""萝""鬼"等字，皆写其"恨"、其"迷"、其"遥"也。

空归腐败犹难复，更困腥臊岂易招？但使故乡三户在，彩丝谁惜惧长蛟！

◎**后解**　上写灵均之不可招，此写招灵均之未必是也。言他人死于牖下，然升屋呼毕，犹卒归大殓，岂有怀愤捐生，已誓葬鱼腹，乃更望还返哉？夫前人未卒之业，即后人莫卸之担；前人临终之言，即后人敬诺之心也。然则，但有一人仰体存楚之志，灵均虽为长蛟所食，乃无恨焉。不然而三户尽亡，一黍是惠，灵均日月争光之心，仅如此而已乎？亦可发一笑已！

赠从兄阆之

怅望人间万事违，私书幽梦约忘机。荻花村里鱼标在，石藓庭中鹿迹微。

◎**前解** "怅望人间"者，言望久之，而怅怅久之，而仍望；然而终不免于万事尽违，则是今日之人间，真已不堪其又住也。"私书"者，不敢明说，则托之于书；"幽梦"者，不敢明来，则托之于梦；"约忘机"者，言此间满地皆机，才脱一机，即又入一机，则不如共去无机之处为安乐也。三四"鱼标""鹿迹"，即写忘机之处可知。

幽径只携僧共入，寒塘好与月相依。城中猘犬憎兰佩，莫损幽芳久不归。

○**后解** 只携僧人者，僧受律，不似在俗多欲；好与月依者，月清凉，不似人间烦热也。"城中"云云者，昔言国狗之痴，无不遭噬，而近今又闻独噬兰佩。然则力疾早归，勉图瓦全，毋再迟回，致遭玉碎，兄更不可不加之意也。

井络

井络天彭一掌中，漫夸天设剑为峰。阵图东聚烟江口，边柝西悬雪岭松。

◎**前解** 此先生深忧巴蜀之国江山险峻，或有草窃据为要害，而特深著严切之辞，以为预戒也。言此络、天彭，拔地插天，飞栈千里，界山为门，自古称为险绝之区者，以今日朝廷视之，不过在我一掌之中焉已耳。盖言圣德皇皇，宽仁无外，臣工济济，算尽无遗故也。然则虽复阵图在东，雪岭在西，天设剑关，以为雄塞，据我论之，固曾不得而谩夸也。

堪叹故君成杜宇，可能先主是真龙？将来为报奸雄辈，莫向金牛访旧踪。

◎**后解** 前解写全蜀之险，更不足恃；后解写起蜀之人，皆未必成也。言前如望帝佐以鳖灵，后如昭烈辅之诸葛，然而曾不转眼，尽成异物，又况区区草芥之子，乃欲何所觊觎于其间也哉！

写意

ⅴ
ⅴ

燕雁迢迢隔上林，高秋望断正长吟。人间路有潼江险，天上山惟玉垒深。

◎ **前解** 言只望一寄书人尚自不得，安望乃有归家之日耶？所谓潼江之险、玉垒之深，一堕其间，便成井底也。

日向花间留返照，云从城上结层阴。三年已制思乡泪，更入新年恐不禁！

○ **后解** 写一年又有一年，一月又有一月，只今一日又有一日，如此返照虽留，暮云已结，真为更无法处者也。设果一日又有一日，一月又有一月，因而一年真又有一年，则我且欲失声竟哭也！

〔明〕 蓝瑛

《花鸟册》

安定城楼

迢递高城百尺楼，绿杨枝外尽汀洲。贾生年少虚垂泪，王粲春来更远游。

◎前解 言今日我适在此安定，彼旁之人不知，则必疑我有何所慕而特远来，至何所得方乃舍去？此殊未明我胸前区区之心者也！夫我上高城、倚危墙、窥绿杨、见汀洲，方欲呼风乱流，乘帆竟去。何则？满怀时事，事事可以垂泪；时正春日，日日可以远游。大丈夫眼观百世，志在四方，胡为而曾以安定为意哉！

永忆江湖归白发，欲回天地入扁舟。不知腐鼠成滋味，猜意鹓雏竟未休！

○后解 上解既明其近迹，此解又说其本志也。言若疑我不忆江湖，则我不唯一忆，方且永忆！"永忆"之为言，时时日日长在怀抱也。特自约得归之日，必直至白发之后者，细看今日之天地，必宜大作其旋转。此事既已重大，为时必非聊且，故知不至白头，不入扁舟，因而濡滞尚似有冀也。此之不察，而谓我有世间恋慕，鸱鸮得腐鼠、吓鹓雏，固从来旧矣！

杜工部蜀中离席

人生何处不离群？世路干戈惜暂分。雪岭未归天外使，松州犹驻殿前军。

◎**前解** 拟杜工部，便真是杜工部者。如先生余诗，虽不拟杜工部，亦无不杜工部者也。盖不直声调皆是，维神髓亦皆是也。〇起手七字，便是工部神髓。其突兀而起，淋漓而下，真乃有唐一代无数巨公曾未得闯其篱落者。〇一，言大丈夫初非麋鹿相聚，何故乃欲惜别；二，言今日把袂流泪，亦只只为世路干戈故耳。三四，即承写世路之干戈，言如雪山之使未回，即松州之军犹驻，此不可不戒心者也。

座中醉客延醒客，江上晴云杂雨云。美酒成都堪送老，当垆仍是卓文君。

〇**后解** 前解写不应别，此解写应不别也。"醉客延醒客"，言此地知己之多也；"晴云杂雨云"，言此地风景之美也。然则借此美酒，便堪送老；带甲满地，又欲何之？"当垆仍是"之为言普天流血，而成都独干净也。

曲池

日下繁香不自持，月中流艳与谁期？迎忧急鼓疏钟断，分隔休灯灭烛时。

◎**前解**　此是先生观无常诗，而特指曲池以寄意也。言"日下繁香"，我或不得自持；若"月中流艳"，则复与谁为期乎？甚言欲别即可竟别，初无尚须不别之故者也。然而终亦不忍其遽别者，诚预忧"急鼓疏钟"，此时一至，即以后"休灯灭烛"与汝永违。为是而临期回惑，不知所措，是则诚有之也。○某尝忆七岁时，眼窥深井，手持片瓦，欲竟掷下，则念其永无出理，欲且已之，则又笑便无此事。既而循环摩挲，久之久之，瞥地投入，归而大哭！此岂宿生亦尝读此诗之故耶？至今思之，尚为惘然！因附识于此。

张盖欲判江滟滟，回头更望柳丝丝。从来此地黄昏散，未信河梁是别离。

○**后解**　"张盖欲判"，眼前便真有如此一辈粗率可笑人；"回头更望"，某尝告诸同学：学道人须是世间第一情种始得，今只看先生此语，便大信也。尽千古人流浪生死，止为生生世世，"张盖便判"，一切诸佛大师得成正觉，亦止为时时刻刻"回头更望"故也。末又言河梁未抵此别者，从来此事下愚之夫以为聊尔，上智之士无不大惊极痛也。下愚之夫亦能大惊极痛，只是为期稍迟耳，言百年既尽、临死之日也。

流莺

流莺漂泊复参差，度陌临风不自持。巧啭岂能无本意，良辰未必有佳期。

◎**前解** 此悲群贤不得甄录，遂致各自分散，而特托流莺以见意也。"漂泊"者，独言其一人之失所；"参差"者，合言其诸人之乖隔。"度陌临风不自持"者，又与各各人分言。其南北东西，不能自择，盖糊口维艰，则托身随便，此皆出于万无可奈，而不能以又深责之者也。三四因与曲折代陈，言其学成来京，岂能无望朝廷？然而君明相贤，未审何日召见也。

风朝露夜阴晴里，万户千门开闭时。曾苦伤心不思听，风城何处有花枝！

○**后解** "风朝露夜"之为言无朝无夜也，"万户千门"之为言无开无闭也。此二句，写流莺之悲鸣不已也。末又结以"曾苦伤心"之二句者，自忆昔日未遇，亦复深领此味，至今回首思之，犹自神伤不安也。

和人题真娘墓

虎丘山下剑池边，长使游人叹逝川。罥树断丝悲舞席，
出云清梵想歌筵。

◎ **前解**　起句七字，即"真娘墓"；次句七字，即"人题"也。
"树断丝""出云清梵"，即起句七字；"悲舞席""想歌
筵"，即次句七字也。易解。

柳眉空吐效颦叶，榆荚还飞买笑钱。一自香魂招不得，
只应江上独婵娟。

○ **后解**　柳眉效颦、榆荚买笑，言人来虎丘，至今徘徊不尽，然而
真娘化去，乃更无有踪影也。前解自欲题真娘，则云断丝
舞席、清梵歌筵，便谓如或睹之；后解笑人不必题真娘，
则又云柳空效颦、榆能买笑，便又谓更没交涉。真乃笔随
手转，理逐言成，只许州官放火，不许老百姓点灯矣！

赠司勋杜十三员外

∨
∨

　　杜牧司勋字牧之，清秋一首杜秋诗。前身应是梁江总，名总还曾字总持。

◎**前解**　因小杜名牧，又字牧之，于是特地借来小作狡狯。写二"牧"字、二"杜"字、二"秋"字、三"总"字、二"字"字，成诗一解。此亦沈龙池、崔黄鹤所滥觞，而今愈益出奇无穷也！《樊川集》有《杜秋传》。

　　心铁已从干镆利，鬓丝休叹雪霜垂。汉江远吊西江水，羊祜韦丹尽有碑。

○**后解**　上解止因"牧"又字"牧"，故有三四之"总"又字"总"，其实一解四句，则止赞得其一首《杜秋》而已。故此解再从一首《杜秋》转笔，言杜为大丈夫，心如铁石，何用诗中多寓迟暮之叹乎哉！夫人生立言，便是不朽，如公今日奉敕所撰韦丹一碑，已与羊祜岘山一样堕泪，然同鬓丝禅榻，风飔落花，公正无为又尔许言语也。看他又写二"江"字，与前戏应，妙，妙！

温庭筠

本名岐
字飞卿

　　后以意改今名。少敏悟，工为词章，与李商隐齐名，号"温李"。才思艳丽，工于小赋，每入试铺，押官韵作赋，凡八叉手而八韵成，时号"温八叉"。多为邻铺假手，率日救数人。李义山谓曰："近得一联句云'远比赵氏三十六年宰辅'，未得偶句。"温曰："何不云'近同郭令二十四考中书'？"宣宗尝赋诗，上句有"金步摇"，未能对，遣求进士对之，庭筠乃以"玉条脱"续之，宣宗赏焉。又药名有"白头翁"，温以"苍耳子"为对。他皆类比。宣皇爱唱《菩萨蛮》词，丞相令狐绹假其修撰，密进之，戒令勿泄，而遽言于人，由是疏之。宣皇好微行，遇于逆旅，温不识龙颜，傲然而诘之曰："公非长史、司马之流？"帝曰："非也。"又曰："得非六参、簿尉之类？"帝曰："非也。"谪为方城尉。其制词曰："孔门以德行为先，文章为本，尔既德行无取，文章何以称焉？徒负不羁之才，罕有适时之用。"竟流落而死。最善鼓琴吹笛，云：有丝即弹，有孔即吹，不必柯亭爨桐也。著《乾巽子》，今其书不传。有《握兰集》三卷，《金荃集》十卷，诗集五卷，汉南真稿》十卷。

春日访李十四处士

 ⌄
  ⌄

　　花深桥转水潺潺，甪里先生自闭关。看竹已知行处好，望云真得暂时闲。

◎**前解**　"花深"一境，"桥转"一境，潺潺水声又一境。凡转三境，始到先生门，乃先生又方闭门。于是以未见先生故，且先看竹，便有无量益，且看云，便有无量益，则不知见先生后，其为益又当何如？此唐人避实取虚之法也。

　　谁言有策堪经世，只是无钱教买山。一局残棋千点雨，绿萍池上暮方还。

○**后解**　更不复写先生，只自叙所以未隐之故。七句，疏雨残棋妙，所谓先生已移我情也。

南湖

湖上微风入槛凉，翻翻菱荇满回塘。野船著岸偎春草，水鸟带波飞夕阳。

◎**前解** 坐槛中看湖上，初并无触，而微凉忽生，于是默然心悲，此是湖上风入也。一时闲闲肆目，见他翻翻满塘。嗟乎！秋信遂至如此，我今身坐何处，便不自觉转出后一解之四句也。○前解只写得"风"字、"凉"字，言因凉悟风，因风悟凉，翻翻菱荇，则极写风色也。三四"着岸隈""带波飞"，亦是再写风，然"春草"写为时曾几，"夕阳"写目今又促。世传温、李齐名，如此纤浓之笔，真为不忝义山也。比义山，又别是一手。

芦叶有声疑夜雨，浪花无际似清湘。飘然蓬艇东游客，尽日相看忆楚乡。

○**后解** "疑夜雨"非写芦叶，"似清湘"非写浪花。此皆坐蓬艇，忆楚乡人，心头眼底游魂往来，惝恍如此。细读"尽日相看"四字，我亦渺然欲去也。笔墨之事，真是奇绝。都来不过一解四句、二解八句，而其中间千转万变，并无一点相同，正如路人面孔，都来不过眼耳鼻口四件，而并无一点相同也。即如飞卿齐名义山，乃至于无义山一字，惟义山亦更无飞卿一字。只因大家不袭一字，不让一字，是故始得齐名。然所以不袭不让之故，乃只在一解四句、二解八句之中间。我真不晓法性海中，大漩澓轮，其底果在何处也。

过马嵬驿

穆满曾为物外游，六龙经此暂淹留。返魂无验青烟灭，埋血空生碧草愁。

◎ **前解** 不便于说玄宗，则云"穆满"；不便于说避胡，则云远游；不便于说车驾，则云"六龙"；不便于说军士不发，请诛罪人，则云"暂淹留"。"暂淹留"三字，斟酌最轻，中间便藏却佛堂尺组、玉妃就尽无数磣毒之状也。三四承"暂淹留"，言自此日直至于今，玉妃既死，安有更生？碧血所埋，依然草满。人之经其地者，直是试想不得也！

香辇却归长乐殿，晓钟还下景阳楼。甘泉不复重相见，谁道文成是故侯。

◎ **后解** 上解写马嵬，此解又终说玉妃之事也。"香辇"七字，言既而乘舆还京；"晓钟"七字，言依旧春宵睡足。嗟乎，嗟乎！宫中事事如故，细思只少一人，又何言哉！又何言哉！

寄卢生

遗业荒凉近故都，门前堤路枕平湖。绿杨影里千家月，红藕香中万点珠。

◎**前解** 不解诗者，谓此是写遗业好景，殊不知起句明有"荒凉"二字，则此固写别来恶绪也。二，"堤路枕平湖"，以堤路故，便有三之一带绿杨；以平湖故，便有四之万枝红藕。至如"影里千家月""香中万点珠"，则固所云当时好景，今日恶绪者也。

此地别来霜鬓改，几时归去片帆孤。他年犹拟金貂换，寄语黄公旧酒垆。

○**后解** 霜鬓改，写此地别来之久。"片帆孤"，写几时归去之赊。读至"他年犹拟"四字，想见先生胸中，乃至遂有意外之忧。嗟乎！人生首丘之情，不亦悲哉！寄卢生用到黄公酒垆事，却自云他年犹疑，故曰意外之尤也。

春日偶作

西园一曲艳阳歌，扰扰车尘负薜萝。自欲放怀犹未得，不知经世竟如何。

◎ **前解** 一解，写无端在家，不知何据，瞥地出门，竟成两负，以为大惭也。○试想听歌未终，驱车忽发，问其何往？曰我欲经世也。则我曾闻诸吾师：经世之人其人意思甚闲，未闻其有如是之忙者也。读先生此诗，共谁不应扪心自忖？

夜闻猛雨判花尽，寒恋重衾觉梦多。钓渚虽来应更好，春风还为起微波。

○ **后解** 此五六，先生真实人，便说出自己经世之本事也。五，雨猛花尽，喻苍生不知如何糜烂。六，衾寒梦多，喻当事惟有一味省缩。然则"三十六计，归为上计"，此座固定非我之所应坐矣。读此诗，忽想漆雕开一章，实有无限至理。

过陈琳墓

曾于青史见遗文，今日飘零过古坟。词客有灵应识我，霸才无主始怜君。

◎**前解** 一二，言昔读其文，今过其坟也。不知如何偷笔，忽于句中蓦地插得"飘零"二字，于是顿将二句十四字，一齐收来尽写自己。犹言昔读君文之时，我是何等人物？今过君坟之时，竟成何等人物？则焉禁我之不失声一哭也。三四，词客有灵，霸才无主。"应识我""始怜君"，其辞参差屈曲，不计如何措口，妙妙。犹言昔读君文之时，我亦自拟霸才；今过坟之时，我亦竟成无主。然则我识君，君应识我；我怜我，故复怜君也。轻细手下，又有如此屈曲。

石麟埋没藏秋草，铜雀荒凉对暮云。莫怪临风倍惆怅，欲将书剑学从军。

○**后解** 前解之二句，若依寻常笔墨，则止合云"今日荒凉过古坟"也。忽被"飘零"二字，横挽过去，先自写其满胸怨愤，于是自至此五六，始得补写古坟。然而七云"莫怪"，八云"欲将"，依旧横挽过去，仍写自己。盖自来笔墨，无此怨愤之甚者矣。

题崔公池亭旧游

皎镜芳塘菡萏秋，此来重见采莲舟。谁能不逐当年乐，
还恐添成异日愁。

◎**前解** 欲写昔日莲舟，反写今日莲舟；欲写今日感慨，反写后日
感慨。不知其未措笔先如何设想，又不知其既设想后如何
措笔，真为空行绝迹之作也。

红艳影多风袅袅，碧空云断水悠悠。檐前依旧青山色，
尽日无人独倚楼。

○**后解** "红艳"七字，写今日池亭也。"碧空"七字，写昔日池
亭也。"红艳"七字，写不是昔日池亭也。"碧空"七字，
写不是今日池亭也。"依旧青山色"妙，犹言不依旧者多
矣。"无人独倚楼"妙，犹言虽复喧喧若干游人，岂有一
人是昔人哉？

利州南渡

澹然空水带斜晖，曲岛苍茫接翠微。波上马嘶看棹去，柳边人歇待船归。

◎**前解**　"水带斜晖"加"澹然"字妙，分明画出落日帖水之时，不知其是水澹然、斜晖澹然也。再加"曲岛苍茫"字妙。曲岛相去甚近，而其苍茫之色，遂与翠微不分，则一时之荒荒抵暮，真更不能顷刻也。三四，波上马嘶、柳边人歇，妙妙。写尽渡头劳人，情意追促，自古今无日无处，无风无雨，而不如是。固不独利州南渡为然矣。

数丛沙草群鸥散，万顷江田一鹭飞。谁解乘舟寻范蠡，五湖烟水独忘机？

○**后解**　日愈澹，则岛愈微，渡愈急，人愈哗，于是而鸥散鹭飞自所必至。我则独不晓其一一有何机事，纷纷直至此时复喧豗求归去耶？末以范蠡相讽，政如经云"如赘蜣蜋，成妙香佛"，固必无是理矣。

山中与道友夜坐闻边防不宁因示同志

龙沙铁马犯烟尘，迹近群鸥意正亲。风卷蓬根屯戊巳，月移松影守庚申。

◎**前解** 一写世上有一等人，有一等事。二写世上另有一等人，另有一等事。三写世上一等人，一等事，如此其急。四写世上另一等人，另一等事，如此其闲。真是其人既各不相闻，其事又各不相碍；其人本各不相为，其事亦各不相通。诚以上界天眼视之，直可付之雪淡一笑者也。

韬钤岂足为经济，岩壑何尝是隐沦？心许故人同此意，古来知者竟何人？

○**后解** 上解分画两人已尽，此解出手判断之也。言"屯戊巳"人，自云第一经济，"守庚申"人，又自云第一隐沦，殊不知轰天轰地事业，必须从月移松影处守出，分阴分阳道理，必须从龙沙铁马时锻成也。

宿云际寺

白盖微云一径深，东风弟子远相寻。苍苔路熟僧归寺，红叶声乾鹿在林。

◎**前解** "白盖"，定即寺名，盖梵语"楞严"，此云"白盖"也。"微云一径深"，言入寺之路至幽邃也。"东风"，是纪今日到寺之时。"弟子远相寻"，言此来乃是特地，非乘便也。三四再写"一径深"之三字，言此径中间有路，是为寺僧踏成，两边无路，则闻鹿行叶响也。一解写未入寺前来。

高阁清香生静境，夜堂疏磬发禅心。自从紫桂岩前别，不见南能直到今。

○**后解** 五六，心从磬发易解，境从香生难解。若解得清香所以生境之故，即于疏磬发心，如遇王膳，饥便任食也。七八，桂岩一别以后，重见南能以前，便隐括去无数不堪丑态，只看其于高阁香前，夜堂磬后，默默忏悔，便知之也。一解写既宿寺后。

河中陪节度游河亭

倚阑愁立独徘徊，欲赋惭非宋玉才。满座波光摇剑戟，绕城山色映楼台。

◎**前解**　陪节度使春游，忽然欲拟古人秋赋，知其中之所感甚深，更非一人得晓，故曰"愁立独徘徊"也。三四，人见是满座剑戟，绕城楼台，我见是满座波乐，绕城山色。所谓人是满眼节使，我是满肚五湖，只此眼色不同，便是徘徊独立也。

鸟飞天外斜阳尽，人过桥心倒影来。添得五湖多少恨，柳花飘荡似寒梅。

○**后解**　五是闲看闲鸟，六是闲看闲人。言同在柳花飘荡之中，而彼自悠优，我自伤感，徘徊独立之故，正不能以相喻也。

杜牧

字牧之

京兆万年人

　　第进士，复举贤良方正。沈传师表为江西团练府巡官，又为牛僧孺淮南节度府掌书记，擢监察御史，移疾分司东都，累迁左补阙、史馆修撰，历黄、池、睦三州刺史，入为司勋员外郎。常兼史职，改吏部，复乞为湖州刺史。逾年，以考功郎中知制诰，迁中书舍人。牧刚直有奇节，不为龊龊小谨，敢论列大事，指陈病利尤切至。从兄悰，更历将相，而牧困踬不自振，颇怏怏不平，卒年五十，自为墓志，悉取所为文章焚之。其甥裴廷翰，辑《樊川集》二十卷，外集一卷，今存。人号为"小杜"，以别杜甫云。太和初，礼部侍郎崔郾试进士东都，公卿咸祖道长乐。有吴武陵者，最后至，谓郾曰："若方为天子求奇材，敢献所益。"因出袖中书，摺笏郾，郾读之，乃杜牧《阿房宫赋》，辞意警拔，而武陵音吐鸿畅，坐客惊。武陵请曰："牧方试有司，请以第一人处之。"郾谢已得其人，至第五，郾未对，武陵勃然曰："不尔，宜以赋见还"。郾曰：

"如教。"牧果异等。牧为御史，分务洛阳，时李司徒厚罢镇闲居，声伎豪侈，洛中名士咸谒之。李高会朝客，以杜持宪，不敢邀致。杜遣座客达意：顾预斯会。李不得已邀之。杜独坐南向，瞪目注视，引满三卮，问李云："闻有紫云者孰是？"李指之。杜凝睇良久曰："名不虚得。宜以见惠。"李俯而笑。诸妓亦回首破颜。杜又自饮三爵，朗吟而起曰："华堂今日绮筵开，谁唤分司御史来。忽发狂言惊满座，两行红粉一时回。"意气闲逸，旁若无人。牧不拘细行，故诗有"十年一觉扬州梦，赢得青楼薄幸名"。牧佐宣城幕，游湖州，刺史崔君张水戏，使州人毕观，令牧闲行，阅奇丽，得垂髫者十余岁。后十四年，牧刺湖州，其女已嫁生子矣。乃怅而为诗曰："自是寻春去较迟，不须惆怅怨芳时。狂风落尽深红色，绿叶成阴子满枝。"

九日齐山登高

江涵秋影雁初飞，与客携壶上翠微。尘世难逢开口笑，菊花须插满头归。

◎**前解**　一句七字，写出当时一俯一仰，无限神理。异日东坡《后赤壁赋》"人影在地，仰见明月"，便是一副印板也。只为此句起好时，下便随意随手，任从承接。或说是悲愤，或说是放达，或说是傲岸，或说是无赖，无所不可。东坡《后赤壁赋》，通篇奇快疏妙文字，亦只是八个字起得好也。

但将酩酊酬佳节，不用登临怨落晖。古往今来只如此，景公何必泪沾衣。

○**后解**　得醉即醉，又何怨乎？"只如此"三字妙绝。醉亦只如此，不醉亦只如此，怨亦只如此，不怨亦只如此。

题宣州开元寺水阁

六朝文物草连空，天澹云闲今古同。鸟去鸟来山色里，人歌人哭水声中。

◎ **前解** 倏然是文物，倏然却是荒草，倏然是荒草，乌知不倏然又是文物？古古今今，兴兴废废，知有何限？今日方悟一总不如天澹云闲，自来一如本不有兴，今亦无废，直使人无所容心于其间。斯真寺中阁上、眼前胸底斗地一段妙理，未易一二为小儒道也。"去""来""歌""哭"字，是再写一；"山色""水声"字，是再写二。妙在鸟人平举。夫天澹云闲之中，真乃何人何鸟。

深秋帘幕千家雨，落日楼台一笛风。惆怅无因寻范蠡，参差烟树五湖东。

○ **后解** 约今年已是深秋，约今日又复落日。嗟乎，嗟乎！日更一日，秋更一秋，天澹云闲，固自如然，人鸟变更，何本可据？望五湖，思范蠡，直欲学天学云去矣。"帘幕"五字是画深秋，"楼台"五字是画落日，切不得谓是写雨写笛，唐人法如此。

西江怀古

上吞巴汉控潇湘，怒似连山静镜光。魏帝缝囊直戏剧，苻坚投策更荒唐。

◎前解 前解写"西江"，后解写"怀古"。分别读之，始知先生乃怀范蠡，非怀魏帝、苻坚。不然，既已怀之，又切讥其戏剧荒唐，岂有是哉。○吞汉控楚，写西江要害；连山镜光，写西江不测。魏帝、苻坚，写江上当时头等英雄。四句四七二十八字，皆是写"西江"，并未写到"怀古"。再读之。

千秋钓艇歌明月，万里沙鸥弄夕阳。范蠡清尘何寂寞，好风惟属往来商。

○后解 便从江上放宽眼界，竖看千秋，横看万里。言如此西江，彼魏帝、苻坚真无奈之何也，乃如此明月钓舟，夕阳鸥鸟，西江又真无奈之何也。人诚莫妙于不生世间，人而不免或生世间，则我仪图古人，其惟范蠡实获我心。何则？世上事毕竟做不尽，莫如撒手一去，所盖实多。○七八语气是切叹世无范蠡，可惜满江好风，总吹奴财耳。或有误解者。

齐安郡晚秋

柳岸风来影渐疏，使君家似野人居。云容水态还堪赏，坐啸行歌亦自如。

◎ **前解** 此诗写尽世间无味，三复读之，不胜叹息。○此解先写景物亦渐尽，意气亦渐平也。言当三春盛时，柳阴如幄，风暖如醉，使君戟门，高牙大角，此是何等盛事？乃曾几何时，而风高柳疏，影落门静，使君萧索，遂同野人，可怜也！"还堪"妙，虽曰不过残云剩水，然亦何至遂尽人意？"亦自"妙，然而见为行歌坐啸，实则已是聊尔应酬也。

雨暗残灯棋散后，酒醒孤馆雁来初。可怜赤壁争雄渡，惟有蓑翁坐钓鱼。

○ **后解** 此解再写成大名，显当世，实与彼草木同腐，更无异也。雨正暗时，恰是灯又残时，棋又散时，酒又醒时，馆又孤时，雁又来时。于此一时十四字中，斗然悟出七句之"可怜"二字。"蓑翁坐钓鱼"五字，字字入妙，言受本无多，求亦有限，便将通篇文字叫应。

街西

〉
〉

碧池新涨浴娇鸦，分锁长安富贵家。游骑偶同人斗酒，
名园相倚杏交花。

◎**前解** 写池上大家，各自叠山疏沼，种树栽花，起楼筑台，征歌
选舞，一一门有一一锁，一一园属一一姓。于是而引他都
人相逢斗酒，共夸墙树，十里交花，举国如狂，不可化
诲也。通解四句，须知最妙是起句之"新涨浴娇鸦"五
字。独有此五字不入一解中来。今先生则正注意于此，以
见自己眼色只看碧池新水，不看名园杏花，以自表人醉独
醒也。

银鞍骢袅嘶宛马，绣鞯珑璁走钿车。一曲将军何处笛，连
云芳草日初斜。

○**后解** 此写一时流连荒亡，马则正嘶，车则正走，笛则正发，日
则正未斜也。"日初斜"妙。终有必斜之日，而彼彼意中，乃殊
未觉其斜，便写尽流连荒亡人之可悯可笑。

自宣城赴官上京

　　潇洒江湖十过秋，酒杯无日不淹留。谢公城外溪留坐，
苏小门前柳拂头。

◎**前解**　传称牧之豪迈有奇节，不为龌龊小谨，此诗见之。盖十年
　　　　为宣州团练判官，而自言无日不酒杯，则是三千六百酒
　　　　杯也。"谢公城外溪""苏小门前柳"，俱五字成文。"留
　　　　坐""拂头"，写尽淹留，写尽潇洒矣。

　　千里云山何处好，几人风韵一生休。尘冠挂却知闲事，
终拟蹉跎访旧游。

○**后解**　"何处好"，言独宣城好也。"一生休"，言除宣城人，
　　　　更无有人也。"知闲事"，言欲挂冠却挂冠，又有何官之
　　　　必赴，何京之必上也。看他一片徘徊恋慕，心头眼头口
　　　　头，真乃啧啧不已。

柳

日落水流西复东，春光不尽柳何穷。巫娥庙里低含雨，
宋玉宅前斜带风。

◎**前解** 此诗乃先生以第一天眼，看尽一切众生，于生死海中，头
出头没，浩无底止，故借柳以发之也。"春光不尽"言世
界无有了期；"柳何穷"言便是烦恼无有了期也。"巫娥庙
里""宋玉宅前"，言一切众生，牛猪狗猴，无数戏场。
"低含雨""斜带风"，言一切众生，恩怨哭笑，无数丑
态也。"日落水流西复东"，是春光不尽；"巫娥庙里低含雨，
宋玉宅前斜带风"，是柳何穷，又别是一样章法也。

莫将榆荚共争翠，深感杏花相映红。灞上汉南千万树，
几人游宦别离中。

○**后解** 此后解乃忽作微语，以切讽之。犹言一切世间，则我知之
矣。五言争者是钱，六言爱者是色，七八言奔走如鹜者是
游宦。古今人不甚相远，便知万世而下，想亦只须先生此
诗便判尽之也。

残春独来南亭因寄张祜

﹀
﹀

  暖云如粉草如茵，闲步长堤不见人。一岭桃花红锦黻，半溪山水碧罗新。

◎**前解** 写残春独来南亭。○此诗不苦于不见人，正苦于闲步长堤也。日月逝矣，岁不我与，何至闲步长堤耶？

  高枝百舌太欺鸟，带叶梨花独送春。仲蔚欲知何处在，苦吟林下避红尘。

○**后解** 写因寄张祜。○"百舌"，必指谗人。"太欺"，必遭重诬。"高枝"，必是大官。"带叶梨花"者，言不应摧折也；"独送春"者，言竟受其祸也。"避红尘"，避"百舌"也。男雍释弓笔受并补注。

许浑

字仲晦

圉师之后

大中睦州、郢州二刺史。所著《丁卯集》二卷。浑尝梦登山，有宫室凌云，人云："此昆仑也。"既入，见数人方饮酒，招之，至暮而罢。赋诗云："晚入瑶台露气清，坐中惟有许飞琼。尘心未尽俗缘在，千里下山空月明。"他日复梦至其处，飞琼曰："子何故显余姓名于人间？"座上即改为"天风吹下步虚声"。曰："善"。

姑苏怀古

　　宫殿余基倚棹过，黍苗无限动悲歌。荒台麋鹿争新草，空苑凫鹥占浅莎。

◎**前解**　荒凉事，无人不著笔。哽他余唾，多得厌呕。此忽翻新，轻轻写出"倚棹过"三字，真令人别自慨然。"麋鹿""凫鹥"，妙在"争"字"占"字，言此固阖闾伸威，夫差穷武，伍员内谋，孙武外骋之巨丽也。所谓拥之龙腾，据之虎视，睚眦挺剑，喑呜弯弓者，今俱何在乎？区区一鹿一凫，遂已争之占之，使我一回念诵，数日作恶矣。

　　吴岫雨来虚槛冷，楚江风急远帆多。自从国破忠臣死，日日东流生白波。

○**后解**　岫雨、江风，不知代变，来者仍来，急者仍急，然只是野家虚槛，估客远帆，适然承受之也。"自从"妙，"日日"妙，言亦不自今日矣，亦不止今日矣。

韶州驿楼宴罢

　　檐外千帆背夕阳，归心杳杳发苍苍。岭猿群宿夜山静，沙鸟独飞秋水凉。

◎**前解**　起手七字，字字写绝。"千帆""千"字妙，亦未必有千，妒之至而竟概之曰"千"也。"檐外""外"字妙，便知檐下有人，只少一帆也。"背夕阳""背"字妙，尽是东归船，仲晦吴人，最为刺眼应心也。三四山静猿宿，水凉鸟飞，虽写楼头现景，然物各欲得其所。盖心之杳杳，发之苍苍，尽此十四字中矣。

　　露堕桂花棋局湿，风吹荷叶酒瓶香。主人不醉下楼去，月在南轩更漏长。

○**后解**　"棋局湿""酒瓶香"，写不醉神理如画。可恨是主人公然竟去，加"下楼"字，极写其无理。然世间比比皆是，乃何足道。可恨却是遭如此主人，而不得一帆东下耳。主人之去，便如岭猿群宿；客之不醉，便如沙鸟独飞，可知。

鹤林寺中秋夜玩月

待月中庭月正圆，庭中无树复无烟。初更云尽出沧海，半夜露寒当碧天。

◎**前解** 前后二解皆写当天宝月，然前解是写待，后解是写惜。待在未当天前，惜在正当天后。此理本自面前，而并无一人猛省，偶因读此，不胜太息。○二句七字，写心"待月中庭"四字神理。三四十四字，写尽"月天圆"三字神理。唐人每用先唱七字，而后以三句了之，此其法也。无树无烟，是待非月，可想。

轮彩渐移金殿外，镜光端挂玉楼前。莫辞达曙殷勤望，一堕西岩又隔年。

○**后解** "端挂"前，遽写"渐移"，使人心惊。"渐移"下仍写"渐挂"，使人心慰。若在俗笔，必将换转，写端挂在前，渐移在后，便是满纸衰飒，减尽无限神理。○一将"渐移"字换转"端挂"字下，便心笔都竭矣。偏将"端挂"字换转"渐移"字下，而反觉心头眼底，有事忽忽恐失，信知"一堕西岩"，正是天生妙结。

咸阳城西门晚眺

∨
∨

独上高城万里愁，蒹葭杨柳似汀洲。溪云初起日沉阁，山雨欲来风满楼。

◎**前解** 仲晦，东吴人，蒹葭杨柳，生性长习，醉中梦中不忘失也。无端越在万里，久矣形神不亲，今日独上高城，忽地惊心入眼。二句七字，神理写绝。不知是咸阳西门真有此景，不知是高城晚眺，忽地游魂。三四极写"独上""独"字之苦，言云起日沉，雨来风满，如此怕杀人之十四"字中，却是万里外之一人独立城头，可哭也。○二句只是一景，有人乃言"山雨"句胜于"溪云"句，一何可笑！

鸟下绿芜秦苑夕，蝉鸣黄叶汉宫秋。行人莫问前朝事，渭水寒声昼夜流。

○**后解** 秦苑也，秦人其何在？吾徒见鸟下耳。然而日又夕矣。汉宫也，汉人其何在？吾徒闻蝉鸣耳。然而叶又黄矣。孔子曰："逝者如斯，不舍昼夜。"今人问前人，后人且将问今人，后人又复问后人，人生之暂如斯，而我犹羁万里耶？

登故洛阳城

禾黍离离半野蒿，昔人城此岂知劳。水声东去市朝变，山势北来宫殿高。

◎ **前解** 若云"昔人城此岂知今日"，其辞便大径露。今只云"岂知劳"，彼惟不知今日，故不自以为劳也，便得无数含咀不尽；哭昔人亦有，笑昔人亦有，吊昔人亦有，戒后人亦有。三四便承"城此""此"字。水声山势是登者瞠目所睹，市朝宫殿是登者冥心所会。虚实离即之外，真是绝世妙文。

鸦噪暮云归古堞，雁迷寒雨下空壕。可怜缑岭登仙子，独自吹笙醉碧桃。

○ **后解** 上"市朝""宫殿"，俱从故城周遭虚写。此"古堞""空壕"方写故城也。"鸦噪""雁迷"妙，将谓写满眼纷纷，却正写空无一人。七，"可怜"字，满怀欲说仍住，却反接一缑岭仙人，曰"独自吹笙"。绝世妙文，岂余子所得临摹乎？

淮阴阻风寄楚州韦中丞

垂钓京江欲白头，江鱼堪钓却西游。刘伶坟下稻花晚，韩信庙前枫叶秋。

◎**前解** 阻风诗，乃起手又追写此行出门，先已颠倒，以明今日阻风，皆是自取。不知是哭是笑，却实是高才负气人真有之情事。我适披读之，亦为之一叹也。○明明壮年，反决意自废，迫于垂老，又变节出游。高才负气人以身世为儿戏，真有如是之事。三四，写淮阴偏写一刘伶、一韩信，妙。一是沉冥人，一是登坛人，言前半生已作此一人，后半生遽又欲作此一人。稻晚枫秋，真是无处不迸眼泪也。

淮月尚明先倚槛，海云今起又维舟。河桥有酒无人醉，更上高城望庾楼。

○**后解** 前解写昨夜到淮阴，此解方写阻风也。"槛"，船槛也。淮月尚明，图早发也。海云今起，风之占也。"又维舟"，已解而更维之也。纯写被风阻人意绪之恶如此。若使今人为之，必要横涂恶笔，特地写风矣。

伤李秀才

曾醉笙歌日正迟，醉中相送易前期。橘花满地人亡后，菰叶连天雁过时。

◎ 前解 "日正迟"，则是暮春也，乃"橘花满地""菰叶连天"，自夏徂秋，为日曾几，而人生变故遂有此极，是为极大惊痛也。"易"，容易也。犹言今虽暂别，后当即晤，岂言未毕耳，而人已速化。"人亡"是李故，"雁过"是许来。

琴倚旧窗尘漠漠，剑横新冢草离离。河桥酒熟平生事，更向东流奠一卮。

○ 后解 此"琴倚""剑横"，用王猷、季札事最精当。然诗意乃谓古今人各自有其平生，如弹琴，自是二王平生，赠剑，自是徐季平生。今我与李，则自以痛饮为平生者，然则何必步趋古人又欲弹琴赠剑，只今河桥酒熟，便可更尽一卮。与一二两"醉"字成章法也。

与韩郑二秀才同舟东下洛中亲友送至景云寺

三十六峰横一川，绿波无路草芊芊。牛羊晚食铺平地，雕鹗晴飞摩远天。

◎**前解**　写景云寺前，一川横开，渺无去路，三十六峰，平浮波上，此便是洛中人送东下客，席散分手，挥泪下船之处，真为诗中有画也。"牛羊铺地"妙，"雕鹗摩空"妙。物各有性，人各有怀，固非能强之必去，亦安可强之暂留？更不明东下何故，而已意言俱尽矣。

洛客尽回临水寺，楚人皆逐下江船。东西未有相逢日，更把繁华共醉眠。

○**后解**　五六，写别后纵横分散，其事如此，真是一场草草，因更感而再留少时。

凌歊台送韦秀才

∨
∨

云起高台日未沉，数村残照半岩阴。野蚕成茧桑柘尽，溪鸟引雏蒲稗深。

◎**前解** 通解用意，乃在"日未沉"一"未"字。夫人生既称七十古稀，则亦大都六十以来，然则三十早是半生也。颇见世之劳人，年且过斯，尚无一就，栖栖久客，欲有所图。于是旁之人，亦从诒之曰：如公年，正未正未耳。嗟乎！"云起高台"，岂非明明日欲沉，下"欲"字即稳耶？今偏定要下一"未"字。然而"残照半阴"，时已至此，蚕则已茧，鸟则已雏，桑则已尽，稗则已深，甚欲自谩，终谩不得。年晚心孤，真是不能重读也。

帆势依依投极浦，钟声杳杳隔前林。故山迢递故人去，一夜月明千里心。

○**后解** 五犹望见帆，六乃但闻钟矣，妙妙。故山迢递，故人独去，一夜月明，思人乎？抑自思乎？

沧浪峡

缨带流尘发半霜，独乘残月下沧浪。一声溪鸟暗云散，万片野花流水香。

◎**前解** 一可谓本利已失，二可谓赖复有此。若三四之一声溪鸟、万片花香，则譬如恶梦斗醒，揩眼叩齿，咒"《乾》，元亨利贞"时也。千古万古后，何人解官日，胸前眼前，无此妙诗。

昔日未知方外乐，暮年初悔梦中忙。红虾青鲫紫丝菜，归去不辞来路长。

○**后解** "暮年初悔"，此自实悟语。"昔日未知"，此真大忏文。实悟语他人肯道，大忏文他人不肯道也。"红虾"七字，流唾津津。"不辞来路长"妙妙，反言以明昔日著何干忙，来此长路！

村舍

　　自剪春莎织雨衣，南村烟火是柴扉。山妻早起蒸藜熟，
童子遥迎种豆归。

◎**前解**　此如王摩诘秋归辋川诗，何必村中定无此人，然而何必村
　　　　中定有此人，只是一片高情高品，忽从胸中笔下，蓦地自
　　　　然流出，所谓天地间固有之真诗也。通解只写得起手第一
　　　　"自"字，犹言莎是自剪，衣是自织，妻是自娶，童子是
　　　　自育，藜是自蒸，豆是自种。《击壤歌》云："帝力何有于
　　　　我。"便果然有此妙理。乃分外又加"早起""遥迎"字
　　　　者，犹言便使圣王费尽心力，制为尊卑迎送，然亦是我本
　　　　分心地中自有之节文，亦不曾向外来。

　　鱼下碧潭当镜跃，鸟还青嶂拂屏飞。花时未免人来往，
欲买岩光旧钓矶。

○**后解**　五六不知是鱼在碧潭中，鸟在青嶂中，人在鱼鸟中。七八
　　　　便如《史记》言：海上神山"去人不远，患且至，则船风
　　　　引而去"，终莫能至矣。

凌歊台

宋祖凌歊乐未回，三千歌舞宿层台。湘潭云尽暮烟出，巴蜀雪消春水来。

◎ **前解** "歊"，暑气也。"凌"，高出层表以破除之也。"乐"，暑去凉生则心乐也。通解写宋祖纵心肆志，只一"未"字已尽。言祖初因长夏畏暑，故筑层台纳凉，然则暑去凉生，自应还朝听政，乃因三千歌舞，乐此不欲复去，于是更月改岁，遥遥只住台端。三四正极写之也。云尽烟出，言天下已见夏徂秋尽也。雪消水来，言天下又见腊尽春回也。若问行在何在？则还在凌歊台上避暑未归。是可发一大笑也。

行殿有基荒荠合，寝园无主野棠开。百年便作万年计，岩畔古碑空绿苔。

○ **后解** 夫宋祖代晋初有天下，其百凡创业垂统，岂不自谓我为始皇帝哉？他日子孙代立，而自一世二世至于千世万世。人有同情，畏暑惟均，则于此处能无行殿？此固其岩畔丰碑，自叙斯志，其文现在，可扪而读者也。其又乌料身死之后，不惟后人不成坐殿，连自家亦已无主。嗟乎，嗟乎！荒荠野棠，一春事毕，豪人远计，万载无休。人不云乎：后之视今，犹今视昔？登斯台者，夫亦可以少悟矣。

金陵怀古

玉树歌残王气终，景阳兵合戍楼空。楸梧远近千官冢，
禾黍高低六代宫。

◎**前解**　此先生眼看一征楸梧禾黍，而悄然追叹其事也。一二"玉
树歌残""景阳兵合"对写最妙。言后庭之拍板初擎，采
石之暗兵已上，宫门之露刃如雪，学士之余歌正清，分明
大物改命，却作儿戏下场。又加"王气终""戍楼空"，
对写又妙。言天之既去，人皆不应，真为可骇可悯也。于
是合殿千官，尽成瓦散，六宫台殿，咸委积莽，如此楸梧
禾黍，皆是当时朝朝琼树，夜夜璧月之地之人也。

石燕拂云晴亦雨，江豚吹浪夜还风。英雄一去豪华尽，
惟有青山似洛中。

○**后解**　此又快悟而痛感之也。言当时英雄有英雄之事，今日石燕
亦有石燕之事，江豚亦有江豚之事。当时英雄有事，而极
一代之豪华；今日石燕、江豚有事，而成一日之风雨。前
者固不知后，后者亦不知前也。"青山似洛中"，掉笔又
写王气仍旧未终，妙妙。

酬钱汝州

∨

∨

◎**题注** 汝州钱中丞，以浑赴郢城，见寄佳什，恩怜过等，宠饰逾
深。虽吟咏忘疲，实揣摩不及，辄率荒浅，依韵献酬。

白雪多随汉水流，漫劳旌旆晚悠悠。笙歌暗写终年恨，
台榭潜销尽日忧。

◎**前解** "白雪"，指钱所寄佳什。"多随汉水流"，言自汝州寄
至郢城，其道必经汉水也。"漫劳"之为言致谢之辞。"旌
旆晚悠悠"者，又慰劳其传诗之来人也。三四述钱诗中注
念之深，言终年不见，而以笙歌写恨，尽日相思，而以台
榭销忧，叹其于已真有过等之恩爱也。前解写钱赠诗。

鸟散落花人自醉，马嘶芳草客先愁。怪来诗思清无敌，
三十六峰当庾楼。

◎**后解** 五又别衬钱诗到时，座有别客，既与无关，则皆醉焉。六
乃自言来人立索报章甚急，而已深愁不能献酬。何则？钱
诗本得崆峒三十六峰之助，大非率尔之可轻敌也。后解写
已报诗。

寓居开元精舍酬薛秀才见贻

知己萧条信陆沉，茂陵扶病卧西林。芰荷风起客堂静，松桂月高僧定深。

◎ **前解** 前解写寓居开元，后解写秀才见贻。〇二将写"病卧西林"，一先写书信陆沉，妙。一之下半句将写书信陆沉，上半句先写"知己萧条"，又妙。"知己萧条"者，犹言便使都有信来，亦不过只二三有限之人，如之何又至一一陆沉者也。三四承之，便欲向寺中聊觅与语，少破岑寂，而无如客堂又空，僧定又深。此皆极萧条陆沉之尽情至于如此，以反见薛之贻书，真为衔感切心也。试看唐人，中四句何曾欲写"芰荷风起""松桂月高"哉。

清露下时伤旅鬓，白云归处寄乡心。劳君诗句独相忆，题在空斋夜夜吟。

◎ **后解** 此五六写旅鬓乡心，又妙于"清露下时""白云归处"。犹言更无人解，更无处诉也。然则忽然得诗，题向空斋，鬓得不伤，心得暂寄，夜夜之吟，不亦宜乎？

灞上逢元九处士东归

瘦马频嘶灞水寒，灞南高处望长安。何人更结王生袜，此客空弹贡禹冠。

◎ **前解** 马又瘦，水又寒，然则何苦日日骑此瘦马，临此寒水？元九曰：吾徒欲再望长安，故特地频来高处也。则吾不免抚掌大笑之，此岂误谓今日公卿犹有如昔者张廷尉之名臣耶？不然而浩浩长安，孰是王阳，乃向空弹冠，意犹未已耶？"何人"妙，"此客"妙，"何人"乃攒眉细商之辞，"此客"乃睨目失笑之辞，便画出一面简傲，满肚不然也。

江上蟹螯沙漠漠，坞中蜗壳雪漫漫。旧交已尽新知少，去伴渔师把钓竿。

○ **后解** 五六，妙妙。江上蟹，双螯二螯，独霸一穴，此比如新进得官自豪。坞中蜗，升高既疲，壳枯如雪，此比如故人零落都尽。然则今日为元九计，固惟有手把钓竿，速去为快，寒风灞上，尔胡为乎还在哉？

将归姑苏南楼饯送李明府

∨
∨

无处登临不系情，一瓶春酒醉高城。暂移罗绮见山色，才驻管弦闻水声。

◎**前解**　自又将归，李又先归，一时匆匆，两各分散。于是斗念二人连年此中登山临水，无处不遍，而今一瓶春酒，止得再醉高城，为不胜伤感也。三四，有此一瓶春酒，即有罗绮管弦，然而我二人则曷用此乎？遥望苍翠，近听潺湲，昔所登临，今所系情，实在于是，此即《兰亭》所云"俯仰之间，已为陈迹"者，更不说到二人后会无期，而已不觉泫然饮泣也。

花落西亭添别恨，柳阴南浦促归程。前期迢递今宵短，更倚阑干待月明。

○**后解**　前解写城头望见山水，尽是二人熟游。后解写城下接连解维，便成二人梦事也。"花落西亭"是今日李去，"柳阴南浦"是即日自去。"今宵"横下"短"字者，思到"前期迢递"，此虽更闰一夜，犹复嫌其太短也。

李远

字承古

累官历中、建、江三州刺史

终御史中丞。集一卷。○宣宗朝，令狐绹荐远为杭州。宣皇曰："我闻远有诗云：'长日惟消一局棋。'岂可以临郡哉？"对曰："诗人之言，非有实也。"仍荐远廉察可任，乃允之。宣宗视远到郡谢上表，左右曰："不足烦圣虑也。"上曰："远到郡，无非时奏章，只有此谢上表，安知不有情恳乎？吾不敢忽也。"

赠南岳僧

曾住衡阳岳寺边，门开江水与云连。数州城郭藏寒树，一片风帆著远天。

◎**前解** 写住岳大观。○"门开"二字妙妙，预知通解争奇揽胜，乃只仗此二字，便写尽当时高坐岳麓，平看下界，水云相际，万里一抹，数州城郭，如同虱营，一片风帆，只抵电拂，几曾有一点俗事，得芥其胸前。若无"门开"二字，则此三四，止是南岳风景，今有二字，便是先生眼界矣。

猿啸不离行道处，客来皆到卧床前。至今身入红尘里，犹忆闲陪尽日眠。

○**后解** 写住岳闲情。五言猿亦不以我为意，六言我亦不以客为意。一片坦然无人、无物、无我、无彼，直是至今思之，犹自疑高眠未起也。

赵嘏

字承祐
山阳人

会昌二年进士，大中渭南尉。嘏尝家于浙西，有美姬，惑之，泊计偕。会中元鹤林之游，浙帅窥其美，遂奄有之。明年嘏及第，因以一绝箴之曰："寂寞堂前春又曛，阳台去作不归云。当时闻说沙叱利，今日青娥属使君。"浙帅不自安，遣一介归之。嘏方出关，逢于横水驿，姬抱嘏恸哭而卒，葬于横水之阳。有《渭南集》三卷，《编年诗》二卷。

长安晚秋

云物凄清拂曙流，汉家宫阙动高秋。残星几点雁横塞，长笛一声人倚楼。

◎**前解**　一望云物，二望宫阙，三望横雁，四劈面便以自己倚楼接之。一望云物者，写是何时候也。二望宫阙者，写成何进退也。三望横雁者，写有何书信宣示家人也。四劈面便以自己倚楼接之者，言时候则已如此，进退方如彼，书信则殊无可宣示我家人也。为前解。

紫艳半开篱菊静，红衣落尽渚莲愁。鲈鱼正美不归去，空戴南冠学楚囚。

○**后解**　后解则倚楼之人之所暗筹也。五写紫菊半开，六写红莲落尽，正双逼出七之"鲈鱼正美"四字，言只宜趁此力疾归去也。○通篇苦在一"空"字可知。

齐安早秋

流年堪惜又堪惊，砧杵风来满郡城。高鸟过时秋色动，征帆落处暮云平。

◎ **前解**　才念"流年"，便下"堪惜""堪惊"二语者，"堪惜"是其欲去塞北之流年，"堪惊"是其未归江南之流年也。"砧杵风来满郡城"，写早秋斗地感人，声光都动。三四承之。"高鸟"七字犹是一点秋，"征帆"七字直是一片秋矣。○三句皆是此日齐安亲眼所见，作惜读是一层，作惊读是一层也。

思家正叹江南景，听角仍含塞北情。此日沾巾念岐路，不知何计是前程。

○ **后解**　五"正"字，六"仍"字，无限顿挫，此即所云"岐路"者也。然则不知应竟归江南乎？抑应仍往塞北乎？

长安月下与故人语故山

宅边秋水浸苔矶，日日持竿去不归。杨柳风多潮未落，蒹葭霜薄雁初飞。

◎**前解**　此又一奇绝章法也。题是"长安月下"，诗却凭空先追写一"故山"。我今亦试设身思之，假使果有如此宅，如此水，如此矶，则虽终身持竿，闲闲于其间受用如此杨柳，如此风，如此潮，如此蒹葭，如此霜，如此雁，真是老大快活也。

重嘶匹马来红叶，却听疏钟忆翠微。今夜秦关满城月，故人相见一沾衣。

○**后解**　后解方写长安月下与故人语。五"重"字妙，六"却"字妙。"重"之为言一念忽差，"却"之为言悔已无及也。七八乃至声泪俱尽。盖身在长安城中，故山在今夜月中，既身不复在故山中，即今夜竟如不在月中。故人相见沾衣，除故人相见，且并无沾衣处矣。

东望

楚江横在草堂前，杨柳洲边载酒船。两见梨花归不得，每逢寒食一潸然。

◎ **前解**　一解疏奇俊爽，真为斩新笔墨。不知诗者，只谓堂前江横，柳边船泊，又是好景入画，殊不知其四句乃是一副眼泪也。言每年逢寒食见梨花，便东望欲归，奋飞不得。或问我曰：下江不便乎？求载无船乎？则殊不知江则便在堂前，船则便在洲下。我但解此船，泛此江，破浪东归，又少何事？然而终竟不得者，人生一身在客，实有如此苦事也。

斜阳映阁山当寺，微绿含风树满川。同郡故人攀桂尽，把诗吟向渺寥天。

○ **后解**　五六不是写景，是写此景中间阒然无一故人，则纵复有诗，只向天吟，言永无倡和之理也。千古"故人攀桂"后都已如此矣。

登安陆西楼

栌上华筵日日开，眼前人事只堪哀。征车自入红尘去，
远水长穿绿树来。

◎ **前解** 起句楼上筵开，又添"华"字、"日日"字，世间眼热小
儿，将谓何等高兴，殊不知只此便是次句之眼前人事，所
谓"只堪哀"者，乃正复为此也。盖"华"者，本是今
日正开之筵也，然曰"日日开"，则是今日师开，明日又
开。夫明日又开，而彼今日之华又安在？若又明日又开，
而彼明日之华又安在？此真堪忍国中无量众生头出头没
而不觉不知者也。三四征车自去，不知去到何处？远水还
来，何曾来住此处？总之有情无情，一例干忙，我欲说
之，穷劫不尽也。

云雨暗更歌舞伴，山川不尽别离杯。无由并写春风恨，
欲下郧城首重回。

○ **后解** 此"云雨暗更""山川不尽"，最是想得幽曲，说得精
细。言如此目前，登楼坐筵，进酒微歌，无虑若干之人，
如使转眼大班尽散，或者还肯惊骇心目，今是逐一逐一，
魃地魃地，零星抽出，悄然转换，于是而抽换所剩暂进犹
在之人，遂更不曾以之为意也。况于前之人自尽，后之人
更多。世界有限，众生无穷，至最后时，歌舞转盛，此真
所谓千佛放光，亦更不能看之使破也者。"欲下郧城首重
回"，先生应以无常身得度，即现无常身而说法矣。

早发剡中石城寺

暂息劳生树色间，平明机虑又相关。吟辞宿处烟霞去，心负秋来水石间。

◎**前解**　"暂息劳生"，是言夜来一宿，却不自意信手所写乃有"树色间"之三字，便分明是昨日傍晚，途中翘首遥有所望，而更不谓入夜得宿乃幸正在其处也。一解是此三字最写得好，便与后解回首此山两相回合以成章法矣。至于三四之"宿处烟霞"，对以"秋来水石"，此则自明实有素尚，不是初逢好景也。

竹户半开钟未绝，松枝初霁鹤飞还。明朝一倍堪惆怅，回首城中见此山。

○**后解**　五六写"早发"也。试想"钟未绝"，是早也；而"竹户半开"，则不知何故又有更早于我者。"松初霁"，是早也；而鹤飞始还，则岂独无人方将又来此间者，真写尽红尘之外，白云当中，大有闲闲日月也。七八回首此山与前回合，已知。

寄归

　　三年踏尽化衣尘，只见长安不见春。马过雪街天欲晓，乡迷云树泪空频。

◎**前解**　"化衣尘"者，陆士衡诗"京洛多风尘，素衣化为缁"也。"三年踏尽"者，从自入来，历三冬春，自悲何早何晚，何风何雨，而不奔走也。"只见长安"者，长衢夹巷，处处照眼；高冠大輦，辈辈惊心也。"不见春"者，言金尽裘敝，避立道旁，残杯冷炙，含羞末座也。三言五更冲寒出门，四言逐日眼泪洗面，则又详写"不见春"之三字也。

　　桃花坞接啼猿寺，野竹亭通画鹢津。早晚粗酬身事了，水边归去一闲人。

○**后解**　后言若得归去，则如桃花坞，是一闲行处也。"啼猿寺"，是一闲寻处也。"野竹亭"，是一闲坐处也。"画鹢津"，是一闲泛处也。其写可怜可笑，最是"粗酬身事"之四字。试忆当初来时，岂是如此四字；及到后来去时，何曾得此四字？然而人固往往此心不死矣。

薛逢

字陶臣
蒲州河东人

会昌初，擢进士第。崔铉镇河中，逢在幕府。铉复宰相，引为万年尉，直弘文馆，历侍御史、尚书郎。集十卷，又别纸十三卷，赋集十四卷。

长安夜雨

∨
∨

　　滞雨通宵又彻明，百忧如草雨中生。心关桂玉天难晓，运落风波萝亦惊。

◎ **前解**　写滞雨既云"通宵"，再云又"彻明"者，"通宵"是从初更以至五更，又"彻明"是从五更以至天明。此自是窗中一人，从初更至五更，从五更至天明，求睡更不得睡，因而写雨，遂不自觉亦便成二句也。"如草雨中生"五字，写忧已最确。然写此夜忧，又最确。三四承之，言忧之绪甚多，至于更不得睡；忧之来甚重，至于才睡又即醒也。

　　压树早鸦飞不散，到窗寒鼓湿无声。当年志气俱销尽，白发新添四五茎。

○ **后解**　"鸦飞不散"写出"压树"二字，"鼓湿无声"写出"到窗"二字，妙妙。便画尽一片昏沉，无数钝置，梦生醉死，抬头不起，异样荒忽神理。更不必说志气销尽而先已了无生气已。

猎骑

v
v

　　兵印长封入卫稀，碧空云净早霜微。浐川桑落雕初下，渭曲禾收兔正肥。

◎**前解**　一解，写皇灵赫濯，畿辅晏宁，历年厚糈，饱豢此辈，虽漫无所事事，然终不可暂废。于是莽苍平原，任其游手，秋高天清，草浅兽肥，为诸少年快哉行乐之场也。

　　陌上管弦清似语，草头弓马疾如飞。岂知万里黄云戍，血进金疮卧铁衣。

○**后解**　一解，写同为其人，同受其食，而苦乐不均，相去乃无算。夫非尽王之爪牙欤？而彼困如彼，此快如此，是不可一日不感国恩，一日不图死报也。

题白马驿

﹀
﹀

晚麦芒乾风似秋，旅人方作蜀门游。家林渐隔梁山远，客路长依汉水流。

◎ **前解** 一以麦秋纪时，二以方游纪程。三四初隔梁山，始依汉水，言今夜是初住第一白马驿也。

满壁存亡俱是梦，百年荣辱尽堪愁。胸中愤气文难遣，强指丰碑哭武侯。

○ **后解** "满壁"之"壁"，驿壁也。"百年"，即壁上所题得意失意无数名字，前后统总约百年也。愤气难遣者，言其所题，各说己事，或恩或仇，欲杀欲割，俱非一字一句之所得而伸诉也。"指丰碑哭武侯"，言当时卧龙如此人物，三顾如此遭遇，而伐魏不成，吞吴遗恨，犹尚秋风五丈，赍志遂没，岂况草芥诸公而欲愤愤题壁也。

刘威

会昌时诗人也

生卒年、籍贯皆不详

终生不得志，羁游漂泊而终。工诗，弱调多悲。有集。

游东湖黄处士园林

偶向东湖更向东，数声鸡犬翠微中。遥知杨柳是门处，似隔芙蓉无路通。

◎ **前解**　写不惟不认处士，且亦无意来游，只是信步东行，不谓有此创获。妙在"偶向"二字，又加"更向"二字，言初不料此去何处，且亦不料乃有去处者也。何意翠微当面，忽闻鸡犬逗声，及至步入相寻，即又恍然无处。写得此园林，远近缥缈，便如仙山楼阁相似也。

樵客出来山带雨，渔舟过去水生风。物情多与闲相称，所恨求安计不同。

○ **后解**　忽然写"樵客""渔舟"，又妙。人生世上，只求衣食粗足，无诸惊怖，便是无量胜福。正不知所谓不同之计，又是何计，而必不与闲相称乎？*男雍释弓笔受并补注。*

刘沧

字蕴灵

鲁人

大中八年进士，调华原尉，迁龙门令。诗一卷。

秋夕山斋即事

衡门无事闭苍苔，篱下萧疏野菊开。半夜秋风江色动，满山寒叶雨声来。

◎**前解** 无事闭门，只加"苍苔"二字，便知不是以无事故偶闭门，直是以无人故特不开门也。再写篱下野菊，极诉其更无相对。三四，半夜风动，满山雨来，于遥遥异乡，兀兀独住人分中，真为极大不堪也。此解与许仲晦"溪云初起"一解，便是一副机杼，危苦既同，呻吟如一，笔墨所至，不谋而然。诗之为言为思，夫岂不信乎哉？

雁飞关塞霜初落，书寄乡山人未回。独坐高窗此时节，不弹瑶瑟自成哀。

○**后解** 五"雁飞关塞"是今年新雁，六"书寄乡山"是去年旧书。言见新雁，又欲寄新书，而忆旧书尚未接旧雁。此时此情，真成独坐，何暇更弹《别鹄》等曲耶？

秋日寓怀

海上生涯一钓舟，偶因名利事淹留。旅途谁见客青眼，故国几多人白头？

◎**前解** 斗地吐口便有海上钓舟七字，自明胸中本非算画者，无何淹留未决，直至今兹，真成两头俱误也。三承二，言淹留虽久，曾有何望。四承一，言淹留既久，多恐尽非也。一解以一枝妙笔，写两副伤心，无不坦然明净，此为先生能事也。

雾色满川明水驿，蝉声落日隐城楼。如何未尽此行役，西入潼关云树愁。

○**后解** 写"雾"，则知连日雨潦之后；写"蝉"，则知三伏溽暑之余。既是行役未尽，那怕低头不就？然而心极念鲁，身反入秦，满心忖度，此果"如何"？"如何"二字，全领一解。人生一出门后，真有如此不可解事也。

经龙门废寺

∨
∨

因思人世事无穷，几度经过感此中。山色不移楼殿尽，石台依旧水云空。

◎**前解** 他诗皆先触景，后伤心；此诗独先伤心，后触景。只看他
"因思人世"四字，便是不止经此龙门，再看他"几度经
过"四字，便是亦不止经此一遍龙门。是为用笔与人独异
也。三四眼色，分明不顾楼殿之尽，水云之空，直是熟睹
山色不移，石台依旧，因而通算其前后阅历，方且无穷无
穷，实有一部十七史更写不尽者。

唯余芳草滴春露，时有残花落晚风。杨柳覆滩清濑响，暮天沙鸟自西东。

○**后解** 五六之"唯余"字即"时有"字，"时有"字即"唯余"
字也。而又必分作两句者，见为昔之所剩，则谓之"唯
余"；见为新之所添，则谓之"时有"也。然又妙于芳草
新，春露新，而反加"唯余"字，谓之昔之所剩；残花
旧，晚风旧，而反加"时有"字，谓之新之所添。此中大
有妙理，解人正未易也。末又直指柳滩濑响，暮鸟西东，
大悟耳畔声销，空中迹灭，人世无穷，直须听之，不惟不
必感，乃亦不必思也。

咸阳怀古

经过此地无穷事，一望深秋感废兴。渭水故都秦二世，咸阳衰草汉诸陵。

◎**前解**　"此地"之为言我来视之，不过一片荒荒草场也，又岂知其曾有经过之事，乃至经过曾有无穷之事。然则今日一望深秋，固逢满眼不见，其实已不知不有千千万万人，败成哭笑于其间，斯可为之浩叹也。三日据迹实之，言如秦之二世，是一大兴大废，如汉之诸陵，又是一大兴大废，至于中间，又有无数小兴小废，盖不可以更仆数尽之也。

天空绝塞闻边雁，叶尽孤村见水镫。风景苍苍多少恨，寒山高出白云层。

○**后解**　"闻边雁"言今则所闻止此而已，"见水镫"言今则所见止此而已，不信秦、汉当时，亦徒止此而已乎？忽转笔曰：秦、汉风景固有在者，不见白云之上高矗寒山，此即自昔至今何尝兴废也哉！

江楼月夜闻笛

南浦蒹葭疏雨后，寂寥横笛怨江楼。思飘明月浪花白，声入碧云枫叶秋。

◎ **前解** 写闻笛必先写未闻笛前，一无所闻之时。夫未闻笛前，一无所闻之时，此正既闻笛后更不能不作闻笛诗之根因也。一，"蒹葭疏雨后"，此即未闻笛前也。二，"寂寥"此即一无所闻也。看他写笛，不言"到江楼"，却言"怨江楼"，妙。以畅心感者，则谓之畅；以怨心感者，则谓之怨也。三，写笛之远。四，写笛之高。然"飘明月""入碧云"，则是写笛；"浪花白""枫叶秋"，则是写怨。怨自闻笛者怨，非吹笛者怨也。

河汉夜阑孤雁度，潇湘水阔二妃愁。发寒衣湿曲初罢，雾色河光先钓舟。

○ **后解** 此既闻笛之后也。"河汉""潇湘"，写尽一俯一仰，然"雁度"又寓言己之欲归，"妃愁"又寓言室之见忆也。"发寒衣湿"者，方闻不觉，闻罢乃觉，言是夜夜坐甚久也。然而何止于是，惟露色河光，亦既熹微钓舟也。

春晚旅次有怀

晚出关河绿野平，依依云树动乡情。残春花尽黄莺语，远客愁多白发生。

◎**前解**　一解只是"绿野平"三字斗乱心曲。"绿野平"者，郊原雨足，播种及时，此方一然，无处不尔，于是遽念家田，漫无归计，遥望云树，深致叹息也。三承一，言春已残，花已尽，止剩黄莺尚语，此时更无闲事，惟有村村农务也。四承二，言客又远，愁又多，不禁白发乱生，此时全无上策，只好遥遥坐叹也。此写春晚。

野水乱流临古驿，断烟凝处近孤城。东西未遂归田计，海上青山久废耕。

○**后解**　此野水也，流至何处？则古驿也。此断烟也，凝在何处？则孤城也。自言今日古驿，明日孤城，今日断烟，明日野水，我行东西，殊未能知税驾之何年也。然则海上青山，直应付之不须提起。何则？前废既久，后耕杳然，说之徒自心头烦恶也。此写旅次。

和友人忆洞庭旧居

客舍经时益苦吟，洞庭犹忆在前林。青山残月有归梦，
碧落片云生远心。

◎**前解**　既已出门作客，大都笔墨尽废。今客舍已复经时，而吟诗
乃更刻苦。然则自然不是马背上人，夫安得而不思旧林
也。三四代与写之，言日间遥指片云，心摇摇其奋飞，必
是夜间每至落月，梦沉沉其频去。所谓洞庭只在前林，固
是其闭目开目未尝暂置者也。

溪路烟开江树出，草堂门掩海涛深。因君话旧起愁思，
隔水数声何处砧。

○**后解**　此五六是此友人自话洞庭旧居之胜景也。想他烟开树出，
果然妙绝溪路；门掩涛闻，果然妙绝草堂。七八，于是忽
然提到心头，我亦自有一带溪路，数间草堂，秋砧动矣，
如之何其犹不归去也？

项斯

字子迁
江东人

　　始张水部籍为律格诗，惟朱庆馀亲授其旨，沿流而下，有任藩、陈标、章孝标、司空图咸及门焉。宝历开成之际，斯尤为水部所知，故其诗格，与之相类，始未为闻人，因以卷谒杨敬之，杨苦爱之，赠诗云："几度见诗诗尽好，及观标格过于诗。平生不解藏人善，到处逢人说项斯。"未几，诗达长安，明年擢上第，授丹徒尉。诗一卷。

山行

　　青枥林深亦有人，一渠流水数家分。山当日午回峰影，草带泥痕过鹿群。

◎**前解**　"青枥林"，看他出手下一"深"字，先写意中决道无
　　　　　人，则于林行尽处，忽见数家，便自然有一"亦"字跳脱
　　　　　而出。此所谓虽一句之中，必有沉郁顿挫之法也。三"回
　　　　　峰影"写伫看甚久，四"过鹿群"写更无行迹。看他只是
　　　　　四句诗，乃忽写无人，忽写有人，忽又写无人，真为清绝
　　　　　出奇之构也。

　　蒸茗气从茅舍出，缫丝声隔竹篱闻。行逢卖药归来客，
不惜相随入岛云。

◎**后解**　前解写山，后解写行。○若将焙茗缫丝，解作山中清事，
　　　　　即随手再下数十余联，岂得遽毕？须知今是入山闲行之
　　　　　人，一路迤逦，无心所经。犹言焙茶，一家也，缫丝，
　　　　　又一家也，既而药客追随，行行遂深，写尽是日心头闲
　　　　　畅也。

雍陶

字国钧
成都人

大中八年，自国子毛诗博士，出刺简州。诗集一卷。陶送客至情尽桥，问其故，左右曰："送迎之地止此，故桥名为'情尽'。"陶命笔题其柱曰"折柳桥"。自后送别，必吟其诗曰："从来只有情难尽，何事名为情尽桥？自此改名为折柳，任他离恨一条条。"

经杜甫旧宅

﹀
﹀

浣花溪里花深处，为忆先生在蜀时。万古只应留旧宅，千金无复得新诗。

◎**前解**　"浣花溪里"，只添"花深处"三字，便是此日加倍眼色。只因此三字，便知其不止忆杜先生，直是忆杜先生爱人心地，忆杜先生冠世才学，忆杜先生心心朝廷，念念民物，忆杜先生流离辛苦，饥寒老病，一时无事不到心头也。三万古应留，四千金难得，便只是一句话，犹言即使国步可改，必须此宅长留；只看文人代有，到底杜诗莫续也。

沙崩水槛鸥飞尽，树压村桥马过迟。山月不知人事变，夜来江月与谁期？

○**后解**　此沙崩树压，即七之所谓"人事变"也。"夜来江月与谁期"者，此月经照杜先生后，更照何人始得，则自不能不有此问也。

到蜀后记途中经历

　　剑峰重叠白云漫，忆昨来时处处难。大散岭头春足雨，褒斜谷里夏尤寒。

○**后解**　此"重叠白云漫"，乃是既过栈去，回指剑峰而叹。言今但见其重叠如此，不知其中间，乃有千崎万岖如大散岭，褒斜谷，真非一崎一岖而已；今但望见其白云如此，不知其中间乃有异样节气，如春足雨，夏犹寒，真非寻常节气而已。"处处难"之为言其难非可悉数，非可名状，在事后思之，犹尚通身寒噤者也。

　　蜀门去国三千里，巴路登山八十盘。自到成都烧酒熟，不思身更入长安。

○**后解**　后又言，已后直是不愿更出。此特别换笔法，再诉入来之至难也。言入来既是三千里、八十盘，后如出去，则照旧三千里、八十盘。人身本非金铁，堪受如此剧苦耶？"成都烧酒熟"者，并非逢车流涎之谓，如云任他水土敝恶，我已决计安之也。

〔明〕 佚名
《花鸟图册》

来鹏

豫章人

家于徐孺子亭边，以林园自适

大中咸通间，举进士不中，客死维扬。

鄂渚除夜书怀

鹦鹉洲边夜泊船，昏灯独客对凄然。难归故国干戈后，欲告何人雨雪天。

◎**前解** 除夕诗，窘中已苦，又在客中；客中已苦，又在船中。看他已是凄然独客，却偏欲写"对"字。试问与谁为对？情知只有一灯。意犹以为未尽，又再加一"昏"字，此真是写杀凄然也。三，干戈难归，犹是通写一年，其苦犹缓，四，雨雪无告，乃是独写此夕，其苦大剧。又况起手，因在鄂渚，便决不肯放过"鹦鹉洲边"四字，读之真俗损人年寿也。

箸拨冷灰书闷字，手摊寒席去孤眠。今年又是无成事，明日春风更一年。

○**后解** 拨灰书闷，苦在"冷"字；摊席孤眠，苦在"手"字。"冷"字知其除夜船中并无一点炭火，"手"字知其并无一介僮仆也。七八，今年无成，妙在"又是"字；明日春风，妙在"更"字。"又"字知其前已不止今年，"更"字知其后亦未必明年也。

崔鲁

大中时进士

荆南人

慕杜紫微为诗，有《无机集》四卷。

春日即事

一百五日又欲来，梨花梅花参差开。行人自笑不归去，瘦马独吟真可哀。

◎前解　通解只写得"又欲来"之三字，犹言还是去年一百五日欲来之前，决计求归，既而看看渐不得归，今则不料又是一百五日又欲来也。梨花梅花尽开者，赖是二花不会说话，不然，几乎被其大作谐笑。云此瘦马独吟之人，还在此处，直是更无旋面之地可以自活也。

杏酪渐香邻舍粥，榆烟欲变旧炉灰。画楼春暖清歌夜，肯信愁肠日九回。

○后解　看他五六之"渐"字、"欲"字，直于一日半日中间，细细分铢分两。此岂亦学观缘比丘注眼刹那刹那，盖正是末句"愁肠九回"中所夹之"日"字也。又别写"画楼春暖清歌夜"者，使人不觉洒泪再看其前之一"独"字也。

春晚岳阳言怀

烟花零落过清明，异国光阴老客情。云梦夕阳愁里色，洞庭春浪坐来声。

◎**前解**　"烟花"自来必要"零落"，"清明"自来必要"过"。今忽谓之为"异国光阴"，又谓之为"老客情"者，则我不知定是异国之光阴，故老客不禁，抑定是老客之情，故光阴亦异也。三，"云梦夕阳"言今日又过，四，"洞庭春浪"言何时得去。"坐来声"者，言可惜如许好浪，却只兀坐于此也。

天边一与旧山别，江上几看芳草生。独凭阑干意难写，暮笛呜咽起孤城。

○**后解**　五，"旧山别"加"天边一与"四字，便写尽懊悔。六，"芳草生"加"江上几看"四字，便写心沉屈。七，"意难写"，正即此一段意，"写"之为言泻也，"难写"之为言不可摆布也。八，言正当此时而城笛又起，于是收心卷意，黯然遂止也。

〔明〕 陈洪绶

《花鸟精品册之一》

曹邺

字邺之

大中进士第，洋州刺史。诗三卷。

其诗多刺时愤世之作，风格古朴，多采民谣口语入诗，《官仓鼠》《捕鱼谣》等颇为世所传诵。与刘驾并称"曹刘"。

碧浔宴上有怀知己

荻花芦叶满溪流，一簇笙歌在水楼。金管曲长人尽醉，玉簪恩重独生愁。

◎**前解** 二是"一簇笙歌"，一衬之却是"荻花芦叶"。相其神态，早自不欢。三"人尽醉"妙，中有不醉者，然则此七字，便是不醉人眼中更看不得之事也。四"玉簪"即其所怀知己，可知。○看他三四写满眼人不是心中人，人生感恩不感恩，真是大段勉强不得。

女萝力弱难逢地，桐树心孤易感秋。莫怪当欢却惆怅，全家欲上五湖舟。

○**后解** 此诗与题，章法最奇。题是"碧浔宴上有怀知己"，诗却是碧浔宴上无一知己。五写至今未有托足，六写对人只是心孤。然则逝将弃汝，适彼沧波。"全家"字妙，言决于去，已更无少恋。三复吟之，令人下泪也。

李群玉

字文山

澧州人

　　好吹笙，善急就章，喜食鹅。裴休观察湖南，厚延致之，及为相，荐授校书郎，东归，卢肇送诗云："妙吹应谐凤，工书定得鹅。"是也。诗三卷。

金塘路中

山连楚越复吴秦，蓬梗何年是住身。黄叶黄花古城路，秋风秋雨别家人。

◎ **前解**　一解诗，只起一句已尽。言今日金塘路中，去楚亦可，去越亦可，去吴去秦皆可。然则今日还是何处去之为是，而又不能一处亦皆不去。然则我此一身，为飘蓬断梗，真不知得往之在何年也。"黄叶黄花"是写路，"秋风秋雨"是写人。路即楚、越、吴、秦之路，人即飘蓬断梗之人。亦三承一，四承二法也。

冰霜想渡商于冻，桂玉愁居帝里贫。十口系心抛不得，每回回首即长颦。

◎ **后解**　此五六最为愤激，言丈夫生于世间，何至头颅如许，尚然百无一就。然则走胡走粤，正自有何不可，而更求紫求米，终然被缚牖下乎。七八，急承只为"十口系心"。嗟乎！古来无限大才，大抵皆坐此矣。

九子坡闻鹧鸪

落日苍茫秋草明，鹧鸪啼处远人行。正穿诘曲崎岖路，更听钩辀格磔声。

◎ **前解**　三"诘曲崎岖"，承"远人行"；四"钩辀格磔"，承"鹧鸪啼"。其极写恶状全在"正穿""更听"四字，言正穿如此恶路，再听如此恶声；倒转又是正听如此恶声，再穿恶路也。抑又不宁惟是，看他起句又先写得"落日苍茫秋草明"七字，则是"正穿诘曲崎岖路"，又"落日苍茫秋草明""更听钩辀格磔声"，又"落日苍茫秋草明"。此为恶极之恶极也。

曾泊桂江深岸雨，亦于梅岭阻归程。此时为尔肠千断，乞放今宵白发生。

◎ **后解**　哀苦诗，自来无逾此篇。看他前解苦，后解更苦，不知其用几副车轮，向肚中盘转，方始直说到这里也。言桂江一鹧鸪，梅岭又一鹧鸪；桂江肠千断，梅岭又肠千断。然则单单只求放过今宵，此亦大开天地之心者也。○看他上解只是一鹧鸪，下解忽然添出无数鹧鸪，真为绝世才子之笔。

秣陵怀古

野花黄叶旧吴宫，六代豪华烛散风。龙虎势衰佳气歇，凤凰名在故台空。

◎**前解** 现见眼前实境，止是野花黄叶，又能指其何处为书本上
"六代豪华"乎？三四"龙虎""凤凰"，即承"六代豪
华"。其"衰"字、"歇"字、"在"字、"空"字，则承
"野花黄叶"也。

市朝迁变秋芜绿，坟冢高低落照红。霸业鼎图人去尽，
独来惆怅水云中。

◎**后解** 因思市朝未迁变，即坟冢未高低。一时人人碧眼，辈辈虬
须，辘辘朱轩，骎骎白马，此时置我其间，方不知列在何
等也。何期日月不停，兴亡交臂，一朝瓦散，万古灰灭，
今日独来，但见水云。呜呼！人生真有何据，而必争霸业
鼎图耶？

李郢

字楚望
大中进士第

侍御史。诗一卷。长安人。

江亭晚秋

碧天凉冷雁来初，闲看江亭思有余。秋馆池台荷叶歇，野人篱落豆花疏。

◎**前解** 落手写一"碧"字，便知其是先看凉天，次看江亭。先看凉天、次看江亭者，不凉当不看，不看当不见雁，不见雁当不心动晚秋，不心动晚秋则又何故而看江亭也。三四池台荷歇，篱落豆疏，是一片晚秋，是一片愁绪，先写成以待后解转出"无愁"二字也。

无愁自得仙翁术，多病能忘柱史书。闻说故园香稻熟，片帆归去就鲈鱼。

○**后解** 五六如此转岂不奇，言自从学道之后，颇复不被缘感。然一向病魔见侵，未免有意玄功。则值此稻熟鲈肥之际，何为而不片帆归去耶？看他满肚欲归，偏又作此闲闲之笔，所谓文人各自有其专家也。

晚泊松江驿

　　片帆孤客晚夷犹，红蓼花前水驿秋。岁月方惊离别尽，烟波别驻古今愁。

◎**前解**　先生诗，每每比人意欲高一搀手。如起句"片帆孤客"，看他只下"夷犹"二字，便说得自己心眼直是超出常人心眼之外。盖三之"方惊离别"，便是常人心眼；四之"别驻古今"，便是自己心眼。常人心眼，不出蓼花水驿之前；自己心眼，实在片帆夷犹之外也。

　　云阴故国山川暮，潮落空江网罟收。听得吴王旧歌曲，棹声遥散采菱舟。

○**后解**　五山川暮，六网罟收，七八棹歌遥散。一日末后不过如此而已，一生末后不过如此而已，一代末后不过如此而已。然则日日末后不过如此而已，生生末后不过如此而已，代代末后不过如此而已，此即上解所云千古剧愁。试思片帆若不夷犹，我乘千里马真先安之哉！

江亭春霁

江篱漠漠荇田田，江上云亭霁景鲜。蜀客帆樯背归燕，楚山花木怨啼鹃。

◎**前解**　写"霁景"，却从江篱江荇着手，此最是写霁第一妙理。盖自来新晴之初，独有水滨与朝光相切，便得最先知觉，此固非睡梦烂熟之人所晓也。"蜀客帆樯"者，写西望亦霁也。"楚山花木"者，写东望亦霁也。一解纯写霁景也。

春风掩映千门柳，晓色凄凉万井烟。金磬泠泠水南寺，上方台殿翠微连。

○**后解**　一解写霁后之所平望也。"掩映千门柳"，言何处不在春风；"凄凉万井烟"，言何处不悲晓色。因而遥望水南翠微，心感泠泠金磬，犹言苍生方且如此，殊未卜税驾之何年也。

暮春山行田家歇马

雨湿菰蒲斜日明，人家煮茧掉车声。青蛇上竹一种色，黄蝶隔溪无限情。

◎**前解**　一写是日晚色，二写是时物候，三四写是地风土。曷为先写晚色，次写物候？盖题是"歇马"，则日晚之情急暮春之情缓也。曷为一写物候，随写风土？盖既得歇马，则日晚之情缓，暮春之情又急也。

何处渔樵将远饷，故园田土忆春耕。千峰霭霭水潺潺，羸马此中愁独行。

○**后解**　前解只是初至田家，求歇马处。此解乃是已得田家，遂触归绪也。渔樵将饷，既不知处，曷辨其远？既说是远，曷云知处？总是骤到此中，了无扪摸，而又刺眼应心，不啻口出，于是不自觉有此恍惚之语也。"千峰霭霭水潺潺"，即八之"此中"二字。"愁独行"者，愁而独行。此二语乃既歇马后自哭自诉之文，非正独行也。

古樹雲餘葉
老紅寒檜稠
蒼夕陽巾誰
如筆床苓荄
字宮出兔卿
句獨工

古林寒雀

〔明〕 蓝瑛
《花鸟册》

李频

字德新

睦州寿昌人

少秀悟，逮长，庐西山。多所记览，其属辞于诗尤长。与里人方干善，给事中姚合以女妻之。大中八年擢进士第，调秘书郎，为南陵主簿，判入等，再迁武功令。俄擢侍御史。守法不阿徇，累迁都官员外郎。表丐建州刺史，既至，以礼法治下，更布条教。卒于官，父老为立庙黎山，岁祠之。集一卷。

湘中送友人

中流欲暮见湘烟，岸苇无穷接楚田。去雁远冲云梦泽，离人独上洞庭船。

◎**前解** 一句是面前湘江，二句是江之隔岸，三句是极望前途。由面前而隔岸，而极望，盖先默忖别事，悄窥船势，一递一递，转远转远。然则此间斗地分手，便是杳不相见，而如之何可以放离人独上船也。看他一解，先次第写一二三句，下独接第四一句，又一斩新章法。一，看他"中流"字，二，看他"无穷"字，三，看他"远去"字。此为一递一递，转远转远。四，看他"独上"字，此为斗地分手，杳不相见也。盖"独"，乃与我分手而独，非无人同行而独也。切须细辨之。

风波尽日依山转，星汉通宵向水悬。零落梅花过残腊，故园归去又新年。

○**后解** 前解写未上洞庭船已前，此解写既上洞庭船已后也。"风波尽日"，是写洞庭船画行；"星汉通宵"，是写沿庭船夜行。七八言如此昼夜兼行，则冬春之交，必得到家，然而独奈我何哉！

鄂州头陀寺上方

高寺上方无不见，天涯行客思迢迢。西江帆挂东风急，夏口城冲楚塞遥。

◎ **前解** 一解非写高寺上方，正写天涯行客也。言既身为行客，即何日不在西江帆下，夏口城边？徒以一身落在其中，竟不自知可笑。今日忽然登此高寺，望见他人疾驱如此，前去渺然，真不知其着何来由，甘心梦梦若此，于是而惭愧忏悔，在佛菩萨座前，不觉一时并发也。要识其"迢迢"二字，半生身为行客，此日乃始亲睹行客之状，于是立地发心，思向禅门并销，谓之"迢迢"也。

沙渚渔归多湿网，桑林蚕后尽空条。感时叹物寻僧话，惟向禅心得寂寥。

○ **后解** 五六言渔归则网湿，喻事苦身劳，蚕尽则桑空，喻功成身殁。夫事方苦，则身敢辞劳；然功一成，即身已先殁。人生世上，幼学壮行，及至到头，大抵如斯矣。仔细筹量，惟有大雄门下，寂寂寥寥，前亦无劳，后亦不殁。然则我今舍此，其又安去也耶？

〔清〕 吴璋
《花鸟图册》（局部）

方干

新定人
字雄飞

广明、中和间，为律诗，江之南未有及者。始谒钱唐守姚公合，公视其貌陋，初甚侮之。坐定，览卷，骇目变容而叹之。先生一举不得志，遂遁于会稽，渔于鉴湖。为人质野，每见人，设三拜，识者呼为"方三拜"。少年，唇缺，后遇医补唇，年已老矣，因又号为"方补唇"。卒，弟子洪农扬弇编其诗，请舍人王赞为之序。赞序云"张祐升杜甫之堂，方千入钱起之室"。集十卷。

题乌龙山禅居

曙后月华犹冷湿，始知坐卧逼天宫。晨鸡未暇鸣山底，早日先来照屋东。

◎**前解** 看他一二怪月，三四怪日。言果曙后耶，鸡胡不鸣？果鸡未鸣耶，胡又曙后？若指屋东者，日早已在此；则亦指冷湿者，月尚还在此也。一解四句，拉拉杂杂，亦非写日，总只写此山之高，妙妙。

人世驱驰方丈内，海波摇动一杯中。伴师长住自难住，下去仍须入俗笼。

○**后解** 前解写乌龙之高，后解写俯瞰之大，然而实实至言妙道也。五言众生尽智竭力，何曾跳出禅榻；六言业相翻天倒地，何曾少异禅心。然则佛门广大如此，我今又当何去？而又终不得不且去者，福浅、罪深、痴多、慧少，固不能以自力也。○先生不惟精诗，乃又精佛。人不甚说，此是何故？

司空图

字表圣

河中虞乡人

咸通末，擢进士。礼部侍郎王凝特所奖待。僖宗次凤翔，即行在拜知制诰，迁中书舍人，后以疾解。昭宗在华，召拜兵部侍郎，图阳坠笏，趣意野耄，乃听还，居中条山王官谷，有先人田，遂隐不出。作亭观素室，悉图唐兴节士文人，名亭曰"休休"，作文以见志，曰："休，美也。既休而美具，故量才，一宜休，揣分，二宜休，耄而聩，三宜休。又少也惰，长也率，老也迂，三者非济时用，则又宜休。"因自目为耐辱居士，豫为冢棺，遇胜日，引客坐圹中，赋诗，酌酒，裴徊。客或难之，图曰："君何不广耶？生死一致，吾宁暂游此中哉。"每岁时祠祷鼓舞，图与闾里耆老相乐。王重荣父子雅重之，数馈遗，弗受。尝为作碑，赠绢数千，图置虞乡，市人得取之，一日尽。时寇盗所过残暴，独不入王官谷，士人依以避难，朱全忠已篡，召为礼部尚书，不起。哀帝弑，图闻，不食而卒，年七十二。集三十卷。

寄赠诗僧秀公

  灵一心传清昼心，可公吟后础公吟。近来雅道相亲少，
惟仰吾师独得深。

◎ **前解** 此亦倒装诗，为欲谢彼访我，因先述我仰彼也。轻轻抬出
    四前辈妙，此非请四公比秀公，亦非推秀公接四公，只是
    远远举得四公便住口，已后更不肯轻向齿缝唇尖再许一个
    半个。于是遂使"近来"字、"少"字、"惟仰"字、"独
    得"字，字字清清冷冷，如扣哀玉之声也。

  好句未安无暇日，旧山得意有东林。冷曹孤宦甘寥落，
多谢携筇数访寻。

◎ **后解** 此言秀公凡有四不应访也。一、句字未安，不应辍笔也；
    一、林泉得意，不应下山也；一、官落闲曹，料无河润
    也；一、人方独立，别无奥援也。是为反覆寻求，决无访
    理。而公方且不惟一访而已，至于再，至于数，然则虽欲
    不寄谢，必不可得也。

张乔

池州人

有诗名

咸通中，与许棠、俞坦之、剧燕、任涛、吴宰、张蠙、周繇、郑谷、李栖远、温宪、李昌符，谓之"十哲"。京兆府解试《月中桂诗》，乔擅场。巢寇为乱，隐九华。集二卷。

河中鹳雀楼

　　高楼怀古动悲歌，鹳雀今无野燕过。树隔五陵秋色早，水连三晋夕阳多。

◎**前解**　相传旧是鹳雀，今来乃见野燕，因而不觉悲从中动，歌达于外也。细思当时初建此楼，取名鹳雀，人物何等人物，意思何等意思。迨于今日，飞飞野燕，前人亦不知后，后人亦不知前，抑岂惟一楼而已。虽北望五陵，西望三晋，秋色亦既如此，夕阳又能几何！真是古古今今，大抵如斯，不哭不能，欲哭无谓也。

　　渔人遗火成寒烧，牧笛吹风起夜波。十载重来值摇落，天涯归计欲如何。

◎**后解**　此后解妙于"十载重来"四字写感，"欲如何"三字写悟。如此，方是真正感，方是真正悟，不是他时他人传闻异辞之感，付之无奈之悟而已也。言在十载以前，此地此楼，是身亲见，繁华生聚，岂可悉数。曾几何时，而肘腋之侧失在不意，堤穿河溃，木蠹厦倾，遂一至此。此譬如渔人牧子，遗火吹风，人何足防？事何足说？然而燎原烘天，浪高过阁，其伏至微，其发至巨，然则人生世间，转眼不测，成家立业，果欲几年也。

胡曾

长沙人

咸通中

举进士不第，为汉南节度从事。有咏史诗一卷。

寒食都门作

二年寒食住京华，寓目春风万万家。金络马衔原上草，玉颜人折路傍花。

◎ **前解**　"寓目"字苦。"寓目"之为言身立道傍，馋眼饱看，而于我全无分也。"万万家"妙，便是万万金络马，万万玉颜人。再加"春风"妙，人亦春风，马亦春风，便是万万春风，此自是写今年寒食。然于初动笔，便写"二年"字者，盖去年初至都门，或是换插不入，今既遥遥，又经三百有六十日，而再一寒食矣，犹然只得寓目，此为失路之至苦也。

轩车竟出红尘外，冠盖争回白日斜。谁念都门两行泪，故园寥落在长沙。

○ **后解**　此"轩车""冠盖"即七句之"谁"字也。朝则竟出，不见人面上有两行泪也。暮则争回，不见人面上有两行泪也。"红尘外"写其"竟出"之势，"白日斜"写其"争回"之势。末句妙妙，设不得此语，几谓"两行泪"是切望其残羹冷汁矣。"两行泪"乃为"故园"落，然则二年前一段高兴，岂堪复问哉？

唐彦谦

字茂业

并州人

　　咸通末，应进士，才高负气，无所屈降，十余年不第。王重荣镇河中，辟为从事，累奏至河中节度副使，历晋、绛二州刺史。彦谦博学多艺，文词壮丽。至于书画音乐博饮之技，无不出于辈流，尤能七言诗。少时师温庭筠，故文格类之。卒于汉中，有《鹿门先生集》三卷。即陶谷之祖也，谷避晋祖讳，改姓唐。

蒲津河亭

宿雨清秋霁影澄，广庭高榭向晨兴。烟横博望乘槎水，日上文王避雨陵。

◎ **前解** 通解只写得"向晨兴"三字，不知夜来思念何事，其早更不能寐，因而披衣下床，开户直视，见雨又收，天又霁，庭又广，树又高，如此好时好日，我当如何若何？三四"烟横""日上"写起得过早也。其"博望乘槎""文王避雨"字，皆只文章点染，可知。

孤棹夷犹期独往，曲栏愁绝只长凭。思乡怀古兼伤别，况此哀吟意不胜。

○ **后解** 五孤舟独往，言思乡，一宜往也，怀古，二宜往也，伤别，三又宜往也。若得趁此清秋，果然遂往，此真夷犹之至也。六"曲栏长凭"，言思乡于此凭也，怀古于此凭也，伤别又于此凭也。可惜如许清秋，每日长凭，岂非愁绝之至也？末又加"况此哀吟"，此便是思乡、怀古、伤别外，自寻出第四件苦事矣。

章碣

孝标之子
登乾符中进士第

诗一卷。遇乱流落而终。其诗多为七律，喜讥讽时事，颇有愤激之音。所作《焚书坑》《东都望幸》均颇传诵。

桃源

绝壁相欹是洞门，昔人从此入仙源。数株花下逢珠翠，半曲歌中老子孙。

◎**前解** 此诗咏桃源，前只是"绝壁相欹"四字，后只是流水绕村四字，并不说定有桃源，亦并不说定无桃源，便如太史公叙许由数行，只道得个"此何以称焉"，又道得个"其上有许由冢"云，遂为空行无着之作也。〇"绝壁相欹"四字妙妙。人人相传桃源有洞口，据我看之，只是"绝壁相欹"而已。三四二句，又不甚似引陶元亮记，存以俟之。"老子孙"，言洞中半曲，洞外人已老也。

别后自疑园更梦，归来谁信钓翁言。山前空有无情水，犹绕当时碧树村。

〇**后解** 五六措语甚好，言此等境界，自尚欲疑，人如何信。七八措语又好，言所可据者的的有山，的的有水，的的有林，的的有树而已。

皮日休

字袭美

隐鹿门山

自号"醉吟先生"，以文章自负，尤善箴铭。咸通八年，登进士第。为著作佐郎，太常博士。乾符丧乱，东出关，为毗陵副使。陷巢贼中，贼遣为谶文，疑其讥已，遂害之。集一卷，又《胥台集》七卷，《文薮》十卷，诗一卷。集乃咸通丙戌年居州里所编。

西塞山泊渔家

白纶巾下发如丝，静倚枫根坐钓矶。中妇桑村挑叶去，小儿沙市买蓑归。

◎**前解** 写此渔人白发如丝，则是静坐钓矶，殆已终身也，特未悉其生计如何耳。乃闻挑叶桑村，中宵机杼，买蓑沙市，暑雨力田，则是男耕女织，又堪终岁也。人生但得如斯，便是羲皇以上，我殊不解长安道上策蹇疾驱者，彼方何为也。注眼须看"白纶"七字。

雨来莼菜流船滑，春后鲈鱼坠钓肥。西塞山前终日客，隔波相羡尽依依。

○**后解** 若更就其终日论之，则又有雨余莼菜，春后鲈鱼，一日既然，无日不尔。山前过客，隔波劳羡，于是终日依依，欲托暂宿，不知今日虽终，明日仍别，虽复依依，竟成何益哉。

病后即事

连钱锦暗麝氛氲，荆思才多咏鄂君。孔雀屏开窥沼见，石榴红重坠阶闻。

◎**前解**　前解，分明真是病后人眠，又无奈起又不得，于是迁延被中，闲思闲算，闲见闲闻也。"连钱"，被上锦纹也。"麝"，被之余香也。此因一向病中全然不觉，乃今始得闲看闲嗅也。"荆思"七字，接上闲自谮浪也。言设有楚人来见之者，定被说是舟中王子也。"见"，言一向病中不见，我今见也。"闻"，言一向病中不闻，我今闻也。问其何见？曰：我见孔雀窥沼也。又自释曰：为屏开，故窥沼也。问其何闻？曰：我闻石榴堕阶也。又自释曰：为红重，故堕阶也。便活画尽病新愈人詹詹自喜。此俱是被中语。

牢愁有度应如月，春梦无心只似云。应笑病来惭满愿，花笺好个断肠文。

○**后解**　后解，妙绝妙绝。言我生平多愁，曾不暂辍，不料一病，反得尽捐，此亦苦中之一乐，近来之私幸也。乃今病如得去，必当愁将又来，譬如初月再苏，终至渐渐盈满，可奈何！然我亦惟悉将春梦，尽付浮云。并弃笔墨，永除绮语，一任世人笑我，沉满愿犹有断肠诗，而子病后竟至才尽耶？亦任受之矣。

奉和鲁望新夏东郊闲泛有怀

水物轻明淡似秋，多情才子倚兰舟。碧蓑裳下携诗草，黄筱楼中挂酒筥。

◎**前解** 通篇只是"水物轻明"一句写新夏景。其余，前解只是写"鲁望"，后解只是写奉和，切勿将五六亦作写景看也。○"才子"，指鲁望也。"多情"，感其有怀也。"倚兰舟"，东郊闲泛也，只二句，便将一题十有二字止留"奉和"未写，其余已是写教尽也。三四，再写舟中鲁望。看他点缀诗酒，都是别样。

莲叶蘸波初转棹，鱼儿簇饵未谙钩。共君莫问当年事，一点沙禽胜五侯。

○**后解** 此写奉和也。当我辈转棹之年，正是彼彼簇饵之年。嗟乎，嗟乎！莲叶蘸波便已转棹，我辈转诚太早，只是少年不谙，因簇芳香，其簇不大可怜耶？因与鲁望再订前盟：毋以五侯易我沙禽，其得其失，到头自知，莫谓今日计之不早也。

陆龟蒙

字鲁望
少高放

通六经大义，尤明《春秋》。举进士，一不中，往从湖州刺史张抟游。抟历湖、苏二州，辟以自佐。尝至饶州，三日无所诣，刺史蔡京率官属就见之，龟蒙不乐，拂衣去。居松江甫里，多所论撰，虽幽忧疾痛，资无十日计，不少辍也。文成，窜稿箧中，经年不省，为好事者盗去，得书熟诵，乃录。仇比勤勤，朱黄不去手。所藏虽少，其精皆可传，借人书，篇帙坏舛，必为辑褫刊正。有田数百亩，屋三十楹。田苦下，雨潦则与江通，故尝苦饥。嗜茶，置园顾渚山下，岁取租茶，自判品第。初病酒，其后不复饮。不喜与流俗交，虽造门不肯见，设蓬席，赍束书、茶灶、笔床、钓具往来，时谓"江湖散人"，或号"天随子""甫里先生"。以高士召，不至。李蔚、卢携素与善。及当国，召拜左拾遗。诏方下，龟蒙卒。著《吴与实录》四十卷，《笠泽丛书》四卷。又咸通中，崔璞守吴郡，皮日休为郡从事，与处士陆龟蒙为文会之友，风雨晦冥，蓬蒿翳荟，未尝不作诗。璞间为诗，亦令二人属和。吴中名士，亦多与焉。一年间所作盈积，裒为《松陵集》十卷。

别墅怀归

泽国初冬和暖天，南荣方好背阳眠。题诗朝忆复暮忆，见月上弦还下弦。

◎**前解**　"泽国"，言三吴笠泽之国也。"初冬"，言十月日行南陆也。笠泽之国，地气暄姜，故曰"和"也。日行南陆，景在檐下，故曰"暖"也。一二言五十始衰，身中洒洒忽思南檐正宜暴背。三言刻刻在意，四言迟迟未归也。

遥为晚花吟白菊，近炊香稻识红莲。何人授我黄金百，买取苏君负郭田。

○**后解**　"遥"之为言多时，"近"之为言即日，言多时篱菊在怀，即日稻进扑鼻，此又加染南荣之下也。然而百金何来？负郭谁致？开眼作梦，终成浪说也。

小雪后即事

⌄
⌄

时候频过小雪天，江南寒色未多偏。枫汀尚忆逢人别，麦龙惟应欠雉眠。

◎**前解**　一，多一"频"字，二，多一"偏"字。"频"者，年年一样之谓。"偏"者，独有这里之谓。不争此二字，便是不复成诗也。三四极写之。三言江南小雪后，分明还是深秋，试看枫汀，犹似有人握别也。四言江南小雪后，分明直是初夏，试看麦陇，无非只少雉眠也。

更拟结茅临水次，偶因行乐到村前。邻翁意绪相安慰，多说明年是稔年。

○**后解**　五六为邂逅邻翁之因由也，然亦皆写寒色未多也。"意绪"，字法，犹言不啻若自其出口出。

中秋后待月

转缺霜轮上转迟，好风偏似送佳期。帘斜树隔情无限，
烛暗香残坐不辞。

◎**前解**　"转缺"，是意思已坏；"转迟"，是意思初好。人生年
过五十，偏是意思已坏，偏是意思初好，便果然有如此痴
事也。"好风送佳期"又妙。风之与月，曾有何与？乃为待
月不到，且借风来自解。人生在不得意中，便又真有之也。
"帘斜树隔"妙妙。不是月来被遮，乃是月未来时，先自为
之清宫除道。"烛暗香残"妙妙。不是真到黑暗，乃是未曾
暗前，先自发愿终身忽谖也。真是世间异样笔墨。

最爱笙调闻北里，渐看星淡失南箕。何人为校清凉力，
欲减初圆及午时？

○**后解**　五六又妙又妙。言极意待月却不到，才分念，月却已来
也。七八忽作微言，言今夜是十六，前夜是十四，昨夜是
十五。十六是"欲减"，十四是"初圆"，十五是"及
午"。此三夜，相去至微，粗心人方乃不觉。然而但差一
分气候，必差一分斤两。由辨之，不早辨此，胡可以不校
耶？五六真出神入化妙笔，七八真茧丝牛毛妙理，并非
笔墨之家之恒睹也。日以一日经天，故日中为午。月以一月经
天，故月半为午。

春雨即事

小谢轻埃日日飞，城边江上阻春晖。虽愁野岸花房冻，还得山家药笋肥。

◎**前解**　"散漫似轻埃"，小谢咏雨语也，苦在"日日"二字。"城边"，言不得踏青也。"江上"，言不得放船也。看他只有一二略写愁闷，至三四早向愁闷中寻出欣慰来也。学道人于人间世，只合如此矣。

双屐着频看齿折，败裘披苦见毛稀。比邻钓叟无尘事，洒笠鸣蓑夜半归。

○**后解**　此又自写其苦，而言世间方有更苦于我者，相形论之，则复欣慰也。夫屐齿烂折，裘毛褪稀，积雨之恶，实为无量。然而屐折犹可高卧，裘稀犹可拥被，若夫南邻北舍，又有半夜冲雨，发根尽湿者，彼独何人哉。"无尘事"，言并非官事勾连，死丧匍匐，不过求觅升合，存活妻子。而其艰难之状，已至于斯，苦乐真有何定哉！

褚家林亭

一阵西风起浪花，绕栏干下散瑶华。高窗曲槛仙侯府，
卧苇荒芹白鸟家。

◎**前解** 相其意思，乃如不，要作诗也者，闲闲然，只就此林亭
中，纵心定欲搜捕奇景。而一时忽然注眼，亲见此境大
奇，于是大叫笔来，卷袖舒手，疾忙书之。到得书成放
笔，已连自家亦不道适来有如此之事也。"一阵西风"，
言直从太湖卷水来也。"起浪花"，言风卷水至亭根，澎
湃而上也。"绕栏""散华"，言溅水小大，如珧如钱，如
豆如珠，飞落于阑干两面也。"仙侯府"，言观其亭上，
则一何朱碧窈窕也。"白鸟家"，言望其亭下，是又何萧
骚空旷也。

孤岛待寒迎片月，远山终日送余霞。若知方外还如此，
不要乘秋上海槎。

○**后解** "孤岛""片月"写出不是人间清凉。"远山""余霞"，
写出不是人间绮丽。因言方外清凉绮丽，若复不过如此，
则又何用舍此他去也。

李洞

字才江

京兆人

　　唐诸王孙也。慕贾浪仙为诗，铸其像，事之如神，尝念贾岛佛。所作诗，人多笑其僻涩，不能赏其奇峭，惟吴子华知之。子华才力浩大，八面受敌，尝以百篇示洞，洞曰：大兄所示百篇，中有一联绝唱，《西唱新亭》曰："暖漾鱼遗子，晴游鹿引麑。"子华不怨所鄙，而喜所许。不第，游蜀卒。诗一卷。

毙驴

蹇驴秋毙瘗荒田，忍把敲吟旧竹鞭。三尺桐轻背残月，一条藤瘦卓寒烟。

◎**前解**　某尝言：人生难得是相知，而难而尤难更是相守。此言岂不韪哉？如妻妾与友生，以知我而守我，此情不复具论。世则别有未必知我，而终守我，此真使我无可奈何之至者也。如长须苍头，如缺齿青衣，如下泽病马，如篱落瘦犬，彼于主人，则岂解其眼光乃看何处，心头乃抱何事者，而相随以来，无理不共，饥寒迫促，永无间然。一信十年廿年直于我乎归老，纵复严被驱遣，亦别无路可去。嗟乎！嗟乎！身为篓人，自不能救，余粒曾几，感此相依，惭愧固不待言，恩义如何可报？今日忽然读到此诗，真是一片至情至理。更无论太上、其次，总是欲不如是，而有不得，切勿谓高人之多事也。○一解只写得一"忍"字，"忍"之为言"不忍"也。言我一鞭、一桐、一藤，当时与此一驴，乃至并一李先生，是真所谓五一合为一副者也。今日不幸，一既毙而埋矣，而如之何其一犹把，其一犹背，其一犹卓，是可忍孰不可忍者乎？"忍"字便领尽三句，此亦暗用黄公酒垆不能重过，西州路门恸哭叩扉故事也。

通吴白浪宽围国，倚蜀青山峭到天。如画海门揩肘望，
阿谁教买钓鱼船。

○ **后解** 想到游吴，想到游蜀，想到游海门。言从今一总不复再
往，纵或兴会偶及，亦只揩肘一望即休。昨日有人教买钓
船，粗毕余年，想不能负此心也。一毙驴，写来便如先主
既失诸葛相似，奇绝！

〔清〕 郎世宁
《仙萼长春图册之虞美人蝴蝶花图》（局部）

曹唐

字尧宾

桂州人

初为道士，太和中举进士，为使府从事。作游仙诗百余篇，其友人曰："尧宾曾作鬼诗。"唐曰："何也？"曰："'水底有天春寂寂，人间无路月茫茫。'非鬼诗而何？"唐大哂。数日，唐殂。诗三卷。

暮春戏赠吴端公

∨
∨

年少英雄好丈夫，大家望拜执金吾。闲眠晓日听鹮鸠，笑倚春风仗辘轳。

◎**前解** 此甚惜端公少年英物，而屏著闲处也。前解只是疾恶如仇一意。《汉书》颜师古注：金吾，鸟名，性辟不祥。天子出，执此鸟之像先导，以御非常，遂为官名也。服虔《异物志》：鹮鸠，博劳也。《古诗》：腰中辘轳剑，可值千万余。宋孝武孝建二年，削弱王侯，剑不得为辘轳形，是也。诗意言端公年少英雄，人望其为金吾，此何故哉？岂非一闻恶声，即拔剑而起，其性嫉耶？实称其官也耶？

深院吹笙闻汉婢，静街调马任羲奴。牡丹花下钩帘外，独凭红肌捋虎须。

○**后解** 然则朝廷早以金吾处端公否？曰：未也，今方钩帘对花、凭妾捋须焉耳。胡为钩帘对花、凭妾捋须？曰：端公亦真无可奈之何也。夫以院婢吹笙而不往听，街奴调马而不往观，则其心头自另有一段缘故也。然而终亦钩帘对花、凭妾捋须而已，则知朝廷之于人才，亦大略如是也。后解只是闲住不乐一意。"捋虎须"，自是书空咄咄之意，又加"凭红肌"者，壮士一段雄心销磨不得，最是妇人销磨之也。

413

郑谷

字若愚

袁州人

故永州刺史之子。幼年，司空图与刺史同院，见而奇之曰："曾吟得丈丈诗否？"曰："吟得。""莫有病否？"曰："丈丈《曲江晚望断》篇云：'村南斜日闲回看，一对鸳鸯落渡头。'即深意矣！"司空图叹息抚背曰："当为一代风骚主！"乾宁中为都官郎中，卒于家。谷自叙云："故许昌薛尚书为都官郎中，后数年，建州李员外频自宪府拜都官员外，皆一时骚雅宗师，都官之曹，振盛于此。余受早知，今忝此官，复是正秩，何以相继前贤耶？"有《云台编》三卷，又《宜阳集》三卷。

鹧鸪

暖戏烟芜锦翼齐，品流应得近山鸡。雨昏青草湖边过，花落黄陵庙里啼。

◎**前解** 咏物诗纯用兴最好，纯用比亦最好，独有纯用赋却不好。何则？诗之为言思也，其出也，必于人之思；其入也，必于人之思。以其出入于人之思，夫是故谓之诗焉。若使不比、不兴，而徒赋一物，则是画工金碧屏幛，人其何故睹之而忽悲忽喜？夫特地作诗，而人不悲不喜，然则不如无作，此皆不比、不兴，纯用赋体之过也。相传郑都官当时，实以此诗得名，岂非以其"雨昏""花落"之两句？然此犹是赋也。我则独爱其"苦竹丛深春日西"之七字，深得比兴之遗也。

游子乍闻征袖湿，佳人才唱翠眉低。相呼相唤湘江曲，苦竹丛深春日西。

○**后解** 前解写鹧鸪，后解写闻鹧鸪者。○若不分解，岂非庙里啼，江岸又啼耶？故知"花落黄陵"，只是闲写鹧鸪。此七与八，乃是另写一人，闻之而身心登时茫然。然后悟咏物诗中，多半是咏人之句，如之何后贤乃更纯作赋体？

415

渚宫乱后作

乡人来话乱离情，泪满残阳问楚荆。白社已应无故老，清江依旧绕孤城。

◎**前解** 前解问，后解答。○一二只是随手叙事，却为其中间乘空插得"残阳"二字，遂令下所问之二语，读之加倍衰飒。此为句前添色法也。○"白社应无"，此正问也，而又问"清江仍绕"者，此是其情慌意迫，急不见答，于是无伦无次，接口杳问。犹言若使江城如旧，然则白社之无，已信也。疑之甚，惧之甚，悉尽此无伦无次，接口之一杳问中也。

高秋军旅齐山树，昔日渔家尽野营。牢落故园征战后，黄花绿蔓上墙生。

○**后解** 人之私心，则固独急其家也。而问则又必全及乡国者，乡国幸完，则家或幸完；乡国已破，则家分必破，此固不必烦致其辞者也。而答则又必由国而乡，而仍详及其家者，人同即心同，心同即急同，此又自然必至之情理，初不待其必问也。看他"高秋""渔家"，渐及"故园"，真为体物缘情之妙作矣！

石城

石城昔为莫愁乡，莫愁魂散石城荒。江人依旧棹舴艋，
江岸还是飞鸳鸯。

◎**前解** 千古人只知李青莲欲学《黄鹤楼》，何曾知郑鹧鸪曾学
《黄鹤楼》耶？看其一二，照样脱胎出来，分明鬼偷神
卸，已不必多赏。吾更赏其三四"江人""江岸"之句，
真乃自翻机杼，另出新裁，不甚规摹《黄鹤》。而凡《黄
鹤》所有未尽之极笔，反似与他补写极尽，此真采神妙
手，信乎名下无虚也。○人生世间，前浪自灭，后浪自
起，有何古人？纯是今人也。只如舴艋、鸳鸯，明是一场
扯淡，而彼牛山犹有挥泪之老翁，此亦甚为之不达时务也。

帆去帆来风浩渺，花开花谢春悲凉。烟浓草远望不尽，
千古汉阳间夕阳。

○**后解** 更不必云秦楚汉魏，只此帆来帆去，花开花谢，便尽从来
圈襀矣。"浩渺"字，妙！"悲凉"字，妙！从古到今，从
今至后，只有浩渺，只有悲凉，欲悟亦无事可悟，欲迷亦
无处得迷。看他如此后解，亦复奚让《黄鹤》耶？汉阳、
夕阳，中间着一"间"字，不知是汉阳间？夕阳间。吾亦曰：眼
前有景道不得，郑谷题诗在上头。

崔涂

字礼山

光启进士第

集一卷。家境贫寒，一生多羁旅各地。后不知所终。诗多述羁愁别恨之作，善于借景抒情，律诗颇多佳作。

鹦鹉洲春望

怅望春襟郁未开，重临鹦鹉益堪哀。曹公尚不能容物，黄祖何因反爱才？

◎**前解**　"怅望"之为言怅然而望也。胸中先有欲然之事，久之而终不然，于是欲望则已无味，不望则又可惜，因而望又怅，怅又望，为"怅望"也。夫怅望，不必独于鹦鹉洲也，先亦无日不望，无处不望矣，至于此日，则偶于此洲，而亦怅望，当其怅望之初，固并不觉此洲之为鹦鹉也。至于忽觉此洲之为鹦鹉，而其怅望之心，正不得不加倍其欲哭也。看他不于鹦鹉洲下添出一层，偏于鹦鹉洲上添出一层，妙，妙！三四，不骂黄祖，直骂曹公，此虽从来旧论，然亦可以寻其春襟久郁之故矣！

幽岛暖闻燕雁去，晓江晴觉蜀波来。谁人正得风涛便？一点轻帆万里回。

○**后解**　五六，言"燕雁去"，去到何处？"蜀波来"，来自何处？可知正即是我怅望之一处也。七八，因言况又不止燕雁蜀波，尚有轻帆一点。嗟乎！嗟乎！同是万里，同是风涛，而便者已回，郁者未去，我亦犹人，如之何其独至于此极哉！

周朴

唐末诗人
寓于闽中

于僧寺假丈室以居，不饮酒茹荤，块然独处。诸僧晨粥卯食，朴亦携巾盂，厕诸僧下，毕食而退，率以为常。郡中豪贵设供，率施僧钱，朴亦巡行拱手，各丐一钱。有以数钱与者，朴止受其一。得千钱以备茶药之费，将尽复然。僧徒亦未尝厌也。性喜吟诗，尤尚苦涩，每遇景物，搜奇抉思，日旰忘返。苟得一联一句，则忻然自快。尝野逢一樵叟，忽持之，且厉声曰："我得之矣！"樵者瞿然惊骇，弃薪而去。遇游徼卒，疑樵者为偷儿，执而讯之。朴告卒曰："适见负薪，因得句耳。"乃释之。有一士人，以朴僻于诗，欲戏之，乃跨驴于路，欹帽掩面，吟朴诗云："禹力不到处，河声流向东。"朴闻之忿，遽随其后行。士但促驴而去，略不回顾。行数里，追及。朴告之曰："仆诗'河声流向西'，何得言'东'耶？"士人颔之而已。闽中传以为笑。又云黄巢至福州，求得朴，问曰："能从我乎？"答曰："我尚不仕天子，安能从贼？"巢怒，斩之。集二卷。

登福州南涧寺

万里重山绕福州，南横一道见溪流。天边飞鸟东西没，尘里行人早晚休。

◎ **前解** 远望将以当归，乃见山绕万重，此时心尽气绝，更无诉说之处。除非回头南看，反有溪流一道。然则与北望人其奚涉哉？十四字真是极真极平情事，极奇极妙笔墨，不是唐人，实写不出来也。三四，天边鸟，东飞东没，西飞西没；尘里人，早行早休，晚行晚休，俱得任心自在。极写重山绕住人无此乐也。

晓日春山当大海，连云古堑对高楼。那堪望断他乡外，只此萧条已白头。

○ **后解** 前解写他乡望断，那不头白也。此六七又换笔，再写南涧寺景，言何必更说望断，只此晓日、大海、古堑、高楼，已足断送性命矣！此公手下最有悲凉之状，连前篇俱细细学之。

吴融

字子华
越州山阴人

　　龙纪初，及进士第。昭宗反正，御南阙，群臣称贺，融最先至，于时左右欢骇，帝有旨授，迭十许稿，融跪作诏，少选成，语当意详，帝咨赏良厚，进户部侍郎。凤翔劫迁，融不克从，去客阌乡。俄召还翰林，迁承旨。集三卷。

废宅

风飘碧瓦雨摧垣，却有邻人为锁门。几树好花闲白昼，满庭芳草易黄昏。

◎**前解** 飘瓦摧垣，不苦；有人锁门，真苦。盖一片荒芜败落，反是眼前恒睹，却因邻人一锁，斗地念着此门当时车马阗隘，呵殿出入，彼锁门人何处有其立地？不图今日管钥独把，开闭从心，真是一场痛哭也！三四，好花、芳草，即此邻人之所锁也。"闲白昼"，易解；"易黄昏"，难解。亦是一时眼头心底亲见有如此也。

放鱼池涸蛙争聚，栖燕梁空雀自喧。何独凄凉眼前事，咸阳久已变寒原。

○**后解** 蛙聚、雀喧，只是极写凄凉，何足又道！特地写者"放鱼池""栖燕梁"，有此六字，便直想到春日濠梁，客皆庄惠；郁金堂里，人是莫愁；何意今日一至于此！更妙于末句并及咸阳，所谓劫火终讫，乾坤洞然，虽复以四大海水为眼泪，已不能尽哭，于废宅乎又何言哉？

新安道中玩流水

一渠春水碧潺潺，密竹繁花掩映间。看处便需终日住，算来宁得此身闲。

◎ **前解**　谁欲咏流水？直写一行上道，百胜都废，只如此水，便是当面错过，已更无闲身少得周旋也。二，加"密竹繁花"，不是闲笔相衬，正是一双妙眼，看出百般佳致，写题中"玩"字也。

萦纡似接迷人洞，清冷应连有雪山。上却征车更回首，了然尘土不相关。

○ **后解**　五六，"似接""应连"，无中生有，此非新安流水真有此景，直是胸中时时刻刻有一"迷人洞"，"有雪山"萦回来往于方寸之间，此日不觉半真半假，借题吐之。"了然不相关"，妙！明是久悟语，不是乍悟语也。

春归次金陵

　　春阴漠漠覆江城，南国归桡趁晚程。水上驿流初过雨，树笼堤去不离莺。

◎ **前解**　要知此解乃是舟行如驶，顾见金陵而作。一，轻阴覆城，可知是遥望。二，晚桡趁程，可知是不泊。三四，雨后路湿，树随堤去，可知是稳坐篷底，顷刻而过也。看他笔墨何等轻，何等细，何等秀异，何等姣好！"上"，上声。

　　迹疏冠盖兼无梦，地近乡关又有情。终被东风动离思，杨花千里雪中行。

◎ **后解**　此解自释前解所以不泊之故也。言金陵不少冠盖，既已并无梦缘，乡关近在咫尺，又图立刻便到，所以连晚疾发，更不少停。然而此二三知已，终不可去诸怀，于是千里杨花，不免暗伤情抱也。看他又是何等闲畅，何等婉约，实备风人之众妙矣！

书怀

傍岩依树结檐楹，景物萧疏夏更清。滩响忽惊何处雨，松阴自转一峰晴。

◎**前解**　须知此为九衢尘里受劳不过，酒醒梦觉无端设想，言如幸得有庐如此，真是快活无量也。看他满心满意，先写出"夏更清"三字，且不论人间何处存此快境，只据其才动笔，便早说至此，便知亦是世上第一怕夏人。嗟乎！安有怕夏人而又能奔走九衢尘里者哉？三四，忽雨忽晴，撰景灵幻，桑经郦注，必真有之。〇人言唐诗难看，只是自己忘却其题是"书怀"也。

见多邻犬遥相认，来惯幽禽更不惊。争敢便夸饶胜事，九衢尘里免劳生。

〇**后解**　五六，正写是山中忘机，反写是九衢多惧也。七八，又自随笔迅扫，言何敢便说真有此处，但得免在此间已足。言外可见九衢之犬吠禽惊，殆有不可胜道者也。

和陆拾遗咏谏院松

⌄

⌄

落落孤松何处寻？月华西畔结根深。晓含仙掌三清露，晚上宫墙百雉阴。

◎**前解**　既是谏院松，又问何处寻？此如何文理？故知此诗乃是借"落落孤松"，咏落落自己。言如山中故人欲问我今何在，则我实且结根王家，朝朝暮暮不离君侧。是答"晓"字、"晚"字句法也。

野鹤不归应有怨，白云高去太无心。碧岩秋涧休相望，捧日元须在禁林。

○**后解**　"碧岩秋涧"，比故山；"野鹤""白云"，比故人。言故山故人见我在此，或怨或去，各致相望，然殊不知尧舜君民，欲身亲见，将为其事，必居其地，固无可嫌之法也。

即事

抵鹊山前寄掩扉，便堪终老脱朝衣。晓窥青镜千峰入，暮倚长松独鹤归。

◎ **前解** 前解"便堪"，后解"何须"；前解"寄掩扉"，后解"问钓矶"，分明便是一句话。盖必买山已定，而后乃今挂冠，则是终其身无得去之日，此一大可笑也。"寄"字，妙，妙！何必辨其人扉我扉，人掩我掩，但有掩扉之处，得寄一日亦足。"便堪终老"，妙，妙！非以掩扉终老，政以得寄终老也。"脱朝衣"字，只用笔稍略带。"晓"字，妙，妙！"暮"字，妙，妙！犹言而今而后，晓为我晓，暮为我暮，青镜已得窥，长松已得倚，又见千峰入，又见独鹤归也。真快活也！真自在也！

云里引来泉脉细，雨中移得药苗肥。何须一箸鲈鱼脍，始挂孤帆问钓矶。

○ **后解** 五六，细泉、肥药，不过翻下"鲈鱼"也，误解抵鹊山景便非。"始挂"，妙，妙！孟子亦曰："如知其非义，斯速已矣，何待来年！"○题曰《即事》者，只是眼看抵鹊山耳。

〔清〕 余穉
《花鸟册》

韩偓

字致尧，小字冬郎
京兆万年人

擢进士第，佐河中幕府，召拜左拾遗，累迁左谏议大夫。宰相崔胤判度支，表以自副。王溥荐为翰林学士，迁中书舍人。韩全诲劫帝西幸，偓夜追及，见帝恸哭。至凤翔，迁兵部侍郎，进承旨。忤朱全忠，贬濮州司马。帝执手流涕曰："我左右无人矣。"诗一卷。其《香奁集》一卷，沈存中、尤延之，并以为和凝作。凝少日作此诗，后贵盛，嫁名韩偓，不欲自没，故于他文中见之。今其词与韩不类，盖或然也。

春尽

惜春连日醉昏昏，醒后衣裳见酒痕。细水浮花归别涧，断云将雨下孤村。

◎**前解**　"惜春"是春未尽前，"醒后"是春已尽后，"见酒痕"不复见花事矣，可为浩叹也。水归别涧下，再加"雨下孤村"，写春尽真如扫涂灭迹。庸手亦解用雨，却用在花句前，妙手偏用在花句后，此其相去无算，不可不知也。

人闲易得芳时恨，地迥难招自古魂。惭愧流莺相厚意，清晨独为到西园。

○**后解**　春尽又何足惜，两行泪实为"人闲""地迥"堕耳。"流莺"上用"相厚"字、"惭愧"字、"独为"字、"清晨"字，妙！怨甚而又不怨，其斯为诗人之言也。相厚在清晨，惭愧在独为。

重过曲江

追寻前事立江汀，渔者应闻太息声。避客野鸥真有感，损花微雪故无情。

◎**前解**　三四，即所追寻之前事也。客何足避，而鸥必避；花何堪损，而雪必损。然则客之不能损鸥，此其理可悟；而花之不能避雪，此其事真可哀也。"应闻太息"，妙！妙！愧亦有，悔亦有，感亦有，悟亦有，盖"渔者"二字，便作珠玉在前用矣。

疏林自觉长堤在，春水空连古岸平。惆怅引人还到夜，鞭梢风冷柳烟轻。

○**后解**　此写"立江汀"三字也。"自觉"，妙！如云心疑有路然。"空连"，妙！如云实无动步处。如此便应掉臂从渔者去耳，乃风冷烟轻，还又相引，人于熟处，真是难割，写来胡可胜叹也！

过临淮故里

交游昔岁已凋零，第宅今来亦变更。旧庙荒凉时享绝，子孙冻馁一官成。

◎**前解**　一二，写昔岁还是凋零，今来乃并无凋零。此即暗用香岩立锥颂成妙诗也。三句，苦在庙在；四句，苦在官成。时享都绝，用庙何为？冻馁不救，用官何为？写来便如落日风吹，暗壁鬼啸。

五湖已负他年志，百战空垂异代名。荣盛几何流落久，遣人怀抱薄浮生。

○**后解**　感愤沉厚，辞旨激昂，纯是切讽朝廷，非止恸哭临淮也。言其宁负五湖，是何等愚忠！名动异代，是何等血战！今墓草未荒，略无存恤；前贤不报，后贤谁奋？末句比优孟辞更加一倍悲愤，读之使人变色。

避地寒食

避地淹留已自悲，况逢寒食倍沾衣。浓春孤馆人愁坐，斜日空园花乱飞。

◎**前解**　此"避地"竟不知为何事，总是窜伏既久，急不得出，因触佳节，滴泪为诗也。一二，"已自""况逢"，曲折写出。三四，"人愁坐"，悲在一"坐"字；"花乱飞"，悲在一"乱"字。言天步方难，那容闲坐；寸阴是宝，奈何疾驰。写一日、二日，关系无数得失，人却走入更不得出头之处，真欲血泪迸流也。三四，细玩其句法。

路远正忧知已尽，时危不独赏心违。一身所系无穷事，争敢青年便息机。

○**后解**　五六，转笔。然则我今日之哭，自为避地，初不为寒食也。不然，而世有息机之人，静对众芳，闲观零落，尽委大化，我岂不能？无奈一时大事，尽属此身；况在青年，胡不戮力？固不能与早眠晏起、饱饭徐行老翁，较量"赏心"二字也。

途中经野塘

乱世他乡见落梅，野塘晴日独徘徊。船冲水鸟飞还止，袖拂扬花去又来。

◎**前解**　"见落梅"，言又开春也。"独徘徊"，言一无所依，一无所事也。"飞还止"，"去又来"，虽写"水鸟""杨花"，然皆自比徘徊野塘，无聊无赖也。看他一二，"乱世"下又接"他乡"字，"他乡"上又加"乱世"字，"乱世他乡"下又对"野塘晴日"字，使读者心头眼头，一片荒荒凉凉，直是试想不得。有人言：水鸟比君子去而未逆，杨花比小人退而复进。此决无是解。唐人律体，凡三四，语意必本一二，一二若使未有，断不忽然旁出。

季重旧游多丧逝，子山新赋极悲哀。眼看朝市为陵谷，始信昆明有劫灰。

○**后解**　魏文帝《与吴季重书》："昔年疾疫，亲故罹灾，徐、陈、应、刘，一时俱逝。"庾子山序《哀江南赋》："不无危苦之辞，惟以悲哀为主。"言此二篇之论，今日恰与我意怅然有当也。"眼看"，妙！"始信"，妙！不是眼看，亦不始信，此极伤痛之声也。

曹松

字梦征

舒州人

天复初，杜德祥主文，放松及王希羽、刘象、柯崇、郑希颜等及第，年皆七十余，时号五老榜。诗三卷。

别湖上主人

︾

︾

门系钓船云满津，借君幽致坐移旬。湖村夜叫白凫雁，菱市晓喧深浦人。

◎**前解**　读其后解，乃是冬春之交将别湖上。而此前解，则更倒追深秋初至湖上也。言当时偶来借居，只为钓船多致，承君不嫌生客，容我留连到今。三四，极写初蒙下榻，深领幽致。言夜则有夜致，晓又有晓致，静既有静致，喧复有喧致也。

远水日边重作雪，寒林晚际别生春。不辞更住醒还醉，太乙东峰归梦频。

○**后解**　五六，言今虽雪意未融，春暄尚浅，道涂风寒，极劳忧念，然而去家移旬，归梦频切，太乙东峰，又有佳致，已更不能再住一日也。

韦庄

字端己
杜陵人

　　见素之后。昭宗乾宁元年进士，疏旷不拘小节。李询为西川宣谕和协使，辟为判官。以中原多故，不就，后为王建掌书记。寻召为起居舍人，建表留之。集一卷，又集诗人百五十人，得诗三百章，为《又玄集》。

雪夜泛舟游南溪

大江西面小溪斜，入竹穿松似若耶。两岸严风吹玉树，一滩明月照银沙。

◎**前解**　前解，写南溪雪夜。○看他出手摇笔，居然写出"大江西面"四字。我骤读之将谓下文何等风景，却不图其轻轻一落，便只接得"似若耶"三字。因思文章虽复小道，必有方法可观。如此一二，下文若不为其似若耶，即上文便不必写大江作起；今既下文欲道其似若耶，便上文不必写大江作起，又不好也。词家好手，只争衬字、换字，此又衬又换法也。三四，极写似若耶也。

因寻野渡逢渔舍，更泊前湾上酒家。去去不知归路远，棹声烟里独呕哑。

○**后解**　写泛舟夜游。○"寻野渡""泊前湾"便是"去去"也。"不知归路"，正是泛雪胜情。且从来事无大无细，皆以一"归"字乱其心曲，此亦不可不戒也。棹声呕哑之为言，犹去去也。

鄜州留别张员外

江南相送君山下，塞北相逢朔漠中。三楚故人皆是梦，十年往事只如风。

◎ **前解** 忽然相送，乃在君山之下；忽然相逢，乃在朔漠之中。忽然同在极南，忽然同在极北，有何公事勾当，如此两头驱驰？可笑也！"三楚故人"，岂止我尔两人？"十年往事"，岂止离合二事？余子杳无消息，半生落得干忙，今日从头细思，直是一场忙惚。可哭也！一二，言只剩两人光身。三四，言其余总不可问。

莫言身世他时异，且喜琴樽数日同。惆怅只愁明日别，马嘶山店雨蒙蒙。

○ **后解** 承前解，言既是故人如梦，往事如风，然则，我尔两人再会于此，便是秉烛再照，以此为实。只愁今夜会，明日别，实是一场悲痛。至于身如何，且只听之大化也。鄜州属延安，故相逢句，亦是追往。

江上题所居

故人相别尽朝天，苦竹江头独闭关。落日乱蝉萧帝寺，碧云归鸟谢家山。

◎**前解**　故人朝天，本是恒事；故人因朝天而别，亦本是恒事。今是故人一时尽别，问之却是一时尽去朝天，则胡为是纷纷者乎？"江头独闭关"，因特加"苦竹"二字，写尽孤寒自守。三承一，画出故人好笑。四承二，西出自家闲畅也。

青州从事来还易，泉布先生老未悭。不是对花长酩酊，永嘉时代不如闲。

○**后解**　后解又说明所以江头闭关之故，言如此时代，无手可措，不如醉酒，且尽一生也。

鄠社旧居

却到山阳事事非，惟余溪鸟尚相依。阮咸贫去田园尽，向秀归来父老稀。

◎**前解**　"事事非"，不止诉田园，兼诉父老，便是名士风流。不尔，岂非乞儿叫街耶？然又妙于二句之"惟余溪鸟"七字，无此便不成诗。

秋雨谁家红稻熟，野塘何处锦鳞肥。年年为献东堂策，偏是西风别钓矶。

○**后解**　"谁家"，以反写自家；"何处"，以反写此处也。"年年"二字，是深悔之辞，便知其今年更不然也。

灞陵道中

春桥南望水溶溶，一桁晴山倒碧峰。秦苑落花零露湿，灞陵新洒发醅浓。

◎**前解** 前解写灞桥上人。望灞桥下水，窥见晴山倒映，其影如衣一桁。时又正值春花烂发，地又饶有客舍新醅，斯诚上国之壮观，豪人之快瞩也。

青龙夭矫盘双阙，丹凤襂襹隔九重。万古行人离别地，不堪吟罢夕阳钟。

○**后解** 然此地所以自来招致普天下人，俱来集会，因而无端生出无数离别者，只为双阙盘龙，九重隔凤，尊荣豪富，尽出于斯。于是奔走贤愚，颠倒老少，如我今日即为不免之人，固不可以一一致诘也。

咸阳怀古

城边人倚夕阳楼，城上云凝万古愁。山色不知秦苑废，水声还傍汉宫流。

◎**前解**　万古当时，历历皆是夕阳；夕阳少时，沉沉又是万古。此事至为显浅，且又明在眼前。然而无人不在其中，无人曾悟其事，此独忽然提着，知为真正苦吟断骨人也。三四，"不知秦苑"，"还傍汉宫"，妙！妙！写山色水声，一似不解之甚者。然山色水声，则奈何欲其能解耶？可想其措意之无聊也。

李斯不向仓中悟，徐福应无物外游。莫怪苦吟偏断骨，野烟踪迹似东周。

○**后解**　此即写咸阳二事，言贤者贵在自托，胡能尚不去耶？即题中"怀古"二字也。

题盘豆驿水馆后轩

极目晴川展画屏，地从桃塞接蒲城。滩头鹭占清波立，原上人侵落照耕。

◎**前解** 　前解写景。后解叙怀。○"极目"，言在驿馆后轩极目也。"展画屏"，言其日天晴，川光如练，自此至彼，一望迤逦，如曲屏初展也。滩头鹭立，原上人耕，虽写极目所见，然言外实见鹭亦有占，人亦有耕，而己独漂摇道涂，不得休息，遂生出后一解诗来也。

去雁数行天际没，孤云一点净中生。凭轩尽日不回首，楚水吴山无限情。

○**后解** 　五六，要知其直从雁未没、云未生前，早已凭轩不回首；直至雁已没、云亦没后，只是凭轩不回首，谓之"尽日凭轩不回首"也。不知其不回首，凡经多少时，始有去雁？又不回首，凡经多少时，去雁始没？又不回首，凡经多少时，始又云生？总之，只要想此雁没、云生之处，则为何处，而为其"尽日不回首"处，便叹此五六，又另是全唐人所未道也。

黄滔

字文江

光化中，除四门博士

　　寻迁监察御史里行，充威武军节度推官。王审知据有全闽，而终其身为节将者，滔规正有力焉。集三十卷。

雁

楚岸花晴塞柳衰，年年南北去来期。江城日暮见飞处，旅馆月明闻过时。

◎**前解**　"楚岸花晴"，是年年北去期。"塞柳衰"，是年年南来期。此句法，固是前人所进也。三四，止是"飞"字、"过"字写雁；其"江城""旅馆""日暮""月明""见处""闻时"，凡十二字，皆非写雁，真为幽怨之作也。

万里风霜无足恨，满川烟草却须疑。洞庭云水潇湘雨，好把严更仔细知。

○**后解**　此必暗遭人中，故特托雁自鸣，易知。

罗隐

字昭谏

新登人，本名横

　　凡十上不中第，遂更名，隐池之梅根浦，自号江东生。广明中，池守窦潏营墅居之。光启中，钱镠辟为从事、节度判官副使，朱全忠以谏议召，不行。开平中，魏博罗绍威推为叔父，表授给事中。年八十，终余杭。有子名塞翁。○钟陵妓云英，隐旧见之。一日讥隐犹未第，隐嘲之曰："钟陵醉别十余春，重见云英掌上身。我未成名君未嫁，相看俱是不如人。"○江南李氏尝遣使聘越，越人问："见罗给事否？"使人曰："不识，亦不闻名。"越人云："四海闻有罗江东，何拙之甚？"使人曰："为金榜上无名，所以不知。"有《甲乙集》十卷。

曲江春感

⌄
⌄

　　江头日暖花又开，江东行客心悠哉。高阳酒徒半凋落，终南山色空崔嵬。

◎**前解**　"日暖花开"四字，岂非曲江胜景？中间无限伤心，只为一"又"字也。此时江东行客，直已心尽气绝，而反自谓"心悠哉"者，所谓哭不得反笑也。三四，不说别样懊恼，只说酒徒凋落；不骂要人窃位，只骂南山崔嵬，皆甚愤之辞，反如不愤者也。

　　圣代也知无弃物，侯门未必用非才。满船明月一竿竹，家住五湖归去来。

○**后解**　五，照出"圣代"；六，自引"非才"，妙！妙！七八，亦是一例归家钓鱼，却是写得异样峭拔。

桃花

暖触衣襟漠漠香，间梅遮柳不胜芳。数枝艳覆文君酒，半里红欹宋玉墙。

◎**前解**　前解，写桃花。○某一日言桃花本不难写，写桃花亦本不难读，然而谈殊未容易也。且如罗昭谏"暖触"一篇，浪读之，亦有何异。及细寻之，却见其"衣襟漠漠"七字，只是提笔空写，及至下笔实写，又只是"间梅遮柳"，不曾犯本位也。三，妙于"艳覆"字；四，妙于"半里"字。必欲执以相问，实亦不解何理。但读之不知何故，觉其恰是桃花，此绝不可晓也。

尽日无人疑怅望，有时经雨乍凄凉。旧山山下还如此，回首东风一断肠。

○**后解**　后解插入人。○"尽日无人""有时经雨"，为写桃花，为复自写。忽然想到旧山山下，此正是"疑惆望""乍凄凉"之根因也。

送舒州宿松县傅少府

∨
∨

　　离江漠漠树重重，东过清淮到宿松。县好也知临皖水，官闲应得看潜峰。

◎**前解**　送别诗，更不作执手挥泪语，轻轻只将"东过清淮"四字，一撇竟过。下却纯写到官后一段闲寻幽讨，人地适符，别样快活，此为先生推陈出新之法也。

　　春生绿野吴歌怨，雪霁平郊楚酒浓。留取余杯待张翰，明年归掉一从容。

○**后解**　"歌怨""酒浓"此是宿松风物。乃诗意正在两上半句，言"春生绿野""雪霁平郊"明年正当尔时，我归舟亦适过县前也。此非真欲留怀相待，盖言为别极其不远。最是清新绝俗之作。

莲塘驿

莲塘馆东初日明，莲塘馆西行人行。隔林啼鸟似相应，当路好花疑有情。

◎**前解** 动笔写得"莲塘馆东""莲塘馆西"便知其是黄鹤楼好手。然此解用意，乃在"初日明""行人行"六字。"初日明"犹言一何太早；"行人行"，犹言一何太忙也。三，"鸟似相应"；四，"花疑有情"，承上便极写此初日行人胸前一片花锦前程，有如唾手可取也者，却被莲塘馆中，一个闲坐人看见也，笑倒也。小儿女不知此诗，谓此写莲塘景物，胡可与语？

一梦不须追往事，数杯犹可慰劳生。莫言来去只如此，君看鬓边霜几茎。

○**后解** 前解写驿下劳人，后解写驿中闲人也。"一梦"，言往者亦尝疾行逐日也；"数杯"，言迩来只是日高犹卧也。"来去只如此"者，大有汉不动心之人，猥言此驿来来去去，直是终古热闹，殊不知其十年大变，五年小变，驿则犹是，人齿加长，其奈之何哉！痛喝之曰"莫言"，婉点之曰"几茎"，诗人风刺之良，于斯乎极矣。

忆九华

九华巉崒荫柴扉，长忆前时此息机。黄菊倚风村酒熟，绿蒲低雨钓鱼归。

◎**前解**　特忆九华，却只写得"巉崒"二字。下去"黄菊"十四字，便纯写其息机。然则何故又必题曰"忆九华"耶？不知处处有黄菊，处处有村酒，处处有绿蒲，处处有钓鱼，然而处处不见有人息机，则岂非"黄菊"十四字，乃在息机以后？若夫人之所以肯息其机者，则全为九华之巉崒故也。如此用笔精深，虽比唐初人奚让焉？世人解三四，只说是九华景物，岂识先生精深二字。

干戈已是三年别，尘土那堪万事违。回首佳期恨多少，夜阑霜露又沾衣。

○**后解**　前解写九华，后解写忆。前解既已定当，后解即任意点笔皆合。其出色则又得末句，言又是菊黄、酒熟、蒲低、鱼美时也。

谭用之

字藏用

唐末人

集一卷。工诗而官不达，游踪遍关中、河洛、潇湘等地。

秋夜同友人话旧

露下银河雁度频，囊中炉火几时真？数茎白发生浮世，一盏寒灯共故人。

◎**前解** 此诗我每嫌其大有鬼气，然而洵是佳作也。一句，写是夜夜坐，转坐转深。二句，写故人相对，一无所有。夫深夜久坐，最苦是一无所有；一无所有，最苦是深夜久坐。乃今相对是故人，既不得不久坐，而坐来是穷主，又终竟无所有，以此思不乐，诚乃不乐不啻也。三四，又承二，极写一无所有之实况也。"浮世"之为言，亦不久生也，而今犹生于此，是岂多有受用？不过数茎白发，犹戴髑髅耳。"故人"之为言，并非他人也。而今以何相共，我安所得他物，只有一盏寒灯，静照双影耳。读此等诗，不惟今夜遍身不快，多恐明日尚逢不祥，用是凡几番欲删去之。

云外簟凉吟峤月，岛边花暖钓江春。何当归去重携手，依旧红霞作近邻。

○**后解** 后解，特地转笔作好语。然凉、峤、暖、江，终然鬼片。我几番欲删，而犹故存之，亦为其分解明白矣。

皎然

字清昼
姓谢,湖州人

灵运十世孙。颜真卿为刺史,集文士撰《韵海镜源》,
预其论著。诗集十卷。

晚春寻桃源观

武陵何处访仙乡，古观云根路已荒。细草拥坛行不得，落花沉涧水流香。

◎**前解**　一二，写真灵境界，欲寻即无路可寻。三四，再写之，言若问别处，则实是更无别处，除非此处，则任汝谛认此处。所谓特与痛拶一上者也。

山深宿雨寒仍在，松直微风韵亦长。只此引人离俗境，玄家果亦照迷方。

○**后解**　五六，写太上消息，不寻即又满街抛撇。"只此"，妙！妙！

贯休

姓姜氏

字德隐，婺州兰溪人

工篆隶。入蜀，王建遇之厚，尝召令诵近诗。时贵戚满座，休欲讽之，乃称《公子行》云："锦衣鲜华手擎鹘，闲行气貌多轻忽。稼穑艰难总不知，五帝三王是何物？"建称善，贵幸皆怨之。休与齐己齐名。有《西岳集》十卷，吴融为之序。

献蜀王建

〉
〉

　　河北河南处处灾，惟闻全蜀少尘埃。一瓶一钵垂垂老，千水千山得得来。

◎**前解**　只是寻常一直说话，喜其"老"上用"垂垂"字，"垂垂"上用"一瓶一钵"字，"来"上用"得得"字，"得得"上用"千水千山"字。自述本意万分不来，而今不免于来。笔态一曲一直，浑然律诗前解自然合式也。

　　心识西南多胜境，愿于幽邃着寒灰。谁言林下龙钟客，乘兴还登郭隗台。

○**后解**　皆一直寻常说话，自然律诗后解合式也。

齐己

| 本姓胡，名得生
| 潭州益阳人

与仰山为同门友，后居西山。有《白莲集》十卷，又外编一卷。

寄庐岳僧

一声飞锡别区中，深入西南瀑布峰。天际雪埋千片石，岩前冰折几株松。

◎**前解** 一声锡响，去得恁疾；雪埋冰折，入得恁深。一解诗分明便是"一自泥牛斗入海，直至于今无消息"句也。

烟霞明媚栖心地，藤竹萦纡出世踪。莫问江边旧居寺，火烧兵劫断斋钟。

○**后解** 此僧不知何人，辱己公写到如许，真大死后重更活人，诸佛不奈之何者也。○写心地，不用寂寞字，偏说"烟霞明媚"。写行屦，不用孤峭字，偏说"藤竹萦纡"。此是"雪埋""冰折"后，自然无碍境界，非他人所得滥叨也。若夫世间未经冰雪之士，即有如七八所云矣。

栖一

武昌人
唐末五代诗僧

与贯休同时,《全唐诗》存诗二首。

武昌怀古

一代君臣尽悄然，空遗闲话遍山川。笙歌罢吹几何日，台榭荒凉七百年。

◎**前解**　"一代君臣"，字法；"悄然"，字法。此亦只是平平句，却为字法惊人，使我不乐移时也。"话遍山川"，妙，如某泉是某公饮马泉，某石是某玉试剑石；"闲"字，妙，仔细听之，直是并无交涉。"几何日""七百年"，妙。顺流下来，真乃不过瞬眼，逆推转去，却已遥遥甚久。盖一切世间总被公六字题破也。至于三，承"一代君臣"；四，承"尽悄然"，想人皆知之。

蝉响夕阳风满树，雁横秋浦雨连天。长江日夜东流水，两岸庐花一钓船。

○**后解**　后解自"蝉响"至"芦花"，凡二十五字，皆写"悄然"，却将"一钓船"三字，写"一代君臣"，使人有眼泪亦复不能落。此又唐一代人并未曾有之极笔矣。